# 捡宝联盟

河狸 —— 著

时代文艺出版社
SHIDAI WENYI CHUBANSHE

图书在版编目（CIP）数据

护宝联盟 / 河狸著. -- 长春：时代文艺出版社，2025.3. -- ISBN 978-7-5387-7551-8

Ⅰ.I247.5

中国国家版本馆CIP数据核字第2024BN8744号

## 护宝联盟
### HU BAO LIANMENG

河狸 著

出 品 人：吴 刚
产品总监：郝秋月
责任编辑：李荣崟
装帧设计：WONDERLAND Book design 仙遗 QQ:344581934
排版制作：隋淑凤

出版发行：时代文艺出版社
地　　址：长春市福祉大路5788号　龙腾国际大厦A座15层（130118）
电　　话：0431-81629751（总编办）　0431-81629758（发行部）
官方微博：weibo.com/tlapress
开　　本：710mm×1000mm　1/32
印　　张：10.875
字　　数：215千字
印　　刷：长春市华远印务有限公司
版　　次：2025年3月第1版
印　　次：2025年3月第1次印刷
书　　号：ISBN 978-7-5387-7551-8
定　　价：48.00元

图书如有印装错误　请与印厂联系调换　（电话：0431-85678957）

# 目 录

001　第一部　国宝与侦探

089　第二部　密室与毒酒

167　第三部　神像与古钟

251　第四部　历史与真相

333　附　录

# 第一部 国宝与侦探

## 1

不知道是不是温室效应正处于巅峰期的缘故，二〇二一年的夏天，炎热席卷全国。即便位于东北的沈阳也不例外。

室外温度三十六摄氏度，地表温度接近七十摄氏度。整个街道宛如一个巨大的桑拿房。炎热的天气杀死了日常的喧嚣，除非有十万火急的事情要处理，或者精神不正常，否则没有人会选择在这样的天气里出行。

眼前这个在路上急匆匆行走的胖子，从衣着打扮和气质上来看，都不像精神不正常的样子，所以他显然属于前者。

其实何栎也不愿意在这样炎热的中午去书店，尤其今天是周一。

"礼拜一，买卖稀"，这句老宗祖传下的经验之谈还是很有道理的。根据何栎开店多年的经验，生意最差的日子确实就是周一，周二到周五虽然生意比不得周末两天那么好，但是至少每天还能有几单生意。而周一往往一整天都没有一单生意，甚至都没有顾客上门。所以，在第一年开店的热情过后，之后这些年的周一，都被何栎当成了"法定店休日"。

本来今天何栎打算在开着空调的家里把手头这本推理小说看完，但是临近中午的时候，他忽然接到了一个电话。

因为他经营的离歌书店是一家旧书店，所以在店门上长期贴着收书的公告，上面有自己的手机号码。这个电话就是一个卖家打来的。

"您好，我有一些旧杂志要卖，但是发现您没有开店。"

当听到这句话的时候，何栎就知道对方不是熟客，因为熟悉一些的主顾都知道自己周一休息这个惯例。而且对方卖的又是旧杂志，估计是一些地摊上的八卦杂志。所以何栎不耐烦地回答："不好意思，今天我店休。要不你改日再来吧。"

"我这是大老远特意过来的，而且明天我就要出门了。所以，您能不能破例过来一趟啊……"

"几本破杂志还想让我跑一趟……"何栎在心中暗想，不过嘴上并没有这么说："实在不好意思，我今天有事，所以才店休的。要不这样吧，这个古玩市场里还有几家收旧书的店，要不你去问问他们吧。"

"我都问过了，他们都说只收小说，只有您这才收民国的旧杂志……"

听到这，何栎瞬间有了精神，他是一个民国文学的爱好者，对于民国的作家和书刊都非常有研究，平日里只要看到相关的书籍和杂志都会二话不说买下来。

"是民国杂志啊，请问都叫什么呢？"短暂的兴奋过后，何栎看了眼窗外的烈日，再次被慵懒打败。

"有《大侦探》……《红皮书》……《蓝皮书》……"对方似乎正在一边翻看杂志一边报着杂志名。

"居然都是侦探杂志……"这下，何栎真的来了兴趣。在民国书刊中，他的重点研究对象就是侦探小说和侦探杂志。对方所说的这些虽然都是比较常见的民国侦探杂志，自己每一期都有收藏，但是个别的期数品相不佳，也许对方的版本品相更好。想到这，何栎觉得这值得他冒着酷暑出一趟门。

"差不多就是这些了。对了，还有一本《侦探大王》……"对方继续在电话里报着杂志名。

"《侦探大王》……"何栎在脑海里反复回忆了几遍，在他的记忆中，并没有这样一本杂志，至少在他收集到的文献资料里，从没看到过关于这本杂志的信息，难道是什么孤本？想到这，何栎从沙发上一跃而起，一边对着电话里说"你等等，我马上就到……"一边趿拉着拖鞋出了门。

天气比预想的还要炎热,本来何栎想要打车前往书店,但不知道是不是因为路上行人稀少的缘故,就连出租车也不愿意冒着炎炎烈日揽活儿,他等了几分钟也没看到一辆空车。所幸,他家离离歌书店所在的鲁园古玩市场并不远,走路大概也就是十几分钟,为了早点目睹这稀世的孤本,他立刻决定步行前往。

何栎开的这家离歌书店名字的由来是一首歌曲。《离歌》是一个流行乐团的代表歌曲,也是他最喜欢的歌曲,同时"离歌"和他名字倒过来的谐音相近。何栎觉得一切都是冥冥之中的天意,所以就拿"离歌"来当作店名。

离歌书店最早是开在怀远门文化一条街里。那条不足一公里的巷子,曾经是沈阳的旧书集散地,最多的时候有几十家二手书店,每逢周末还有书市,各种买卖二手书的地摊延绵出几里地。

后来,看书的人越来越少,那些旧书店逐渐被电玩店取代,这条街被几十家电玩店占据。因此,怀远门一度被称为沈阳的秋叶原,成了ACG(动画、漫画、游戏)粉丝购物和交流的天堂。然而,好景不长,随着版权法的实施,加上社会上对于"游戏是洪水猛兽、精神鸦片"的态度。这些电玩店也逐渐凋零,黄了一家又一家。

即便是在怀远门被电玩店占领,周围的书店要么搬走要么关掉的那段时间,何栎也一直坚守着。他感觉不管这条街的主打是什么,只要热闹就好,玩游戏的年轻人未必不喜欢看书。事实证明，他的想法是正确的。在这条布满电玩店的街道里，他书店的生意一直不错。有的时候，甚至有年轻人为了购买心爱的游戏机和软件，把家里的藏书偷偷拿来卖钱。这其中不乏很多绝版书和孤本。

然而，当电玩店落寞之后，这条街道也瞬间萧条了下来。有的时候，常常几天也没有一个顾客。何栎在坚守了半年后，终于无奈地决定搬家。

新店的地址在鲁园古玩市场里面，这是可以和北京潘家园、天津沈阳道齐名的古玩市场，人气很旺。尤其现在各种菩提子风靡全国，社会进入一个全民盘串儿的时代。所以，每逢周末这里可谓是人山人海，就连市场外面的马路上也布满了几百家大大小小的地摊。而商品也从古玩、古董扩展到各种手串、菩提子乃至各种旧书、旧物。不管是大家想到还是想不到的东西，这里都有得卖……

鲁园古玩市场生意最红火的日子自然是周末那两天，周一虽然偶尔也有顾客上门，但是何栎因为从怀远门时期留下的习惯，所以还是把周一定为"法定店休日"。

幸亏整个市场只有自己一家收民国杂志的旧书店，不然这次恐怕就要和这个孤本失之交臂了。想到这，何栎有点后怕，脚下的步伐迈得更快了……

## 2

"只有这些了吗?"何栎强忍着喜悦,假装着不耐烦地说,"早知道我就不过来了。"

"怎么?这些杂志不值钱吗?"卖家见状着急地问。

"都是一些大路货,二三十块一本,不过你这几本品相还不错,差不多能值四十块吧。"

何栎经营古旧书多年,知道很多人如果不是因为有急事等钱用,是不会出卖心爱的藏书的,所以收书的价格还算厚道。这次让他心中雀跃不已的是那本《侦探大王》,这是他从没见过甚至都没听说过的民国侦探杂志。因为之前遇到过一些见他喜欢就故意抬高价格的卖家,所以何栎这才装出一副毫无兴趣的样子。

"四十块一本啊,那这二十几本也差不多一千块了,已经很多啦。"

"这些书应该不是你的吧。"听了卖家的话,何栎立刻知道他不是这些书的主人。

"您眼睛真毒!这些都是我们家老爷子的藏书。老爷子生前非常爱看书,家里差不多有上千本书。后来老爷子过世了,我又不喜欢看书,就把他的那些书都卖给收废品的了。那次差不多一千本才卖了二百多块钱。这几本旧杂志是我在收拾屋子时无意翻出来的，邻居告诉我旧杂志挺值钱的，于是我就拿到这来卖。没想到这么薄薄的二十几本就卖了一千。早知道那些旧书我也拿这来卖好了……"

听到对方的话，何栎不禁有些伤感。这种事情他已经不是第一次听说了，很多藏书家生前花了大价钱购买的古籍，去世后都被后人当废纸卖了。虽然自己现在还是单身，但是将来也应该会娶妻生子。到时自己的孩子如果喜欢看书，还能够把这些藏书传给他们，就怕他们也和那些卖家一样，对读书没有兴趣，到时自己的这些藏书恐怕也难逃沦为废纸的命运。

"老板，这些书如果您收的话，麻烦尽快帮我结下账，我一会儿还有事……"卖家的催促声打断了何栎的思绪。

"好，这些杂志一共二十六本，按四十块一本算一共一千零四十，我凑个整给你一千吧。"

"好好！"卖家原以为这些书至多能卖一百多块，没想到一下翻了十倍，立马高兴地答应了。

付过钱，送走了卖家，何栎等不及回家，就迫不及待地在店里翻开了那本《侦探大王》。

这本杂志居然是创刊号，出版日期是一九四五年八月，页码只有四十页，除去目录和广告，里面一共有三篇小说，一篇是程小青翻译的《福尔摩斯之红发会》，另外两篇分别是作者署名"滑稽陈"和"巴蜀护宝生"的两篇原创侦探小说。

杂志的目录页写着"讲文堂出品"。何栎对这家出版社很熟悉，这是新中国成立前奉天本地的一个出版社，旗下有很多刊登风花雪月艳情文学的杂志，但是侦探杂志却还是第一次听说。看到这，他迫不及待地翻开了正文。

《福尔摩斯之红发会》在当年相当于现在的网红篇目，他已经在不同的民国侦探杂志上看过无数次了，所以何栎直接跳到了后面的两篇原创。

滑稽陈写的这篇《笨侦探包豹》只有十页，讲了一个不太高明的幽默侦探故事。何栎看后有些失望。但是接下来这篇《夺宝》却开篇就吸引了他的全部注意力……

（这篇名为《夺宝》的小说是用文言文创作的。为了方便读者们阅读，笔者直接译为现代白话文，特此注释。）

## 【一】

一九四五年八月十日。

这一年的夏天，比往年都要更热一些。然而，比天气更热的是人们高涨的情绪。

虽然此时的信息渠道还很闭塞,但是广岛和长崎被美军投下两颗原子弹的消息还是经由美国和欧洲,辗转传到了奉天。然后在这里南下,传遍全国。得知了这一消息的全国民众,情绪空前高涨。

在华的日军高级将领们,早已经通过正式或非正式的渠道得知了天皇即将宣布投降的消息。面对这突如其来的噩耗,每个人都表现出截然不同的态度。有的人心灰意冷切腹殉国,有的人丢下士兵秘密撤退,还有的人为了泄愤大肆杀戮……

东野桂介无疑是这些日本军官中最冷静也是最理智的。早在一年前,他就已经扫荡了奉天的皇城,把抢掠来的中国国宝都存放在军营的仓库里,加以等同于军火库级别的严密看守。

半个月前,东野桂介就已经预感到这场战争他们将会以失败告终。他虽然宣誓效忠天皇,但是也并不愿意白白搭上性命。所以他才以身体不适为由,搭上了这艘从丹东港开往鹿儿岛的遣返船。

这艘从丹东港驶出的遣返船上大概有十几名日本军官和近百名伤员,中途还转道去了大连港和威海港,再次接收了十几名日本军官和上百名伤员。人员的骤增使得本来就空间紧张的船舱更加拥挤不堪。

虽然身为高级将领,东野桂介有着自己的专属空间,不用挤在恶臭的普通舱内,但是在海上颠簸十来天的滋味,还是让他感觉身心疲惫。

本来这艘遣返船的目的地是长崎,但是就在昨天,船上的电台收到了日本本土的消息,得知长崎已经被美军投下的原子弹彻底摧毁。因此,船长才决定临时改道鹿儿岛。

"不知道那批中国国宝能不能安全地上船。"东野桂介望着无尽的海面喃喃自语着。

因为现在东野桂介身处的遣返船空间有限,他无法携带从奉天皇城掳掠来的中国国宝一起离开。所以,在他离开奉天之前,就已经制定好了详细的国宝运送计划和路线,命令自己的心腹西泽明彦把这批国宝安全地运送到下一艘遣返船上。按照时间推算,五天后第二艘遣返船就会抵达奉天,对于西泽明彦的办事能力,他还是很放心的。有这批国宝的话,那些急于推卸战败责任的军部高层应该就不会为难自己了吧。想到这,东野桂介满是疲惫的脸上露出了一丝笑容。

可是,东野桂介并不知道,此时的奉天城内正围绕着这批国宝,经历着一场空前的暴风骤雨……

## 【二】

奉天城内。

几十年前，还曾经是百姓无法企及的朝臣官道，如今不过是城内一条再寻常不过的小巷。伴随着皇族衰落，那些重臣们也纷纷把自己的宅子转让出去，接手的本地望族将其隔成无数间小房子再转租出去。昔日那些代表着权贵的厅堂，如今住的不过是车夫和小贩。依稀还能展现出这里昔日高贵气质的，可能只有这些两米多高的院墙了。

此刻虽然已经是深夜，但奉天毕竟是东北三省最大的城市，夜生活非常丰富。再加之炎热的天气，所以在这些高大院墙的背面，大多数的民居依然是灯火通明。

在这万家灯火之中，有一间毫不起眼的窗户不知为何感觉比周遭的房间都要亮上许多。如果再仔细观察，你会发现在这间房子门外，还守着许多身穿各色服装的壮汉。更让人惊讶的是，这么多人聚在一起，居然没有半点声响，这些壮汉或站或蹲隐蔽在暗处，宛如泥塑的金刚。

和门外的安静截然相反，屋内虽然只有四个人，却争论得热火朝天。

"还有五天国宝就要运走了，这个时候才收到消息，是不是太晚了？"一个留着络腮胡子的壮汉非常急躁地说。

"没办法，这是日本军方的绝密计划，我的人也是好不容易才探听到消息的。"另一个面容瘦削的长须老者回答。

"时间确实是紧了一些，但是也不能眼睁睁地看着国宝被小日本偷运回国。所以咱们还是得想办法搞到鬼子的路线图。"坐在上首的老者虽然看起来比长须老者年轻一些,但是更有威严,他就是四大门的总门长。他说完这句话,看了看下首一位身材宛如孩童的老人。

"盗取路线图,我的人可以搞定,但是想要进入日军大本营,就得靠周老帮忙了。"矮小老人说完,看了看上首的总门长。对方沉思片刻,然后点了点头。

"那好,老华和周老负责制定盗图计划,我和老王全面配合,天亮前必须拿出一个稳妥的方案。"

总门长说完这句话,起身离开了房间,其余三人也跟着他鱼贯走出房门。门外负责守卫的壮汉们,依旧没有发出半点声音,跟在各自首领的身后。

顷刻间,院子里的人就分成四路从不同的方向消失得无影无踪。这场奉天四大门的首领会议就好像它不为人知地开始一样又悄无声息地结束了。

中国的帮派历史可以追溯到千年以前,无论是瓦岗寨的英雄,还是水泊梁山的好汉,都可以算是一个帮派。而在这个纷乱的年代,帮派更是多如牛毛。

上海的漕运青帮、闽南的小刀会、海外的洪门、北平的蜂麻燕雀,都是这些帮派中的代表。而在民风彪悍的奉天,帮派却意外地少,只有四个。

奉天四大门与其说是四个帮派，不如说是集合了无数小帮派的四个团体。天、地、玄、黄，源于南北朝时期的《千字文》的第一句，也正是奉天四大门的名字。

地是四大门中帮众最多的。你行走在奉天街头，遇见的每一个摊贩、车夫以及所有靠双手双脚讨生活的平民百姓，很可能都隶属地字号。

天与地，注定是两个极端。奉天的天字号，代表着那些平民们可望而不可即的阶层。这里的遥不可及并不是指身份和身家，而是指他们的职业。台下苦练十年才可能上台的戏剧名伶、靠笔杆子吃饭的编辑记者，以及拥有各种特殊技能的行业精英，都属于天字集团。

玄古语是黑的意思，也代表了这个行业的特色。所有在夜晚从事的行业，不管你是飞檐走壁的盗贼，还是在花街揽客的妓女，甚至在街头游走的更夫，都属于玄门。

黄自古以来就是帝王色，如今皇城虽然已经破落，就连皇帝都已经被挟持到了"新京"，但皇族气质还骄傲地残留在这座古都里。家境破落的八旗子弟、荣耀不再的文官武将，以及昔日一人之下万人之上的宦官，在这个已经不属于他们的时代中，还是努力争取到了一个独立的字号。而黄门的领袖孙老爷子，更是四大门的总门长。

就在今晚，天、地、玄、黄的四位首领已经达成了共识。他们要在这纷乱的年代为这个虽然抛弃了他们，但却割舍不了这份血脉的国家最后再做一点儿贡献。

然而，留给他们的时间，只有不到五天。

## 【三】

翌日。日军驻奉天总部。

"大佐，我们是不是再有几天就要撤离了。"留着两撇八字胡的南崎小心翼翼地问。

"虽然正式命令还没有下达，但是四天后确实会有一批遣返船要返回本土。怎么？你是来找我告假？打算提前撤退？"

因为东野少将提前回国，被迫接手了一堆烂摊子的西泽明彦心中本来就充满了怨气，南崎试探性的问题正好触碰到了他的逆鳞。

看到自己的顶头上司马上就要发怒，南崎连忙辩解道："没有没有，属下绝对没有这个想法。我只不过是舍不得这里的生活，舍不得这里的中国文化。"

南崎知道西泽是个中国通，而且热衷于中国文化，所以才拿这句话帮自己解围。

"就算过几天我们收不到撤退的命令，恐怕也坚持不了太长时间。所以,我想趁我们的势力还在的时候,再好好体验一下中国的文化。我打算举办一场文艺会演,把奉天的那些文艺名流都请来,什么京剧、魔术、杂技……一个不落。"

听到这个提议,西泽的怒意渐消,他挺直了身子,示意南崎继续讲下去。

"我敢保证,这将是一场空前绝后的盛大演出,而且我还特意请了'满铁'的导演过来,会全程进行拍摄,到时把这份珍贵的影像资料一起带回本土,也不枉我们此行。"

听完南崎的提议,西泽陷入了沉思。片刻,他同意了南崎的提议:"这个计划就全权交付给你去办了,我唯一的要求就是演出要在两天内进行。"

"放心放心,我早就已经联系好了奉天的文艺总工会,他们已经保证会全员参加。"

听到这个消息,西泽终于露出了笑容。他们大日本帝国对中国文化一直很重视,希望可以全方位进行研究。京剧这个国粹则是重中之重。当初,他们也曾经邀请过梅兰芳,想要拍摄下他演出的全过程用以留存和研究,但是没想到梅兰芳宁可毒哑自己的嗓子也不同意。这么看起来,奉天的这些文艺名流要比梅兰芳识相许多。

和上海的同僚相比,自己这次虽然没有邀请到梅兰芳,但是进行京剧表演的应该也都是名角,况且除了京剧之外还有魔术和杂技等节目。所以，这份影像资料的珍贵程度毫不逊色于东野少将抢来的那批国宝。想到这，西泽为自己终于抓住了面对上层责难时用来自保的最后一根救命稻草而庆幸。

"好，为了这次文艺会演能够圆满成功，我特批给你一千大洋的演出经费，你务必不要让我失望。"

听到这句话，南崎简直美上了天。他觉得，这是他来到中国后最幸运的一天。早上，奉天文艺总工会的会长找到他，说想给皇军举办一场文艺会演，并且塞给了他五百块大洋。同时承诺这次活动的一切开销都由他们负责。如今西泽又批给了他一千大洋，这岂不是全部可以揣进自己的腰包。

生怕上司反悔的南崎，冲着西泽连鞠几个躬，强忍着笑意离开了办公室。回去的路上，他还忍不住摸了摸怀里五百块大洋的兑票，一想到还有一千块大洋在等着自己，他不禁高兴得哼起了家乡的小曲……

## 【四】

八月十三日。

在驻奉天全体日军和奉天文艺总工会的通力合作下，这场堪称民国春晚的文艺会演仅仅经过两天的筹备就盛大开幕。

这一次参加演出的阵容非常强大，除了京剧、魔术、杂技等名家、评书、大鼓等各种曲艺大师也一个不落。而与会的嘉宾，除了驻奉天日军的所有高层，还会集了奉天城内所有的商贾望族。

早一些时候，奉天文艺总工会向南崎提议，为了犒劳皇军，他们打算邀请驻奉天的所有士兵一起观看演出。

为了在保证演出顺利进行的同时兼顾总部的警备工作，南崎向西泽请示后，决定将文艺会演的大舞台设立在日军总部大院内。进入大院的非军方观众必须接受严格的核查。

此刻的西泽正站在位于总部二楼办公室的窗前，望着那些不断涌入总部大门内衣饰华贵的观众，他真的希望时间可以永远停留在这个他来到中国后最辉煌的时刻。

此前的几年里，身为驻军二把手，西泽时刻都要看着东野少将的脸色，生怕一不小心就会丢官甚至丢掉性命。如今自己终于可以独当一面，成为万人之上的土皇帝，只可惜好景不长，自己还能躲在这虚假的繁荣之后多久，就连他自己也说不准。

当办公室墙上的挂钟敲响七下的时候，文艺会演准时开始。本来以西泽的身份，他应该坐在观众席的第一排。但是他讨厌那种无聊的应酬，所以找个借口留在办公室。其实，窗口这个位置可以鸟瞰整个会场，远比第一排的视野要好上许多。

"小日本都要撤了，这帮戏子还这么大张旗鼓地给他们开欢送会，真是不要脸！"

"哼,要说起来,还是梅老板最有骨气!文艺总工会那些卖国贼早晚没有好下场!"

中方的嘉宾,大部分都不是心甘情愿出席这场文艺会演的。只不过碍于邀请者的面子以及日军的淫威,才勉为其难硬着头皮来参加。因此,这种窃窃私语在席间此起彼伏。幸好组织者把日方和中方的座席分开安置,才不至于让这种言论传到日军的耳朵里。

"老爷子,你听到没,底下的人可把我们骂得够呛。"

后台里,一个穿着武生戏服的年轻人,也在冲着自己的老师——奉天第一老生周信良抱怨。

"很多人看事情都是只看表面,觉得第一眼看到的东西就是真的。这种想法其实并不对,很多事情都需要用时间去证明。"周信良闭着眼睛回答。

周信良的话,徐秋岩并不能完全理解,但是既然师父这么说了,他也不好再说什么,只好继续低头勾脸。

但是,其他人可不像徐秋岩这么听话,不管是台上还是台下,依然有各种不理解甚至谩骂的声音传过来。

其实周信良的心里也很憋屈,他何尝不想像梅老板一样,在众人面前堂堂正正地展现自己的爱国情怀,但是现在的形势却让他不能那么做。如果仅仅是因为自己受不了这一点点委屈,而让那些国宝被日本人偷运回国,自己岂不是成了国家的罪人。想到这里，周信良把几乎要脱口而出的真相又咽了回去。

七点，文艺会演准时开始。除了守备军火库的士兵，日军总部里的士兵们基本都集中到了前院的广场中。

伴随着一阵紧密的锣声，"演出"正式开始！

## 【五】

"长官，你怎么不下去？大家都在等您呢。"南崎明知西泽待在楼上的原因，却还是献殷勤地跑上来再次邀请他。

"不用了，这里的视野很好，下面反而不如这里看得清楚。"站在窗边的西泽凝视着远处的舞台，头也不回地说。

南崎在被婉拒后，并没有离去，而是走到了窗前陪在西泽的身旁。南崎要比西泽年长几岁，以他的资历，在东野少将撤离后，完全可以由他来担任驻奉天的总指挥。但是因为他能力有限，所以东野才把总指挥的权限授予了西泽。

对于东野的决定，南崎并没有什么不满，他显然也知道自己的能力不足以胜任总指挥这个职务，相比起发布命令的总指挥，他更喜欢充当命令的执行者。

望着窗外广场上喧嚣的人群，还有更远一点儿舞台上配合着锣鼓卖力演出的艺人们，南崎心里的想法和西泽差不多，他也异常珍惜这最后的辉煌。

南崎知道，再过不久他们就会全军撤回本土。虽然自己是受命撤退，但是也难逃战败者这顶帽子。到时等待着自己的是什么样的处罚还是未知数。

这次文艺会演的压轴戏是周信良的京剧《定军山》，在这之前还有十一个登场的节目。从时间上计算，七点开始的演出正好可以在十点准时结束，这样既保证了节目的长度，又不会影响到士兵休息。

在舞台的正前方，"满铁"的导演野间正在掌机拍摄。事先南崎曾反复强调这次影像资料的重要性，让野间一定要好好拍摄。为了防止对方不卖力气，南崎还塞给了野间五十块大洋。

南崎陪着西泽看完了开场的两个节目，然后才借口下面还有事情要张罗而离开。西泽望着南崎匆匆离去的背影，心想这个老头指挥能力一般，但是为人处世的圆滑程度真的可以说是一流。

南崎下楼后，先来到野间导演的身边，他看了拍摄的效果，感觉非常满意，心想这五十大洋真没白花。然后他就走进了中方的观众席。他希望可以利用最后的几天，再从这些中国的名贾望族身上多榨点油水。

与演出会场灯火通明锣鼓喧天的热闹景象截然不同，一墙之隔的日军总部宿舍区此刻完全笼罩在夜色中。如果不是偶尔从墙另一边传来的锣鼓声和叫好声，真的会让人误以为这是另一个世界。

在漆黑的夜色中，高大树木比夜色更浓重的影子覆盖在墙壁上。这些影子和它们的本体一样，不断地随风晃动。

大树枝叶的影子在晃动之间，有一片影子仿佛被风吹走了一样，以肉眼难以辨识的速度不断拉开和主体间的距离。

影子缓缓移动到了围墙和生活区的交接处，就静止不动了。不仔细看，你还以为那是墙壁上的一片污渍。

不远处，有一队日本巡逻兵正向这边走来。几个人边走边嘀咕着什么，似乎是在抱怨别人都在看节目，他们还得继续巡逻。

几个日本兵一边抱怨一边经过了影子所在的位置，没有察觉到任何异常。在他们离开的几秒钟后，在这一片墨色之中，忽然睁开了一双眼睛……

## 【六】

白泽缓缓睁开了双眼，因为经过长期的练习，所以不到一秒钟他就适应了眼前的黑暗。身体依旧贴着墙壁一动不动，他眼睛飞快地巡视了一圈。巡逻兵此刻已经转过了墙角，院子里空无一人。

白泽知道此刻自己身负使命的重要性，台上的几十个老少爷们,忍受着底下中国观众的责骂,就是为了给自己创造这个机会,所以他在心中暗自告诫自己绝对不能失手。

日军总部是当年的总督府,即便没有士兵看守,那高大的院墙也足以抵御外敌。日军驻扎进来后,又在院墙的四角增设了岗楼,想要侵入更是难比登天。

天字号下属的文艺总工会,不惜背负骂名也要举办这场文艺会演的目的,就是让伪装成演员的白泽进入这个戒备森严的日军总部大院。而接下来的行动,就只能靠他自己了。

围墙四角岗楼上的守卫主要是负责监视墙外,这对白泽来说是件好事。眼前一排房舍是日军总部的生活区,通过内线冒死传出来的消息——这次运送国宝的路线图就放在生活区尽头西泽明彦的房间之内。

白泽再次闭上眼,此处旋即恢复成一片暗影。他贴着墙壁在阴影中继续行走。几分钟后,就已经来到了西泽的房间门前。

白泽今年刚刚二十岁,却是玄门的一流高手。玄门,门人只在黑夜行动,主要分为盗、香、马三派。

盗,顾名思义就是飞檐走壁的窃贼。原本奉天城内的盗贼都是散兵游勇,毫无规矩。在门主华老爷子创立玄门后,就把这些盗贼一一收编,成立盗派,而且设立了森严的派规。盗派的人,只许劫富,不能染指贫苦百姓。一旦违反了派规就会受到生不如死的惩罚。所以，奉天城内一度夜不闭户。当然这些"户"指的是寻常百姓家，那些为富不仁的商贾却是怕他们怕得要死。

白泽就是盗派的第一高手，据说他妙手空空的技术仅次于玄门门主华老爷子。华老爷子因为年事已高，而且身份显赫，是中方观众里的重要嘉宾，所以不能缺席。因此才将这个艰巨的任务交给了白泽。此外，选择白泽执行这个任务还有另外一层原因，那就是白泽曾经是这里的主人。

白泽望着眼前这扇对开的雕花木门，思绪猛然飘回到小时候。这里曾经是他父亲白渊明的书房，他也曾无数次在这里背书和玩耍。

后来，日本兵占领了奉天。日军在经过反复考察之后，觉得这里最适合作为大本营，所以强占了这里。

身为奉天望族的白渊明，在清政府被推翻后就把总督府买了下来，作为一家人的住宅。面对来势汹汹的日军，他知道此时乃多事之秋，所以没有进行任何抵抗，就献出了宅邸。然后举家迁往乡下，打算在那里躲避战乱、颐养天年。

然而，就在回乡的路上，车队却遭到了山贼的袭击。白渊明和妻子以及几个家仆全都被山贼杀死，当时年幼的白泽也命悬一线。碰巧遇到玄门门长华老爷子路过，杀退山贼救下了白泽，并且收他为义子，把全身的武艺和妙手空空的绝技都传授给了他。

从那时起，白泽有事没事就会来到这附近转悠，但是一直没有机会再走进这里。如今故地重游，白泽心中感慨万分。短暂的激动之后，他抑制住自己的情绪，努力让自己冷静下来。

眼前的雕花木门还和记忆中的一样，只不过破旧了许多。在门上挂着一把同样古香古色的锁头。白泽看到这把锁头的一刻，心里不禁泛起了一阵凉意。

这是一把日本的古锁。虽然他和师父事先考虑到西泽的房门用的会是日式挂锁，还进行了相应的研究。但是眼前这把古锁，白泽却是第一次见到。他感觉遇到了平生最大的一次挑战……

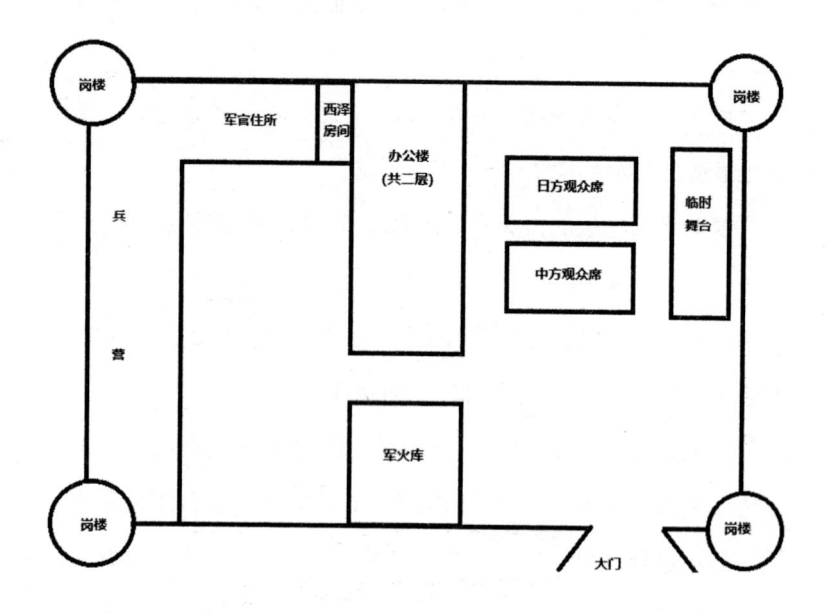

## 【七】

　　白泽双眼凝视着眼前的日式挂锁，在脑海中反复演练了无数次拆解的步骤，每一次都会遇到前所未见的问题，而解决了这个问题，很快又会碰到新的问题。

　　远处围墙之外，忽然放起了烟花，并且伴随着一声声此起彼伏的叫好声。白泽知道这是本次会演中段的压轴节目魔术表演开始了。这也预示着，留给他的时间只剩下一刻钟。

　　虽然整场演出会持续到十点，但是四大门真正能够掌控的只有魔术表演的这一刻钟。这是因为虽然日军总部的大部分士兵都会在前院观看节目，但是往返于日军大院内部各处的巡逻队还是会照常巡逻，而巡逻队巡视一圈大概需要十分钟。

　　巡逻队的路线和时间表已经通过线人预先得知，其中间歇期最长的就是八点半到八点四十五这十五分钟，因为这是两组巡逻队的交接时间，所以比平时会多出五分钟。因此，四大门把实施盗图的行动放在这个时间段。整场演出每一个节目的表演时间，事先都经过了严格的彩排，把时间精确控制到秒。而从八点半到八点四十五正好是中场压轴节目魔术的表演时间。而这个魔术，可以说是完全为了配合白泽顺利盗图而特意准备的节目。

　　"没有时间了，不能使用常规的开锁方法，看来只能这么做了……"白泽不敢再耽误时间，当机立断从怀里掏出了一根发丝粗细、带着旋转螺纹的黑色铁丝……

此刻，在舞台上表演魔术的是号称东北三省魔术王的赵玉新，他虽然师出川蜀，但是自己把很多传统魔术进行了地域化改良，使之更适合在北方演出。例如《夏日生冰》和《寒水不冻》两个节目，就是只能在北方表演的特有节目。

"前面几位曲艺前辈的节目都很精彩，现在轮到我这个小字辈前来献丑，如有不足，还望大家多多包涵。"一身儒生打扮的赵玉新的开场白很谦逊，"众所周知，在下的拿手节目是《夏日生冰》和《寒水不冻》，这两个节目，一个必须在三伏天表演，另一个则只能在三九天表演。所以，今日在下只能给各位表演《夏日生冰》这个节目。不过，即便看不到《寒水不冻》，大家也不用失望，因为今天我给大家带来一个全新的节目。至于是什么节目，请允许我先卖个关子，大家看后便知……"

赵玉新刚说完，从后台立刻走上两名打扮清凉戴着兔耳朵的助手。看到两名身材性感的兔女郎登场，日方观众席立刻响起了一阵口哨声，而中方观众席则纷纷皱起了眉头。

在赵玉新的指挥下，两个兔女郎开始准备起魔术道具，其间还不断向日军卖弄风情地抛洒飞吻。这下，日方观众席更加沸腾了，这场文艺会演此刻已经达到了最高潮。

白泽把螺纹铁丝叼在嘴里，然后又掏出一个黑色的丝质口袋，口袋的一侧事先涂好了糨糊，他将口袋轻轻贴到挂锁下方，然后从口中取下螺纹铁丝，聚精会神地操作起来……

## 【八】

赵玉新的表演时间一共只有一刻钟，其中《夏日生冰》的表演时间是八分钟。

白泽伸出手擦了擦额头上的汗水，然后看了一眼怀表，现在是八点三十八。他知道此时《夏日生冰》这个节目已经表演完毕，留给他的时间只剩下七分钟了。想到这，他连忙收起怀表，再次忙活起来……

"好了，接下来就是第二个节目的时间。在这里我先声明一下，这个节目我只是个配角，真正的主角是我的徒弟……"

听到赵玉新的话，台下一片哗然。

"大家少安毋躁，表演者虽然是我的徒弟，但是我保证这个节目比之前的《夏日生冰》更加精彩。你们可能会问，为什么我不亲自表演这个节目。我只能遗憾地说，这个节目是年轻人的专利，而我这个老家伙真的演不来这么刺激的节目。"

听到赵玉新这么说，台下的观众们终于安静了下来，他们现在都对赵玉新口中这个连他都表演不来的刺激节目产生了巨大的兴趣。

"这个节目名叫《金蝉脱壳》，发源地是大洋彼岸的英国，在那边被称为《密闭逃生》……"赵玉新边说边指挥助手把这次表演使用的道具一一搬上台来。

紧接着，从幕布后面走出来一个浑身黑衣的人，让观众吃惊的是，这个黑衣人脸上居然还画着黑色的京剧脸谱。

"这就是我的徒弟，名叫黑烟，当然这是个艺名。现在大家可能还不认识他，但是我可以保证，过不了多久，黑烟这个名字会比我赵玉新的名字更红！"

赵玉新说完，接过兔女郎递过的一条锁链，把黑烟从上到下缠了起来，最后还锁上了一把沉重的锁头。做完准备工作后，赵玉新示意日方观众可以上来检查下铁链和锁头的真伪。南崎立刻自告奋勇登上了舞台。

南崎认认真真地把黑烟身上的锁链和锁头检查了一遍，然后对着台下说："锁链和锁头都是真的，而且绑得结结实实。"

南崎验证完毕，刚要离开，却被赵玉新一把拉住："南崎先生，您等等，这里还有一个东西需要您检查。"

赵玉新这次说的是一个巨大的铁球，南崎走过去先用手指敲了敲，是实心的。他又用力推了推，铁球纹丝不动。

南崎再次检查完毕后，赵玉新这才让他离去。然后指挥助手把所有的道具组合到一起。助手们先用木棍和木板搭出了一个木架子，接着赵玉新让助手把铁球高高吊在木架子上，铁球无比沉重，五六个助手一起用力才把铁球缓缓拉起来。

固定好铁球后，赵玉新又把一个木箱推在铁球之下，然后让全身被锁链捆绑的黑烟进入木箱，接着盖上盖子。

"好了，现在大家请倒计时一分钟。一分钟后，这个铁球就会落下。如果黑烟不能在一分钟内挣脱锁链并且悄无声息地从木箱中逃走，就会被铁球砸成肉泥。现在开始，60、59、58……"

听完赵玉新的说明，台下的人再次一片哗然。

"这个黑烟是不是勾引了他的老婆，所以他才想借着表演节目的机会干掉他啊？"一个日本军官甚至和身边的人调侃起来。

更多的观众则是好奇地掏出怀表，开始配合着赵玉新的倒数一起倒计时。

## 【九】

"5、4、3、2、1！"

伴随着观众席的倒计时声归零，巨大的铁球轰然落下，重重地砸在木箱子上。木制的舞台地板承受不了这么大的压力，直接被铁球砸出了一个洞。铁球和木箱一起掉入洞内。

看到这突如其来的状况，台下的观众们都惊呆了。但是赵玉新却毫不着急，只见他再次招呼南崎上台。

南崎也被这一幕吓坏了,他故作镇定地走上舞台,然后在赵玉新的陪伴下,一起来到坍塌的舞台中央。

木制的舞台地板被砸出一个大洞,在洞的下面,木箱子已经变成了无数碎片,被压在铁球下面。但是除了箱子碎片和散落的铁链之外,并没有任何人的身体残肢,就连血液也没有。看来黑烟真的在这一分钟内在众目睽睽之下神不知鬼不觉地逃出了木箱。

"箱子已经被铁球砸得粉碎了,但是里面并没有任何人。哪位不信可以上来看看。"

听到赵玉新的话,真的有几个好事的观众登上舞台,当他们看到眼前的景象时,都和南崎一样,再次被惊呆了。

台下的观众看到这几个人的表情,都知道这次魔术表演成功了,立刻报以热烈的掌声。

"对了,赵先生。请问您的爱徒哪去了?"南崎操着半生不熟的中文问道。

"不要急,你们一会儿就能发现他了!"

白泽收起了手中的工具,再次凝望了一下眼前的木门,毫无破绽。这时他才长吁了一口气,掏出怀表。现在已经是八点五十分了,比预定计划超出了五分钟。

"幸亏老师准备了第二套方案,不然这次就算盗到了图,我恐怕也逃不出去。"白泽一边在心中暗想,一边整理了一下衣物,接着又摸了摸脸,然后才挺起胸膛转过身去。

"前面的是谁?不要动!不然我们就开枪了!"

当白泽转过身的一刹那,身后不远处也传来了日本兵的叫嚷声。

"怎么才几分钟不见,就认不出我了?"白泽讪笑着对几个神情紧张的巡逻兵说道。

"什么几分钟?我们从没见过你!"日本兵继续警觉地质问。

"哦哦,我忘了,你们一直在巡逻,所以没看到刚才的魔术表演。你们不要紧张,我跟你们去舞台,你们问问南崎长官,就知道我是谁了。"

南崎站在舞台上,目光在观众席中来来回回扫视。舞台下面的观众也都纷纷起身,东张西望地寻找起黑烟来。这时,大家看到从不远处的办公楼拐角,几个日本兵正押着黑烟向他们走来。

看到黑烟出现,赵玉新脸上露出了笑容,他转向南崎笑道:"看看,说曹操曹操到。"

看到黑烟被巡逻兵从生活区带出来,南崎脸上也满是疑惑,他走下舞台,来到黑烟面前,狐疑地上下打量着。

"报告长官,我们在后院发现了这个可疑的人,他说认识长官您。"为首的巡逻兵向南崎报告说。

"何止南崎长官认识,在座的各位都认识他。"不知什么时候也跟着南崎走下舞台的赵玉新在旁边笑着说。

"怎么？南崎长官？才一会儿不见就不认识我了？当初检查我身上锁链的可就是你啊。"白泽也笑着说。

听到白泽的提醒，一头雾水的南崎这才想起刚才充当见证人的事情。这时，一个当时没有在意的细节忽然浮现在他的脑海中。在自己之前检查黑烟身上锁链的时候，他曾经发现黑烟衣服左边腋下的位置有些开线，他当时还在想这赵玉新也太抠了，居然让自己的徒弟穿破衣服表演。

想到这，南崎笑着说："我怎么会忘呢，只不过是见你不但逃出了木箱，还瞬间移动到后院让我感到吃惊而已。"

说完，南崎一把搂住白泽的肩膀，拥着他向台上走去，眼睛装作无意地瞟向白泽的腋下。当看到那熟悉的线头后，他终于发自内心地笑了。

"各位观众，这位确实是刚才的黑烟没错。我可不是赵先生的托儿！"

南崎带着白泽来到台上，冲着台下笑着解释。听到他的话，观众席再次爆发了激烈的掌声。

就在大家等待黑烟出现期间，负责搭建舞台的工人已经麻利地把舞台地板上的破洞补好了。观众们的目光都聚焦在南崎和白泽身上，并没有人留意到维修舞台的工人中多出了一个人……

## 【十】

十点，文艺会演准时结束。

中方的观众虽然大多是不情愿来赴会的，席间还抱怨颇多，但是离开时都因为欣赏到了这么一场精彩的文艺会演而感到心满意足。短短的三小时，他们总算得以暂时忘记国仇家恨，全身心放松地沉浸在表演中。这种感觉已经有好多年没有过了。

日方的观众更是意犹未尽，因为不管是士兵还是军官，都深知这可能是他们最后一次近距离观看这么精彩的演出。回国之后，等待着他们的是什么都充满了未知。

随着观众们陆续离去，不久前还喧嚣无比的日军总部大院，顷刻只剩下一个空荡荡的舞台，再次恢复到往日的肃杀冷清的气氛之中。

在二楼的窗前站着看完了整场演出的西泽心中感慨万千。这场演出可以说空前成功，除了那个铁球砸坏舞台的意外。不过现在转念想想，那个意外应该是为了渲染演出效果，故意安排的。而那个黑烟，应该就是趁着箱子被砸到舞台下面的一瞬间逃脱的。至于他又是怎么出现在观众席后面，这一点西泽始终没有想明白。不过既然是东北魔术王的压轴节目，肯定不会被自己这种外行一眼看穿的。想到这，西泽就释然了。

西泽一边回味着演出一边走下了办公楼，此刻士兵们已经回到了宿舍，灯也已经熄灭。但是从宿舍中还是隐隐传来谈话的声音，看来士兵们也都兴奋得睡不着，还在讨论着刚刚的表演。

来到属于自己的房间门前，西泽没有急着开门，而是蹲下来仔细观察门锁。发现锁的表面没有异常后，他又从口袋中掏出一个镊子，伸进了钥匙孔中。几秒钟后，他小心翼翼地从钥匙孔中夹出了一根只有不到一厘米长的头发。

这根头发是西泽设置的防盗器，如果有人想要撬锁，那么这根头发应该会掉落。如今头发还在，他才放心地打开门锁。

他的房间是由原主人白渊明的书房改造而成，地方并不大，屋里只有一张木床和一个写字台，再有就是放衣服的大衣柜。他来到屋内后，径直走向大衣柜。打开柜门，露出了里面的保险柜。

西泽熟练地转了几下保险柜上的旋钮，柜门应声而开。看到里面的东西都完好地放在各自的位置上，西泽总算是放心了。

东野少将的中国国宝运送计划书和路线图，本来是放在办公室内的保险柜里。但是西泽心想，到了晚上，办公楼内基本是空无一人，万一发生什么状况，自己也难以察觉。所以把它们拿到自己房间的保险柜内保管。放在这里，晚上有自己看护，而白天整个大院里到处都是士兵，别有用心的人可以说是无从下手，安全性要比放在办公室高很多。

子时。

月亮完全隐藏在乌云的背后，漆黑的夜空没有一颗星星，看来明天要下雨。

依旧是那个毫不起眼的高墙内的窗户，依旧是与周遭格格不入的通明灯火。

演出结束后，四大门的门长在组织自己的门人返回家中后，立刻马不停蹄地偷偷来到了这间隐蔽的会议室。这一次，他们没有带任何随从，都是只身赴会。因为这一次的会议实在太过重要，知道的人越少越好。因此，屋内除了四大门的门长之外，就只有白泽和赵玉新两个门人。这场关乎奉天传承了数百年国宝归属的夺还战，就在这间促狭的屋子里悄无声息地拉开了帷幕……

## 【十一】

"怎么样，小白，这次盗图还算顺利吧？"

听到四大门的总门长孙老爷子向自己发问，白泽立刻从椅子上站了起来，毕恭毕敬地回答："撬锁的时候遇到了一点儿小麻烦，不过总算被我顺利解决了。屋里的保险柜和外面的门锁比起来可以说是小儿科，所以没费什么工夫。至于运宝计划书和路线图，我用师父教给我的拓图法也很容易就搞定了。总体来说，一切顺利，没有留下任何痕迹。出来的时候，因为浪费了一点儿时间，所以被巡逻兵堵个正着，不过幸好赵大哥的精妙安排，我才能够化险为夷，骗过鬼子。"

听完白泽的回答，孙老爷子满意地点了点头："没被发现就好，不然鬼子有了防备临时更改路线，我们的准备可就功亏一篑了。这次活动，小白你功劳巨大，小赵也功不可没。"

听到总门长夸奖自己，赵玉新连忙站起来谦虚地说："我这偷梁换柱的手法不过是锦上添花而已，关键还是白兄弟的功劳。"

"好了，你们都不要谦虚。等这次国宝夺回计划圆满成功后，我会论功行赏的。现在我们就根据这份路线图来制订伏击计划……"孙老爷子说完，便让白泽把拓来的运宝计划书和路线图铺在桌子上，大家一起俯身研究起来……

八月十四日。

清晨。

街头人群熙熙攘攘，商家的叫卖声此起彼伏，看起来和平时别无二样。然而，隐藏在这喧嚣之下的暗潮已经蔓延整个奉天城。

西泽已经接到了电报，遣返船明天早上八点就会抵达旅顺港，并在两小时后准时离开。日期、时间和地点都和东野长官预判的完全一致。想到这，西泽忍不住对那个已经远离的长官发出由衷的敬佩。根据"满铁"总部的报告，从奉天坐专列抵达旅顺港，大概需要八个小时，所以运宝的部队需要今晚连夜出发。

西泽看了眼怀表，现在是上午十点，距离晚上出发的时间还有十二个小时。只要熬过这十二个小时，就算大功告成。有国宝和影像资料的双重保险，应该可以将功抵过吧。更何况这个"过"并不是自己的原因，而是源于天皇的懦弱。

对日军来说，未来的十二小时是漫长的煎熬和等待。但是对四大门来说，这十二小时却是争分夺秒的宝贵时间。想要在日军的眼皮子底下布下伏击陷阱，即便是四大门也可谓难如登天。因此，现在每一分每一秒都显得无比珍贵。

暗潮汹涌的白天总算过去，转眼入夜。深夜十点，即便是在盛夏，街头也人迹寥寥。

一直紧闭的日军总部大门，忽然向两侧打开，接着从里面驶出了三辆卡车，卡车后面的绿色帆布车厢密不透风。三辆车驶出总部大门后，就径直朝着西边驶去。

如果不是事先得知运宝的线路和计划，四大门可能就会与这三辆卡车正面遭遇。到时，等待着他们的不是车厢里的国宝，而是三队全副武装的日军。这三辆车是东野少将离开前定下的诱敌之计，他预计到运宝计划可能会走漏风声，到时民间组织和地下组织一定会在沿途阻截，所以打算利用这个机会将他们一网打尽。

与此同时，日军总部的后门，赶出了四辆马车，悄声向南而去。马车上用稻草盖得严严实实。每辆马车除了赶车的车夫外，还有四个脚夫装扮的护卫。这二十个人是西泽亲自挑选的精英，在他们褴褛的衣衫之下，都藏着匕首和手枪，随时准备应对一切突发状况。

就在这一明一暗两支队伍消失在夜色之中后，隐藏在远处的玄门探子也从墙壁的暗影下现身，然后冲着远方"咕咕"地发出了几声夜枭的叫声。

## 【十二】

奉天有两座火车站，一座是奉天站，也是整个东北的铁路枢纽；而另一座火车站在苏家屯，是一座鲜为人知的军用火车站。

苏家屯距离奉天城四十里，原本叫水鸭屯，日军占领奉天后，水鸭屯成为奉天九区之一，水鸭屯因为资源丰富所以被日军称为"搜嘎屯"，意为"好屯"。水鸭屯的居民并不喜欢这个日本名字，但是又不敢公然违抗日军，所以就用谐音"苏家屯"来敷衍鬼子。

这一次的运宝计划，三辆布满重兵的诱敌卡车前往的火车站是奉天站，而真正的运宝马车队则是前往苏家屯火车站。虽然苏家屯火车站距离日军总部有四十里地，但是因为一路坦途，车队疾行的话，大概两个小时就能抵达。

运宝车队十点出发，十二点会准时抵达苏家屯火车站。运宝车队抵达后，专列就会马上出发，开往旅顺港。专列抵达旅顺的时间应该是八点左右，此时正好遣返船抵达旅顺港。把宝物搬运上船后正好是起航的十点。东野之所以把时间排得这么紧密，就是怕各环节之间等待的时间过长而节外生枝。

马车队悄无声息地出了奉天城。周遭都是一片片田地，视野良好，走在车队前面的日军不时拿出望远镜四下张望，在这种毫无遮蔽的旷野，只要有任何动静，立刻会被他们发现。

车队行走了不久，眼前出现了一条大河，这条河虽然名为"浑河"，但是河水却无比清澈，在夜晚月光的映照下，反射着耀眼的片片粼光。

浑河是辽河的一条支流，原本没有名字。相传明末大将李成梁大败刚刚自立为王的努尔哈赤，努尔哈赤逃亡之际，路经浑河。此时身后追兵已近，努尔哈赤一筹莫展。这时，他手下的一个智将提议，让所有的战马都进入水深刚刚没过马肚子的河里，然后来回奔跑，把河水搅浑。

李成梁的大军来到河边后，他看河水浑浊，河面还漂浮着很多马匹的毛脂和粪便，断定努尔哈赤的军队数量巨大，所以放弃了追击。事后，努尔哈赤觉得自己能够逃出生天，完全是此浑浊河水之功，因此将此河命名为"浑河"。

车队平安无事地过了浑河。往西南再走二十里地就是苏家屯的地界，那边已经安排好了驻军迎接。因此，负责此次运宝的宫部队长下令车队提速。

转眼间，距离驻守苏家屯的日军营地已经只有十里。宫部从望远镜中已经可以看到地平线尽头炮楼上飘扬的军旗，这时他一直悬着的心总算放下了一半。

面前是一片果林，林间有一条勉强可以两辆马车并排行走的土路，过了这里，日军营地就近在咫尺。所以宫部指挥车队加速通过果林。

与此同时，果林深处，十几个身穿黑衣的精壮汉子正隐伏于夜色中。因为这次的行动异常隐秘，知道的人越少越好，所以四大门只分别派出了四名高手，由各自的门长带队，准备迎击敌军。

果林小路的尽头，一匹骏马屹立在黑暗中，马上端坐着一位身披五彩铠甲、须发皆白的老将军。他双眼目视前方，望着逐渐逼近的车队，高高举起了手中的长刀。

二十对二十，狭路相逢……

# 【十三】

周信良今年已经六十八岁了，是四大门的门长中年龄最大的。本来这次行动大家都不想让他参加，但是周信良以其他三位门长都已参加，自己也不能落下为由坚持跟来。

周信良在这次行动中有着至关重要的作用，说白了，是周信良扮演的黄忠。本来这个角色大家打算让他的徒弟徐秋岩扮演，现在本主来了，也就只好让周信良担任这个至关重要的角色。

周信良此刻身上的装扮和一天前文艺会演的压轴戏《定军山》里的黄忠一模一样，只不过木刀换成了一把真正的生铁长刀。

"尔等鬼子，夺我大好河山，黄忠在此，还不乖乖奉上项上人头。"

周信良这蕴含着几十年功力的吼声，仿佛炸雷一般震彻夜空。正在果林中急速行进的日军听到这一声怒吼，霎时都惊呆了。他们望着眼前横刀立马的周信良，一天前黄忠快马长刀斩夏侯渊于定军山下的一幕顿时袭入脑海，吓得每个人都直冒冷汗。

周信良的吼声就是信号，隐伏在果林中的四大门高手听到吼声，立刻一起拉动了手中的绳索。

日军占领奉天后，进行了枪支管制，流落在民间的枪支基本都被收缴，尽管如此，以四大门的人脉和渠道，弄到军火还是不成问题的。然而，此次伏击战，四大门没有携带任何枪支和炸药。

"这一次鬼子运送的是我们的珍贵国宝，不能有一点儿闪失，所以这次行动我们不可以使用枪和炸药，要抢在鬼子开枪之前结束战斗。"

在伏击战的动员会上，大家听到孙老爷子的这番话，就知道今晚会是一场艰苦的战斗。让他们不使用枪和火药，他们还是有信心在肉搏上可以胜过鬼子的。但是要在鬼子开枪之前结束战斗，真可谓是难比登天。

四位门长显然也知道这种打法的难度，所以必须事先做好充分的准备，在这座果林中设伏就是至关重要的一环。

四大门的十几位高手，分别埋伏在土路两侧的密林中，每个人手中都握着一条绳子，绳子搭在一个大概有一米八高的木架上，越过木架子的部分，松松垮垮地没入泥土之中。

如果有透视眼，就会看到这些绳索在泥土中一直延伸到土路底下，然后再延伸到路另一侧的人手中。

简单地说，就是一根绳子被横着埋在土路中，然后两端分别由路两侧的人拉着。这绳子也不是普通的绳子，而是玄门华老爷子秘制的金刚绳，绳子表面布满锋利的金属片，如果将这根金刚绳缠在大树上，只要轻轻拉动几下，就可以锯断一棵碗口粗细的大树。

因为这次伏击的四大门高手一共只有二十人，除去在土路尽头震慑鬼子的周信良老先生外，只剩下十九人，所以埋在土路下面的金刚绳一共只有九条。

这九条金刚绳是潜伏在日军总部附近的玄门探子传递来信息后才铺设的，首尾两条金刚绳之间的距离正好是日军车队的总长。而每两条金刚绳之间的间距也不相同，是根据日军车队中人员和马车分布的位置计算好距离设置的。

相传，这金刚绳阵是明朝末年山贼偷袭商队时使用的伎俩，已经差不多有近百年没人用过了。玄门华老爷子也是不久前在一本古书中看到的记载，然后才临阵磨枪地运用在这次的伏击战中。

不过，运宝的车队一直是行进状态，而预设的金刚绳是静止的，所以为了让这个金刚绳阵能够最大限度地发挥作用，必须要让车队在金刚绳阵中停下来才行。

这时，赵玉新想到了一天前文艺会演的压轴戏《定军山》，那一晚，所有的日军都目睹了老将军黄忠的神威，对他可以说是又敬又怕。所以，他提议让人扮成黄忠在土路的尽头拦住车队，震慑住日军，让车队停止行进……

在路尽头横刀立马的周信良举起手中长刀发出怒吼的同时，路两侧的十八名四大门高手立刻同时拉紧了手中的绳索。埋在地上的九条金刚绳宛如弓弦一般自泥土中猛地弹起、绷直……

## 【十四】

负责押运马车的日军，看着眼前如天神下凡般的黄忠，都惊得目瞪口呆，不由得停下了脚步。也是因为太过震惊的缘故，谁都没有察觉到脚下的微微响动。

九条被拉直的金刚绳只花了不到一秒钟就破土而出，升到一米八的高度。顷刻，日军的惨叫声划破夜空。这些日军，有的被金刚绳割断了手臂，有的被割断了大腿，更有甚者被从胯下直接割成两半，当场毙命。

鲜红的血液喷溅得四处都是，受伤的日军捂着各自的伤口不停地哀号着。二十名负责押运的日军士兵中，步行的十六人伤亡惨重，有三人当场毙命，剩下的十三人也难逃断臂断腿的命运。

相比之下，负责赶车的四名日军伤势则要轻上许多，只有一人被割断一只手，其余三人除了惊吓之外，再无他伤。

这些日军毕竟是受过训练的精锐部队，在短暂的惊慌之后，立刻恢复了镇定。几名受伤不重的日军挣扎着爬到马车周围，靠着车身掏出手枪。而马车上没有受伤的三个人更是直接端起了藏在稻草下的步枪准备反击。

"在金刚绳阵触发后，你们必须立刻丢掉绳索，冲过去诛杀那些伤兵，千万不能让他们开枪。不然枪声惊动了苏家屯的驻军，我们到时就麻烦了。"

埋伏在林中的四大门高手谨记着孙老爷子的叮嘱，所以在发动了金刚绳阵后，立刻火速冲向车队。几名受伤的日军刚刚举起手枪，立刻被飞刀击中，还来不及扣动扳机就纷纷毙命。

走在队伍最前面的宫部队长，是西泽麾下最骁勇的士兵，虽然被金刚绳割断了右腿，但是他咬紧牙关翻身滚到马车下，掏出了手枪。

站在道路尽头的周信良一直在观察着战况,他看到宫部趁乱躲到了车下,立刻驱马向前。周信良胯下的黑马,似乎也感知到了主人的情绪,它四腿疾奔,只消几步就来到了马车的前面。

宫部刚刚挣扎着举起手,正准备瞄准一个冲向车队的四大门高手,就被周信良一刀砍中手腕,右手和手枪一起滚落到地面。他甚至还来不及感觉到疼痛,就被周信良反手一刀劈中头部,扑通一声倒在地上。

这场谋划了几天的国宝夺还战,只用不到一分钟就结束了。四大门没有伤亡一人,全歼了二十名日军,可以说是一场完胜。

"把鬼子尸体扔进果林,然后立刻带着国宝离开。"四大门的总门长孙老爷子催促道。

孙老爷子本名孙正,今年六十岁,年龄在四位门长中仅次于周信良。他曾经是前清皇宫的禁卫统领。后来清政府被推翻,直到溥仪被日本人挟持到了"新京"。群龙无首的奉天一度盗匪横行,再加上日军的暴虐统治,民不聊生。这时,孙正聚集了一些昔日宫内的同僚,组成黄门,打跑了盗匪,然后和奉天城内的几位望族名士商议后成立了如今的天、地、玄、黄四门。

四大门成立后,大家推举见多识广的孙正为总门长。四大门一边在奉天城内维护治安,一边和日军周旋。表面上四大门积极配合日军的各项活动,还定期缴纳保护费,属于亲日派。但暗地里却一直假扮成盗匪在和日军进行游击战。

听到了总门长的命令，大家开始清理战场。此刻，一直紧绷的神经终于得以放松，大家都没想到这场战斗居然如此轻而易举就取得了胜利。

大家一边兴奋地议论刚才的战况，一边把日本兵的尸体扔进树林。白泽更是兴奋不已，他不停地向身边的徐秋岩夸赞他师父宝刀不老，然后伸手拉着倒在稻草上的车夫尸体，猛地拽下车。谁也没有注意到，车夫的腰上还连着一根绳子……

## 【十五】

运宝车队出发前，西泽觉得东野少将的计划虽然近乎完美，但为了以防万一，他打算给这个计划再加上最后一重保险，就是"死士计划"。

"死士计划"是西泽一天前临时起意的想法，所以在东野留下的运宝计划书中并没有提及。也正是因为如此，才给四大门造成无法挽回的伤害。

西泽让负责赶车的四名车夫腰间都绑上一颗手榴弹，然后在引信上绑了一条一米长的绳子，绳子的另一端绑在马车上。这样，既不影响车夫的行动，还能成为一个与敌人同归于尽的最终砝码。

当白泽想要把已经死去的日军车夫拉下马车的时候，绑在车夫身上的绳子跟着一起被牵动，手榴弹立刻触发。然而，白泽此时还在和徐秋岩谈笑，在场的其他四大门高手，也都沉浸在这场完胜的喜悦中，谁都没有察觉到这即将到来的灭顶之灾。

孙正是所有人中最为冷静的一个，他心中虽然也很兴奋，但是身经百战的他知道越是在这种时刻，越不能放松警惕，所以他是所有人中唯一发现了这场危机的人。

孙正先是看到了死去日军车夫腰间的绳子，然后就听到了引信被拉掉的声音，他虽然没有看到手榴弹，但是心中立刻明白了一切。时间紧迫，他来不及做任何思考就向着白泽冲了过去。

白泽看到总门长猛扑向自己，不明白发生了什么，不知所措地站在那里。孙正双手抢过白泽手中的尸体，同时抬起一脚把白泽踢飞。

身子如断线风筝向后倒下的白泽见到了此生难忘的一幕：孙正在踢飞自己后，一把将抢过的尸体丢在地上，然后整个身子扑在了尸体上。与此同时，尸体腰间的手榴弹爆炸，巨大的冲击波把白泽震得更远了，他眼前一黑，昏了过去。

这突如其来的爆炸让在场的人都惊呆了。

"车夫身上有手榴弹，大家都小心。"玄门门长华思壁华老爷子望着远处老友被炸烂的身体，立刻明白发生了什么，他强忍着悲痛大声警告其他人。

听到了华思壁的提醒，其他人立刻七手八脚地把剩下三个车夫身上的绳子切断，然后将尸体丢入树林。

总算解除危机的众人，这才有时间悲伤。三位门长望着多年来一直并肩作战的战友的尸体，强忍着泪水。几个年轻一点儿的门人，则忍不住放声痛哭起来。

"大家先别哭了，鬼子肯定听到了刚才的爆炸声，应该很快会赶来，我们必须马上撤退。"华思壁知道现在不是悲痛的时候，接下来还有很多事在等着他们。

听到华思壁的话，众人这才强忍着悲痛把装着国宝的木箱一个个搬到了事先隐藏在果林内的一辆卡车上。国宝全部转移完毕后，赵玉新驾驶着汽车带着九名四大门的高手径直向南方驶去。

在浑河以南几十里外，有一座险峰，因为外形酷似马耳，因此得名马耳山。马耳山山路崎岖，易守难攻，且山中布满山洞，可以存放很多物资，因此一直以来都是盗匪的基地。四大门剿灭了奉天城外的盗匪后，依旧把那里当成基地，用来存放一些重要物资。

就这样，四大门的高手分为两队。一队前往马耳山藏匿国宝。一队带着孙正已经被炸得不成样子的尸体返回奉天城。

这一次的国宝夺还战，虽然全歼日本护宝队，夺回了国宝，却因此失去了四大门的总门长，可以说是两败俱伤。

## 3

"没想到会是这样的结局。"看到眼前的文字,何栎忍不住嘀咕,"还以为会是个大团圆的结局呢,没想到居然如此壮烈。"

这时,他忽然想到了一个问题。日本是一九四五年八月投降的,而这本杂志也是同年八月发行的,这未免有点太快了吧。

他感觉这篇小说和四大门肯定有什么关联。弄不好就是四大门的门人创作的,目的就是在日本投降后,向奉天的民众解释当时他们举办文艺会演的良苦用心。

目前看到的页码距离封底还有很多页,何栎知道后面肯定就是白泽开锁和黑烟逃生的解答部分。他并不着急往后翻,而是陷入了思考。

何栎是个不折不扣的推理爱好者,平时除了研读民国书籍杂志外,就属推理小说看得最多。书看多了,难免手痒,所以他偶尔也会写一些短篇推理小说。

何栎创作的推理小说中的诡计,主要有两种来源。

一种是灵感突发,这也是大部分作者的创作方法。

而另一种,则是看完别人创作的推理小说的谜面部分后,试着整合里面的线索给出自己的解答。当自己想好了答案后再去看原作的解答。

这时，会发生两种情况。如果自己想到的解答和原作一样，说明自己的推理能力很强，值得欣喜；如果自己的解答和原作完全不同，那么就更值得欣喜，因为这样就有了一个属于自己的诡计。

推理小说创作最忌讳的就是抄袭，这个抄袭指的是抄袭诡计。但是根据别人的谜面想出不同解答，然后倒推回去设计一个相应的谜面，这种方法是完全可行的。

何栎之前有几篇小说的诡计就是用这种方法想出来的。所以这一次，他也不忙着看解答，而是打算利用自己的推理能力试着给出答案。

首先是黑烟逃生这个谜团，解答应该并不难，他肯定是趁着铁球把箱子砸落到舞台下面时趁机逃脱。至于为什么铁球砸坏木箱时没有伤及黑烟，估计作者最多用一句"他身手敏捷，在铁球砸坏木箱的一瞬间翻滚了出去……"来解释。因为根据他的阅读经验，民国的那些侦探小说作家对于这些细节并不是很在意，或者说是考虑得不够周全。

至于白泽开锁的谜团，解答就相对要多样化许多。这个诡计可以说是密室诡计的一种，何栎之前曾经看过无数类似的谜团，解答无非是在窗户上做文章或利用密道，高端一点儿的就是把锁砸坏然后换上一把一模一样的锁，再趁机用新钥匙替换了旧钥匙。

如果是利用地道或窗户进入密室，在文中没有提及相应的线索，而且时间方面也来不及，所以基本可以排除。

另外，小说里曾提到，这把门锁是白泽第一次见到的日本古锁，而且锁眼里有西泽留下的头发作为双重保险，所以换锁这种诡计也行不通。

想来想去，何栎觉得换门的可能性是最大的。就是把门从门轴上卸下来，等盗完图再把门重新安回去。

多年前，何栎第一次看到这种诡计时，还是在一本日系推理小说里，当时感觉非常惊艳。现在看来，这种诡计有可能在近百年前就有国人已经写过了。一想到这，他感到非常兴奋，立刻翻开了小说后面的解答部分……

## 【十六】

听到运送中国国宝的车队被伏击的消息，西泽明彦并没有感到很震惊，就连他都对自己的冷静感到有些害怕。

在中国的这几年，让他深深地明白，生活在这片土地上的人要远比他们想象中更加顽强。这次日本战败，虽然表面看来是源自美军原子弹的震慑，但是他心里清楚，多年来对这个已经满目疮痍的国家久攻不下，这才是他们失败的主要原因。

也正是因为如此，西泽其实自己也并不太相信这次能够顺利把中国国宝运送回日本本土。所以，他才做了第二手准备。

国宝没有顺利运出，这是东野少将的计划出现了漏洞，和自己这个执行者关系并不大。更重要的是，自己的救命稻草还在——前一天录好的文艺会演的胶片——他并没有和国宝放在一起，而是锁在了自己房间的保险柜里。他觉得自己撤退时，把它们带在身上才是最安全的。万一自己不能全身而退，那么留着这些东西也只能是帮别人徒添功劳而已。

虽然心里有自己的算盘，但是西泽还是努力装出一副震惊的样子，这都是演给手下看的。他假装恼羞成怒地咆哮了一会儿，然后就让南崎全权负责去追查这件事。

军官们陆续离开了办公室，西泽这才终于恢复了原有的冷静。相比起追查国宝的下落，他现在更关心的是对方到底是用什么手段了解到运宝计划和线路的。

这个军营不管白天还是黑夜，一直戒备森严，即便是他们国家那些神秘的忍者，也不可能悄无声息地接近他房间里的保险柜。

唯一有机会让外人进入这座军营的时机就是两天前的文艺会演。这时，他想到了那个在木箱子里逃出生天，然后又在后院神秘现身的黑烟。毫无疑问，就是他从后院自己的房间中盗取了运宝计划书和路线图。

如今他已经明白，当初进入箱子里和事后在后院出现的根本就是两个人。只不过是因为两个人身形相似，而且穿着同样的衣服,并在脸上勾画了同样的脸谱,才让大家误以为是一个人。

其实当初他对黑烟出现在后院这件事就已经有所怀疑,但是在检查了门锁发现毫无异样后,他打消了这个念头。现在看来,当时黑烟应该使用了某种方法,在不破坏门锁的情况下进入了他的房间。

想到这,西泽决定回他的房间再去检查一遍。就在他正要离开办公室的时候,桌上的电话猛然响了起来。

这是一条独立线路,每当它响起,就预示着有大事发生。所以西泽连忙拿起了听筒。

"是,我是西泽……是……是……明白!"

这通电话的时间很短,从接通一直到挂断,西泽都是一副聆听训诫的样子。

"留给我的时间不多了……"放下电话后,西泽看了眼桌上的台历,然后喃喃着走出了办公室的大门。

## 【十七】

刚才的电话是总司令冈村宁次的秘书打来的。对方通知西泽,天皇已经在刚刚宣布投降。虽然接下来还有一系列的洽降流程,但是从这一刻起,在这片土地上,他们日军头上的光环就已经开始逐渐消散了。

对于投降这件事，其实每个日本军人都早已经有了心理准备。所以当得知这个消息后，西泽明彦反而感觉有些释然，心里的石头总算能够落地了。

虽然不能够衣锦还乡，但是一想到马上就可以见到阔别多年的父母和妻儿，西泽的心中反而有些雀跃。自己当初离开日本来到这片土地上的时候，儿子才刚刚学会走路，如今已经到了上中学的年纪。不知道儿子见到自己这个早就毫无印象的陌生大叔时，会有什么样的反应。

虽然早已经想不起儿子的面容，但西泽的面孔还是忍不住泛起了笑意。但是，他的笑容很快凝固了。这次丢了国宝，不知道东野少将会不会把责任都推到自己身上。幸好自己还有第二手准备，不然这次即便回到本土恐怕也未必能够见到自己的亲人。

不过，对方既然能够盗取运宝计划书和路线图，自己放在保险柜里的胶片也不一定就真的保险。想到这，他不由得加快了步伐。

转眼间，西泽已经来到了自己的房间门前。一切都和往日一样，对开的雕花木门紧闭着，上面的古锁也完好地挂在那里。

西泽再次确认了锁孔里的发丝，毫无异样，他总算开锁走进房屋。打开保险柜，看到胶片还完好地躺在里面，他总算松了一口气。

西泽坐在床上，凝视着眼前的房间。这里曾经是昔日这个宅邸主人的书房，大概只有不到十平方米。房间里的摆设很简单，只有一张床、一张书桌和一个衣柜。保险柜就藏在衣柜里。除此之外，屋里别无他物，甚至就连窗户都没有。

西泽站起身来，在室内巡视了一圈，接着把脚下的每块地砖都敲了敲，就连床底和衣柜下面的位置也没放过。在确认房间内不存在地道之后，他便把注意力集中在那扇对开的雕花木门上。

东野少将留下的运宝计划书和路线图此刻还在保险柜里，这说明对方是怕自己得知运宝计划泄露而更改路线，所以并没有偷走它们，而是复制了一份。

西泽心里也明白，这个保险柜对于外行来说固若金汤，但是在盗窃高手面前，恐怕就和解个纽扣一样简单。所以他对于对方如何撬开保险柜并复制运宝计划书和路线图的过程并不好奇。他现在唯一想弄明白的就是对方是如何进入他房间这个密室的。

门上的锁是自己从日本本土带来的，当初的目的就是为了防盗，所以钥匙只有一把，自己从不离身。而这些天来，他留在锁孔里的第二道保险发丝都完好无损，看来对方应该不是撬锁而入的。

当然，不排除这个撬锁的盗贼经验丰富，留意到了自己设下的保险，所以在撬锁时把发丝完好地取走，事后又原样放了回去。但是，自己在离开本土时，曾经问过一个从业几十年的老锁匠，对方说这把锁的构造非常复杂，即便是最高超的盗贼，也需要花费至少一个时辰才能打开它。

可是,即便在文艺会演当晚,院子里巡逻的士兵也和平时一样,严格遵守着十分钟巡视一圈的规定,虽然黑烟出现在后院时,正好是两班士兵交接的时间点,可能会比平时多花上几分钟,但是即便是十五分钟,对方也根本来不及撬开门锁。

那么,对方到底是怎么进入自己房间的呢?

西泽明彦在军校时期,非常喜欢横沟正史主编的《新青年》杂志。这是一本侦探类杂志,上面刊登了很多国外侦探小说译作,也有以江户川乱步为代表的本土作者原创的侦探小说,其中不乏破解密室谜团的故事。也正是因为如此,西泽才对眼前的谜团充满了好奇。

## ✢ 4 ✢

看到这一页,两个熟悉的名字战胜了谜底的诱惑,让何栎翻书的手停了下来。

横沟正史和江户川乱步都是推理爱好者耳熟能详的名字,也是日本推理小说的两位鼻祖。曾经有一篇关于日本推理小说的科普文章,说江户川乱步是本格推理的代表,而横沟正史则是变格派的代表,这种错误的说法误导了很多推理爱好者几十年。

江户川乱步从一九二三年开始，就在《新青年》杂志上发表推理小说，说是本格鼻祖确实没错。横沟正史虽然在战前创作了很多带有猎奇和恐怖色彩的变格派小说，但是战后他开始创作的金田一耕助系列却是不折不扣的本格推理小说。所以，他和江户川乱步一样，都是本格推理的代表人物。

从黑岩泪香翻译了第一篇外国侦探小说并将其引进入日本，到战前《新青年》杂志上日本推理作者群起，这五十年可以说是日本推理小说发展的第一阶段。

与此同时，我国的程小青也翻译了第一篇福尔摩斯的小说，继而创作出脍炙人口的《霍桑探案》，一时间坊间出现了各种侦探类杂志，很多民国的著名作家也都加入到侦探小说创作的行列。在当时，侦探小说在中国的火爆程度，丝毫不逊色于现代推理小说的起源地日本。

然而后来，中国的侦探小说却因为种种原因停滞发展，这一停，就是整整五十年。而在这五十年里，日本推理却在江户川乱步和横沟正史的引领下，涌现出一批诸如松本清张、森村诚一、鲇川哲也、西村京太郎等高产作家，再到后来岛田庄司和他一众学生的出现，更是让日本推理小说的发展达到了巅峰。

虽然何栎的研究方向是民国侦探小说，但他同时也是日本推理小说的死忠粉。不过，他却从没想过把横沟正史、江户川乱步这些和程小青、孙了红同时代的作家联系到一起。所以，当他看到这两个熟悉的名字出现在这本民国侦探杂志里时，真的好像发现了新大陆一样。

说起来，日本很多战前出生的推理作家，都和中国有着深厚的渊源。例如木木高太郎和宫野村子都曾在抗战期间来过中国，鲇川哲也则是从小在中国东北长大，而小栗虫太郎更是写过一篇发生在抗战期间云南苗族之中的密室推理小说。

想到这，何栎终于忍不住翻开了杂志的下一页。相比起即将到来的解答，他更期待在接下来的文章里看到其他意想不到的名字……

## 【十八】

西泽明彦望着眼前的木门，准备进行推理。

根据他的阅读经验，密室诡计主要分为两种，一种是利用机关制造密室的物理诡计，另一种则是利用常识盲点制造密室的心理诡计。

不过这两种诡计类型，对目前的状况完全不适用。因为无论是利用机关还是心理盲点来制造密室的诡计，都是在盗贼离开房间的时候才有用。而现在困扰西泽的却是盗贼如何在不破坏门锁的情况下进入房间。

看来在屋子里面观察没什么用。想到这，西泽打开房门走了出去，然后再次挂上门锁，接着开始从外面观察起来。

这是一扇向内推的对开雕花木门。门的两边都是砖墙，坚固异常。木门与门框之间虽然有着微小的缝隙，但是门锁在外面，盗贼不可能利用这些缝隙设置机关从里面打开门。门锁没有异常，门缝也没有用处，那么剩下的还有什么？

"排除了所有的不可能，剩下的即使再不可思议，那么也是真相！"

这时，西泽想到了中国侦探小说作家程小青翻译的《福尔摩斯探案》中的这句话。

门锁、门缝、墙壁和土地之外，还剩下了什么？西泽绞尽脑汁地思考着，猛然间他似乎想到了什么。

"我终于明白了！剩下的就是门本身！盗贼并没有破坏门锁，而是卸下了整个大门！"虽然没有听众，但是西泽还是自言自语地说出了脑中的推理。

终于想通了盗贼使用的诡计，西泽立刻就去加以验证。他先来到门的右边，仔细观察起门轴来。然而，这扇古旧的木门除了转轴处有着长年累月留下的摩擦痕迹外，别的地方都积满灰尘，丝毫没有被人动过的痕迹。而这些灰尘早已经和木门同化为一体，不可能是后期人为弄上的。

"卸门的话，只需要卸掉一扇就好，并不用两扇门都卸掉。"

一无所获的西泽并不气馁，他自信满满地走向木门的另一边。

然而，结果再一次令他失望。左边木门的门轴也和右边一样，完全没有被人动过的痕迹。

这一次，西泽真的受到了打击。他虽然并不是专业的侦探，但是也看过许多侦探小说，自诩推理能力远超他人，但是没想到却完全解不开眼前的谜团。

"没办法，只好去请他了。"沉思了片刻，终于明白靠自己的能力无法解开这个谜团的西泽下定了决心。

"来人！"西泽冲着身后挥了挥手。

"在！"听到西泽的召唤，不远处的勤务兵立刻跑了过来。

"立刻去把中川先生请来！"

"是！"

"如果是他的话，应该一定能够解开这个谜团吧。"望着远去的勤务兵，西泽满怀期待地喃喃自语。

## 【十九】

一年前。

一个头戴礼帽身穿风衣的男子行走在奉天的街头。他在人流中不停地穿梭，没人注意到这个把面孔隐藏在帽檐下的英俊男子就是驻奉天日军部队中一人之下的西泽明彦大佐。

西泽的目的地是一家叫古书堂的书店。每隔几个月，书店都会有一批日本本土的书籍和杂志运来。这其中就有西泽从学生时代就一本不落的《新青年》。

当时，在奉天的日本驻军和各行各业的日本商人加起来有几万人，很多人都迫切想看到来自日本本土的杂志和书籍，用以寄托乡愁。因此，每次这些书刊到货，不出三天就会被抢购一空。

西泽因为身份的关系，每次都会事先得知这批书籍到货的日期，然后第一时间去购买。这次也不例外。至于身上的伪装，因为他不想让外人知道自己一个堂堂的大日本帝国军官，居然会沉迷这种学生才喜欢看的侦探杂志。

转眼间，西泽已经来到了古书堂的门口，他习惯性地左右巡视了一遍，没有任何异常，接着他才推开店门。

听到风铃声响起，戴着老花镜的书店主人京极抬起了头，看到是西泽后，他轻轻点了点头。京极对眼前这个英俊的年轻人可以说是既熟悉又陌生。熟悉是因为他每隔几个月就会来店里一次，陌生是因为每次他都是选好书后就匆匆离开，从来不和自己做过多的交流。不过从对方挺拔的身姿看来，他应该是名军人。

京极之所以这么断定，还有另外一层原因。因为对方每次来店里，都是新书到货后的第一时间，只有军方背景的人，才会对日本本土商品的抵达时间如此了如指掌。

只不过，这一次他可能要失望而归了，因为……想到这，京极忍不住露出了笑容。他对接下来会发生的事，非常感兴趣。

西泽走进店内，向老板点头致意后，就径直走向了店里面的杂志专区。然而他在书架上来来回回扫视了几遍，却没有发现《新青年》的踪迹。

是新书还没到吗？西泽再次扫视了一下书架，看到有几本出版日期最新的文艺类杂志都好好地摆放在书架上，唯独平时放《新青年》的位置空出了一块。

"请问……"

西泽的话刚说到一半，就看到老板指了指窗口的位置。他转过头去，发现一个大学生模样的年轻男子正坐在窗前的书桌旁读书，而他手中捧着的正是最新一期的《新青年》。

西泽看了看年轻男子手中的杂志，又看了看书架上的空白处，满脸疑惑地来到柜台前："《新青年》这么快就卖光了？"

"实在不好意思，因为这一期有小栗虫太郎的新长篇《恶灵》连载，所以在本土都供不应求，我也是托朋友好不容易才搞来了一本。这不，刚到货就被那位年轻人买走了。"

听完店主的话，西泽感觉很失落，不过既然都来了，他实在不想空手而归。他沉思了一下，然后打定了主意走向那名男青年。

"你好，我也是名侦探小说爱好者。《新青年》这本杂志我每期必买，不过这一期只剩下这一本，被阁下捷足先登了。"西泽毫不犹豫地说出了自己的想法，"不知道阁下在看完这本杂志后，能否转让给在下，我愿意出双倍的价钱。另外，你可以留下地址，等你看完后，我上门去取，不会麻烦到你的。"

"你也喜欢侦探小说？"男青年听到西泽的话，"啪"的一声合上杂志。

"是的。"

"请问，你都喜欢哪些作家？"对方继续问道。

"我最喜欢的是乱步先生的作品，听说这期有新长篇连载的小栗先生，他也是我非常喜欢的作家。另外，横沟先生的作品虽然没什么谜团，但是那诡异的故事却每次都让我看得毛骨悚然……"因为身份的关系，西泽平时完全没机会和他人探讨侦探小说，所以面对男子的提问，他如数家珍地回答了起来。

"看来你没有说谎，真的是个侦探小说迷呢。"男青年说着，伸手递过了杂志，"喏，这本书现在就可以转让给你。"

"这怎么好意思，我还是等你看完再来取吧。"西泽虽然很想立刻接过这本杂志，但出于礼貌还是克制住了自己的欲望。

"没关系，因为我已经看完了！"

听到这句话，西泽有点不相信。因为自己是掐算好了时间赶过来的，这本杂志是昨晚到货的，今天是上架的第一天。而这家书店是每天九点开始营业，现在才不过九点半而已。就算这个男青年一开门就进来看书，只花半小时就看完这本近百页的杂志也有点太快了吧。更何况是这种需要反复思考的侦探小说。莫非他是在吹牛？西泽想到这，看了看对方。

"怎么？你不相信我这么快就看完了这本杂志？"男青年完全看穿了西泽的想法，毫不避讳地和西泽对视着，"不信的话，你可以随便挑一篇考考我，看看我回答的内容是不是和杂志里一样……"

这就是西泽明彦和他第一次相遇时的情景。

## 【二十】

想起和他第一次见面时的情景，西泽的脸上不禁泛起了笑意。

虽然觉得验证对方的话很不礼貌，但是被好奇心勾起兴致的西泽还是忍不住问了对方几个问题，对方的回答果然和杂志上一字不差。看来这名男青年果真有着过目不忘的本事。

因为这次奇妙的邂逅，西泽总算在奉天城内找到了一个志同道合的朋友。对方自我介绍说名叫中川透，虽然是日本人，但是却出生在中国。父亲是奉天城内一家商铺的老板。

就这样，每隔几个月，西泽都会和中川在古书堂偶遇。每一次，西泽都会因为和中川讨论侦探小说而忘记了时间。随着对中川的熟悉，西泽发现他除了过目不忘之外，推理能力更是一流。杂志上的很多小说，他往往只看完谜团部分，就能准确地说出解答。

起初，西泽和中川不过是偶尔见面的书友。他们进一步接触是在两个月前。当时在日军大本营里发生了一起诡异的命案。东野少将命令西泽限期破案，西泽在自己尝试调查了几次无果后，想到了中川透，于是把他请来协助破案。

虽然那是中川透第一次参与案件调查，却非常轻松地解开了那个被他称为"白色密室"的案件。从那以后，西泽和中川的关系更密切了。

"这么急着找我来有什么事？"

熟悉的声音把西泽从回忆中拉回到现实。他抬起头，发现不知什么时候，中川已经站在了自己的面前。

"不好意思，我这次又遇到了一个棘手的案子……"西泽的话说到一半，忽然停住了，他发现中川的身上满是尘土，看起来非常狼狈，"你这是怎么了？遇到什么麻烦了吗？"

中川见状，低头看了看自己的衣服，然后笑着回答："没什么。刚才在家里收拾行李而已，东西实在太多了，所以才搞得这么狼狈。因为勤务兵说你很着急，所以我没来得及换衣服就赶过来了。实在失礼。"

"收拾行李？你要出门吗？"西泽关切地问。

"现在的形势，你应该比我清楚吧。"中川说到这，叹了口气，"父亲说，你们撤走后，我们也就失去了保护伞。到时，积压了这么多年怨气的奉天民众可能会把愤怒都发泄到我们身上。所以，我们全家今天下午就要坐最近的一班火车前往大连，然后再坐船回日本。说起来，这还是我第一次回日本呢……"

听到中川的话，西泽沉默了一会儿，然后才缓缓开口："在这么要紧的时候，我却把你叫来这里，实在太失礼了。要不，你还是回去准备行李吧。"

"既然你找我来，就说明你一定遇到了什么难题。既然有谜题，又怎么少得了我呢。"中川笑着回答。

西泽知道中川这么说并不是在客气，他的的确确是个谜痴，只要是遇到了有趣的谜题，就算是十万火急的事他也不会放在心上。

"那好吧，我就不浪费时间了。直接把事情的来龙去脉告诉你吧。"

接下来，西泽就把文艺会演当晚发生的事情向中川讲述了一遍。这期间，中川没有插嘴。直到西泽讲完整个事情的来龙去脉，他才若有所思地说："如此说来，文艺会演当晚出现了两个谜团。一个是黑烟消失之谜，另一个则是你房间被盗的密室之谜。"

## 【二十一】

虽然中川此刻就站在西泽的房门前，但他还是选择先去查看舞台。因为在他的心中,黑烟消失之谜要相对简单一些,用它来当开胃菜再好不过了。

虽然演出已经过去了两天,但是因为马上就要撤退,所以整个军营里都人心惶惶,没人愿意去拆舞台。也正是因为如此,才保留了最原始的证据。

中川先在舞台上巡视了一圈,然后蹲下来看了看修补后的位置,接着又钻到舞台下面查看了一番。

"这个谜团很简单,以你的推理能力不至于找不出答案吧。"勘查完毕后,中川笑着问西泽。

"黑烟消失之谜的答案我确实推理出来了。他应该是趁着木箱被铁球砸碎的瞬间脱逃的,然后又混在维修的工人中离开。至于在后院出现的黑泽,则是另一个人,只不过穿着和黑烟同样的衣服,画着和他一样的脸谱。"西泽如实地说出自己的推理。

"没错,真相应该就是如此。不过你还遗漏了一些细节。"中川听完西泽的回答后说。

"什么细节?"西泽不解地问,他自认为已经很细心地考虑到了全部线索。

"你曾经说过,黑烟是被锁在木箱里的,然后铁球直接掉落砸碎了木箱,继而砸坏了舞台的地板,整个木箱和铁球都落到了舞台下面。"中川没有等西泽回答,继续自问自答道,"但是,如果铁球是先砸碎了木箱再砸坏的地板,那么木箱里的黑烟应该也会被砸成肉泥才对啊，他怎么能安然无恙地离开？"

听到这，西泽才恍然大悟。这个问题他确实没有想到。他只推理出了对方使用的手法，但是实行这个手法的细节他却从没有考虑过。他想，这也许就是他当不成侦探的原因吧。

"莫非，黑烟会金钟罩，所以才能承受住铁球的重击？"西泽说出了这个他自己都不相信的解释。

"不不，我在这个国家居住了二十多年，对于中国的武术非常了解，所谓的金钟罩铁布衫，只对力道不大的冷兵器打击有效。这么重的铁球砸下来，就算是武林高手也绝对承受不住的。"

"那黑烟是怎么逃走的？"本来以为这个谜团已经被自己解决，所以西泽对黑烟逃走这件事没什么兴趣，如今听到中川这么说，他才发现自己漏掉的细节实在太多了。即便自己发现了真相，但是如果不能解释这些细节的话，也只能算是自己猜对了而已，不能算是真正的推理。

"黑烟使用的方法很简单，只需要一个小道具就可以了。"

"小道具？"中川的回答再次让西泽坠入云雾之中。

"没错。黑烟进入木箱后，应该马上利用藏在身上的备用钥匙解开了绑在身上的铁链。从他进入木箱到赵玉新讲解魔术的内容再到铁球落下，虽然只有差不多一分钟，但是对于他这种专业人士足够了。接下来，他只需要一个道具就可以逃出生天。我想这个道具应该是一根结实的铁棍。他解开锁链后，立刻拿出一根事先藏在身上或原本就藏在箱子里的铁棍，铁棍的长度应该正好和木箱的高度一致。他只需要把铁棍顶在木箱中间，然后身体围绕着铁棍蜷缩起来就好。当铁球落下时，正好砸中了木箱盖子的正中间，也就是铁棍顶着的位置。因为铁棍很结实，它完全承受住了铁球下落的重力，并且把这股力传导到了木箱底部。木箱底部的木板和地板要比铁棍脆弱得多，顷刻在铁球的重压之下破碎，于是整个箱子掉落到了舞台下面。黑烟就是趁着这个时机，从破碎的木箱底部翻滚到了舞台下面。当木箱完全掉落到舞台下面后，因为铁棍的着地点不垂直，发生了倾斜，因此失去了支撑作用，这时铁球才把木箱的上盖和四壁完全砸碎。至于证据，我刚才在舞台下发现了铁棍撞击地面时留下的痕迹，可能因为当时时间紧迫，所以维修舞台的工人们并没有注意到。"

听完中川的推理，西泽感慨道："我原本以为黑烟逃生不过是一个再简单不过的手法，没想到背后的机关却是如此简单而又复杂。"

"没错，手法很简单，但是却需要大智慧才能想到。这就是中华民族令人恐惧的地方，他们一旦认真起来，真的是无所不能。所以，我觉得天皇投降是明智的，我们的军队就算继续留在这里，最终也只能以失败告终。"中川说出了这句西泽早已知晓但是一直不敢说出口的话后，就转身朝着后院走去，"好了，第一个谜团解开了。现在就去解决让你棘手的密室之谜！"

## 【二十二】

来到西泽的房门前,中川并没有着急进去,而是反反复复在门外检查了几遍。流程和之前西泽检查时差不多,他先看了门两边的墙壁,然后又看了看门锁,最后还仔细观察了一下门框和折页的部分。在外面观察完毕,中川这才推门进屋。

"想不到堂堂的大日本军官,宿舍居然如此简陋。"说起来,这还是中川第一次来西泽的房间。

"你就不要揶揄我了,你知道我不是贪图物质享受的人。而且,正如你之前所说,我们迟早都要撤回国,这里不过是个临时住所,没必要整得像家一样。不然到时反而会舍不得离开。"后面这些话,西泽也就只敢对中川说说。

"你之前说过,锁头没有被动过的迹象,墙壁和地面也没有打通的痕迹。我相信你的观察力。所以,这个谜团的关键应该就出在门本身上。"中川坐在西泽的单人床上,边扫视着室内边说,"刚才我在门轴的积灰上看到了几个手指印,还很新,应该是你之前调查时留下的吧。这说明你也考虑过卸门这个手法。"

听到这,西泽不得不佩服中川细致的观察力。

"这间屋子没有窗户,墙壁和地面也没有密道,门锁没被动过,门也没有被卸下来过。而门锁在外面,并不是在里面插上的,犯人也不可能在门外使用侦探小说里常见的利用丝线从里面打开门闩的手法。所以，看来所有可能性都被排除了呢。"

"是的，这也是我找你来的原因，我实在是束手无策了。虽然解开密室之谜对于追查中国国宝的下落没什么帮助，但是如果解不开这个谜团，我想就算回到国内，它也会继续困扰着我的。"

某种程度上，西泽和中川一样，也是不折不扣的"谜痴"。这也是他们两个能够成为朋友的主要原因。

"这个困扰你不会带回本土了。"

"为什么？"

"因为我已经发现这个谜团的真相！"

虽然西泽知道中川一定能够解开这个让自己束手无策的谜团，但是却没想到居然这么快。难道这就是天才和凡人之间的差距？想到这，西泽忍不住再次感慨起来。

"排除了所有的不可能，剩下的即使再不可思议，那么也是真相！这句话你没听过吗？"

听到这熟悉的台词，西泽心想何止听过，就在不久之前自己还引用过呢。于是他连忙回答："可是，所有的可能性都被否定了，我实在想不到还有什么遗漏。"

"你既然能够想到检查墙壁和地面有没有密道，为什么偏偏遗漏了最重要的一个地方呢？"

"最重要的地方……"听到这，西泽陷入了思考。很快，他想到了自己遗漏的地方,"难道,难道……你说的是……"

看到西泽视线的方向,中川知道他已经发现了问题所在,所以没有等西泽回答完毕就抢着说道:"没错,这就是密室诡计中很常见的'有洞的密室'。只不过洞不在墙和地面,也不在屋顶,而是在门上!"

## 【二十三】

"在门上挖洞确实是个心理盲点。不过,如果犯人是在门上挖洞,怎么会一点儿痕迹也没留下呢?"震惊过后,西泽才发现这个解答的牵强之处。

"你仔细看看,这扇门可是雕花的木门,只要沿着门上纹饰的边缘挖洞,是不会轻易被人觉察的。"中川解释道。

"可是,这两扇门只有靠近锁头的中间部分才有花纹,即便是沿着花纹的边缘挖洞,大小也不够一个人钻进去啊。我想,就算犯人是个孩童或者侏儒,也钻不进那么小的洞里吧。"西泽还是觉得这个解答完全不可行。

"谁说这个洞是用来让人通过的?"中川脸上的笑容充满了挑逗的味道。

"不是人难道是猫狗不成?不过猫狗可不会撬开保险柜啊!"这时,西泽忽然想起了曾经在《新青年》上看过的一篇外国侦探小说,"莫非,犯人是猴子?如果是猴子的话,应该可以钻进洞里,而且受过训练的猴子也很有可能会撬保险柜,至于拓印运宝路线图和计划书这么细致的工作,完全可以让猴子把东西从洞口递出来,由外面的主人负责完成。我记得,文艺会演当晚的节目中,确实有猴戏。"

"停停!"听到这,中川忍不住打断了西泽的推理,"你是不是《莫格街凶杀案》看多了,居然能想到这么诡异的手法。猴子开保险柜实在太扯了吧。"

"难道我的推理不对?"西泽有点不服气。

"完全不对!不过,我刚才说这个洞不是让人通过的这句话确实有些不严谨,准确地说应该是这个洞不是让任何生物通过的。"

"不是生物?那是什么?死物?"西泽一头雾水。

"没错,就是死物——门锁!"

中川最后吐出的两个字宛如晴天霹雳一般击中了西泽的心脏。这下,他终于完全搞懂了中川的意思。

"你是说犯人是沿着纹饰的边缘在门上开了一个洞,然后卸下了锁头?"

"不是卸下,而是只需要切开门的一侧,锁头的作用就失效了,犯人就可以轻而易举推开房门走进屋内……"

中川说完,拿起西泽放在床头的手电筒,然后来到房门前,借着手电筒的光线仔细寻找起来。很快,他露出了满意的笑容。

木门内侧纹饰的边缘,有一条细微的白线,那是木门掉漆后露出的木头本来的颜色。因为这个痕迹一直隐藏在纹饰的阴影下,再加上室内光线不足,所以不去特意观察是很难发现的……

两天前。

文艺会演当晚。

白泽手里拿着的螺旋状铁丝名叫"公输锯",相传是木工的祖师爷鲁班发明的。它细若发丝,顶端尖锐无比,可以轻松刺入几厘米厚的木板,刺入木板后,再利用外部的发条反复旋转它,就可以好像锯条一样在木板上割出任意的形状。"公输锯"本是木匠在制作造型复杂的木器时使用的工具,后来玄门华老爷子的师父无意中发现了它,觉得可塑性很强,于是将其改良成用来破门的工具并将其传给了华老爷子。白泽的手艺则是尽得华老爷子的真传。

白泽粘在门锁下方的丝质口袋,就是用来接钻开木门时散落下的细微木屑。白泽在不留痕迹的情况下,很快切割开了门锁旁的一侧木门,就这样在不破坏门锁的情况下进入到室内。

来到室内撬开保险柜拓印好路线图后,白泽清理干净散落在门内侧的木屑,又处理了一下门内侧花纹阴影下的切线痕迹,然后才走出了西泽的房间。

在门外,白泽小心翼翼地将切割下的木门碎块恢复原位,然后用针管向极细的切线缝隙中注入了速干胶，使得切断的木块和木门本体迅速重新黏合到一起。他又在纹饰下的切线痕迹上涂抹了和木门相同颜色的速干墨汁，再撒上一些浮灰。使之在肉眼之下完全看不出任何痕迹。

当然，如果仔细去观察木门，还是可以看出一丝痕迹。但是这一次的伪装并不需要持续很久，只要在日军运宝之前不被发现就好了。正常情况下，西泽回到房间时，发现门锁没有异样，自然也就不会去怀疑自己的房间被人侵入过，所以也就不会特意再去仔细查看木门。等到国宝夺还计划成功之后，西泽察觉到路线图已经泄露，到时才会想到去查看木门，那时即便伪装被识破也无所谓了。

完成了一切工作后，身后传来了微弱的脚步声，白泽知道是巡逻的日军已经转到了后院，他不慌不忙地站起身，然后摘下了脸上的黑布，露出了事先勾画好的京剧脸谱……

## ✥ 5 ✥

当何栎看到"中川透"这个名字时，感觉非常兴奋，但因为谜底即将揭开，所以他还是强忍着激动，把后面的解答部分看完。

"中川透"这个名字，大家可能有些陌生，但是如果提起他的笔名，我相信推理迷应该无人不知。中川透，出生于东京，从小在中国东北长大，战后随家属返回日本。返回日本后，中川透开始创作推理小说，笔名鲇川哲也。

何栎知道鲇川哲也从小生活在中国，但是从来没有想到他的名字居然会出现在这本民国的侦探杂志中。虽然不排除重名的可能，但是无论是从年龄还是生活经历以及推理能力上，小说中这个中川透就是鲇川哲也本人的可能性很大。更何况，鲇川哲也后来有一篇代表作就叫《白色密室》，创作原型很有可能就是小说中提到的"白色密室"那起案件。

比起之前在小说中一笔带过的"横沟正史""江户川乱步""小栗虫太郎"等名字，这一次"中川透"可以算是作为侦探真正登场。在一篇虚构的侦探小说中，居然出现了真实的历史人物，这个发现让何栎异常兴奋。

这篇文章的内容也许并不是虚构的，而是纪实的也说不定。不过，其中有一个疑点，如果像之前自己推测的那样，这篇小说的作者是四大门的门人，创作并发表这篇小说的目的是向奉天民众解释那场文艺会演的真相，那么小说中关于日方人物的言行描写是怎么做到如此细致入微的？

何栎思考了很久，最后得出了一个结论：这篇小说是半纪实半虚构的，里面关于中方部分的描写都是真实发生的，而关于日方部分的描写都是根据当时的情报进行的推演。例如，四大门通过线人知道有一个叫中川透的年轻人和西泽走得很近,也曾经帮助西泽侦破过"白色密室"的案件。并且线人看到在国宝夺还战结束后,西泽邀请中川透来到了日军大本营,推理出西泽是想借助中川透的推理能力,找出路线图被盗的真相。同时,这篇小说的作者也是为了让故事结构更完整,才创作了这么多日方部分的内容。

其实有很多历史推理小说都是这种创作模式,真实的历史事件、历史人物与虚构的案件和推理交织。例如约瑟芬·铁伊的经典推理小说《时间的女儿》就是如此。

想到这里,何栎忍不住感慨今天真是收获颇丰,不仅发现了自己挚爱的民国推理和日系推理这两大类别之间的关联,还挖出一件民国时期真实发生过的案件。

一想到如果这个旧书市场还有其他书店收民国杂志,自己很可能就会和这些重大发现失之交臂,何栎感觉有些后怕。他想,之所以让他遇到这本杂志,看到这篇小说,应该都是冥冥之中的天意吧。

何栎用手指捻了捻杂志,发现后面还有两页,想来应该是这篇小说的尾声吧,不知道会不会有什么反转。想到这,他轻轻翻开了下一页。没想到,这一翻,却让他陷入一个跨越了半个多世纪的巨大谜团之中……

## 【二十四】

望着眼前这个比自己小不了几岁的年轻人，西泽忍不住感慨天赋这东西真的是羡慕不来。困扰了自己许久的谜团，对方居然只花了不到一个小时就完全解开。

"既然谜团都已经解开，那么我就回家去继续收拾行李了。"失去了谜题的诱惑，中川透这才想起还有更重要的事情在等着自己。

"好吧，那我就不耽误你的正事了……"西泽也感觉在这种时候还把对方找来很过意不去，但是一想到这次一别，就不知道何年何月才能再见，他还是忍不住冲着对方的背影喊道，"等等！"

"怎么了？"对谜团之外的事物完全没有兴趣的中川透没有察觉到西泽的伤感，回过头不解地问。

望着对方天真的表情，西泽也不知道说什么好，他思考了半天，才勉强挤出了几个字："希望回到本土，我们还能见面。"

"那当然！"中川说完这句话，就头也不回地离开了。当时他没有想到，这竟是他和西泽最后一次见面。

目送中川的背影消失，西泽这才返回房间。虽然上面还没有下达撤退的命令，但是应该也不会有太长的时间。西泽觉得自己也应该早点收拾东西，免得到时太过匆忙。

奉行断舍离原则的西泽并没有太多的随身物品，最多的就是这些年积攒下的《新青年》杂志和一些侦探小说。书籍这种东西实在是太重了，把它们全都带走根本不现实，况且遣返船上估计也没有给他放书的地方。

不知道古书堂的老板会不会返回日本，如果他不回去的话，把这些书送给他也算没有浪费。西泽一边想着，一边打开了保险柜。他想再检查一下里面还有没有什么重要的东西。

保险柜中除了一些已经过期的军事文件外，再没有其他的重要东西。这时，西泽看到了东野少将离开时留下的那份运宝计划书。运宝计划书和运宝路线图的下面，还有一张宝物清单。想到被劫走的国宝很可能会化整为零分散到民间，所以西泽打算再详细研究一下这份名单，希望可以有的放矢更快找到这些宝物。

"此次从奉天皇宫内收缴的中国国宝一共五十八件，具体品名如下……"

看到开头的这句话后，西泽感觉好像有点儿不对劲，他自言自语道："有五十八件这么多吗？我记得没这么多啊。"

想到这，西泽立刻凭借着记忆逐条对照着国宝名单数起来，结果发现名单上的宝物自己确实全部都有印象，但是数量却只有五十五件。西泽生怕是自己数错了，连忙又反反复复数了几遍，结果发现确实只有五十五件。

在运送国宝之前，西泽曾经对照着名单清点过这些国宝，因为每一件都和名单符合，所以他并没有特意去数这些国宝是否有五十八件。如今看来，自己犯下了一个重大的失误。

是东野少将弄错了吗？西泽很快否定了这个想法。他不相信那个狡猾的老狐狸会犯这种低级错误。

难道这是东野少将给自己设下的圈套？莫非自己平时不小心得罪了他，所以他打算利用这次机会给自己找点麻烦？不过，自己是东野少将的下属，如果他想惩治自己，平时机会多的是，没必要非得借国宝这么重要的事情下手。

综合分析过后，西泽觉得这三件名单上没有的宝物是确实存在的，应该是东野少将害怕运宝计划出现疏漏，所以制定了预防措施，把这三件宝物单独存放在了别处。

劫走宝物的人知道日军很快就会撤离，所以肯定会把宝物妥善地收藏起来，短期内不会流到市面上。西泽知道时间紧迫，找回被劫走的宝物机会不大。但是这三件隐藏在暗处的宝物，那些盗贼应该也和自己一样对其一无所知，所以找到它们的概率应该更大一些。

如果能在撤离奉天之前找回这三件宝物，应该会给自己接下来的命运再增添一些砝码吧。想到这，西泽立刻把传令兵喊了进来。

"你赶紧再去把中川先生请……"

然而，西泽的话刚说到一半就打住了。他忽然想到，中川一家即将要乘坐的客船很可能也是最后一班了，如果错过了这班船，他们一家有可能就再没有机会返回日本本土，如果留在这里，他们肯定会遇到危险。回想起临别时中川那天真的面庞，西泽实在不想让这位好友置身于危险之中。于是他暗下决心，这一次他要靠自己的力量找回这三件宝物！

与此同时，四大门总堂。

四大门的帮众都在悲伤之中准备着一天后孙总门长的葬礼。当然，他们对外宣称孙老爷子是因病去世。

天、地、玄三门的门长都一脸哀伤地坐在堂上，看着手下人来来去去不停忙碌着。这时，忽然看到赵玉新匆匆忙忙地从外面跑进来。

"你不是应该在马耳山守着那些国宝吗？怎么回来了？"看到赵玉新急匆匆的样子，周老爷子不解地问。

"门长，我们在清点宝物的时候，发现了一件事。"赵玉新气喘吁吁地说。

"什么事？"三位门长不约而同地问道。能让一向冷静的赵玉新如此惊慌失措，他们都隐约感觉到了这件事的严重性。

"我们这次抢回来的国宝只有五十五件，但是宝物名单上写的数量却是五十八件！"

听到这，三位门长面面相觑。他们都以为这场以孙总门长慷慨捐躯而悲壮收场的国宝夺还战已经大获全胜。没想到却出现了三件下落不明的国宝。

于是，围绕着这三件毫无线索，甚至连名字、样式都不知道的神秘国宝。奉天城内再次山雨欲来风满楼……

(终)

## 6

看完小说的最后一个字，何栎的心情久久不能平静。他本来以为这个跌宕起伏的护宝故事会这样悲壮地完结，没想到这一切却仅仅只是一个开始。

虽然下落不明的三件国宝和之前的五十五件国宝在数量上不可同日而语，但是从文中给出的信息，可以看出这三件国宝的珍贵程度毫不逊于前面夺回的那批国宝。更重要的是，关于这三件国宝的信息，敌我双方都毫不知情。所以，这一次双方是在同等条件下各自去寻找国宝，想一想都能感觉到这一定是一个更加精彩纷呈的故事。

何栎想到这，连忙合上杂志，掏出手机。他先拍了一张《侦探大王》的封面，然后点开了微信，打开一个微信群。

何栎把杂志封面发到群里，然后问道："有人有这本杂志的后面几期吗？"

这是一个古籍交流群，群里的成员都是古籍收藏者或者旧书店老板，大家平时在这里交流信息和交易藏书，热闹非凡。所以，何栎的图片立刻引发了一堆回应。

"《侦探大王》？没听说过这本杂志啊。"

"嗯嗯，我也是第一次听说，你是从哪淘来的？"

"好想要！转让吗？"

回应虽然多，但是没有什么实质性的信息。就在何栎焦急等待的时候，忽然有人又发了一张图片。

何栎点开图片，发现这也是一本《侦探大王》，但是封面和自己的那本完全不同，自己的那本既然是创刊号，那么这本就肯定是后续的期目。

"哇哇，不愧是群主，果然什么都有。"

"膜拜大佬！"

因为这张图片的出现，群里更加喧嚣了。何栎见状，立刻点开图片发送者的账号开始和他私聊。

对方名叫艾大锦，是本群的群主，本来何栎在民国期刊书籍方面的收藏在国内已经是屈指可数，但是艾大锦的收藏却让何栎自愧不如。

最初,何栎是在旧书网的拍卖会上认识的艾大锦,好几本他想要的孤本,最后都被对方强压一头拍走。为了报复,后来他也抢拍了几本对方心仪的书籍。所谓不打不相识,久而久之,他们就发展成了这种亦敌亦友的关系。后来,艾大锦成立了这个群,就把何栎也拉了进来。

"老艾,你也有这本杂志?"

"我没有的话,照片哪来的?不过我只有一本,是第二期。创刊号和后面的我一直没有淘到。你这本是哪来的?"

"自己送上门的。"何栎说完,发了一个吐舌头的表情。

"你这本卖吗?"艾大锦问。

"你这本卖吗?"何栎反问。

"你说呢?"

"你说呢?"

说完这几句,两个人不约而同发出两个坏笑的表情。

"那就还是老办法吧,我们各自影印一下,然后寄给对方。"艾大锦说。

"好的。不过你得先帮我一个忙。"

"什么忙?"

"你这期杂志应该有一篇《夺宝》的小说,你能不能先拍下来给我看看。"

"什么《夺宝》的小说?这期杂志我看过了,就三篇小说,都是从别的杂志转来的旧稿。"

"不可能，我这本里明明预告说还有后续。"何栎看到这，有点急了。

"那估计是跳票了吧。"对方说完这句话，聊天窗口就一直显示对方正在输入，过了一会儿一行文字出现在聊天页面中，"对了，我想起来了，我这一期好像有一条公告。"

"什么公告？"

"等等，我拍给你。"对方说完后，聊天页面再次陷入了沉寂。

大概一分钟后，一张图片出现在聊天页面里。

这张图片分为两部分，上面是两行文字，下面是一张黑白照片。

何栎先看了看文字：

　　致歉：原本定于本期刊登的《夺宝》续篇，因为作者身体原因暂停刊登。为了表示歉意，特发一张资料照片，感兴趣的读者可以通过这张照片猜测一下接下来故事的发展……

果然是跳票了，何栎心想。他接着放大了下面的照片，这是一张合影，照片里一共有四男两女六个人。不过让人奇怪的是，这几个人的年龄和装扮各异，看起来完全不是同一类人。

照片最左边，是一位身材不高、戴着眼镜、梳着中分的年轻男子，像是个知识分子。

照片的左二，是一个身穿中山装的年轻男人，表情桀骜不驯，看起来像个顽劣的公子哥。

挨着公子哥的是一名身穿旗袍的女子，虽然照片模糊，但还是可以感受出她的妖娆风姿。

旗袍女子右边，是一名身穿风衣的女子，和旗袍女子不同，浑身散发出一种知性美。

照片右二，是一个穿着马褂、留着背头的年轻男子，五官深邃，看起来气度不凡。

照片最右边，是一个身穿白衣、手拿马勺的厨子，五短身材，表情冷峻。

望着照片中看起来毫不相干的六个人，何栎不禁有些恍惚。他知道这几个人一定和接下来的护宝故事有着莫大的关系，但是发生在他们身上的故事，却完全无从猜测。也正是因为如此，反而更加激发了何栎的兴趣，他暗想就算找不到后续的小说，也要凭自己的推理能力挖掘出这张照片背后的故事……

# 第二部 密室与毒酒

## 1

二〇二一年，夏。

旧书店离歌。

因为不是周末的关系，店里一个客人也没有。此刻，何栎正望着手中的照片陷入沉思。

这是一张刊登在民国杂志《侦探大王》里的照片。原本定于本期刊登的一篇推理小说的续集，因为作者的身体原因暂停刊登。为了表达歉意，杂志上刊登了这张作为创作资料的照片，声称这张照片和接下来的故事有着莫大的关系，感兴趣的读者可以试着通过这张照片，推测出里面的人物关系甚至是小说的剧情。

因为年代的关系，杂志上的照片非常模糊，而且还是黑白的。但是何栎已经把照片传输到了电脑里，通过修图软件把它还原到最佳状态。虽然和现在的高清照片没法比，但总算可以大致看清每个人的样貌。

这是一张合影，背景是一座荒山，照片中一共有六个人，两女四男，年龄身份各异。

照片最左边，是一位身材不高、戴着眼镜、梳着中分的年轻男子，像是个知识分子。

照片的左二，是一个身穿中山装的年轻男人，表情桀骜不驯，看起来像个顽劣的公子哥。

挨着公子哥的是一名身穿旗袍的女子，虽然照片模糊，但还是可以感受出她的妖娆风姿。

旗袍女子右边，是一名身穿风衣的女子，和旗袍女子不同，浑身散发出一种知性美。

照片右二，是一个穿着马褂、留着背头的年轻男子，五官深邃，看起来气度不凡。

照片最右边，是一个身穿白衣、手拿马勺的厨子，五短身材，表情冷峻。

文人、少爷、舞女、教授、明星和厨师。这是何栎为了方便记忆给这六个人取的名字，或者说是代号。从字面上就可以看出，这六个人的身份和年龄不尽相同，既不像是朋友更不可能是家人。

何栎拿到这张照片，是在三天前。当时他是从一本收购来的旧杂志《侦探大王》上，看到了一篇名为《夺宝》的推理小说。相比起注重气氛渲染和暗号密码的民国推理小说，这篇小说的情节更复杂，本格味道更重，这些特点在民国推理小说中可以说是一个异类。因此让何栎非常兴奋。

本来以为这是一篇完结的短篇，没想到作者却在小说的结尾抛出了一个更大的悬念，并且声称会在下一期杂志刊登续作。然而，何栎收到的旧杂志中只有这一期，迫切想知道故事后续发展的他在古籍爱好者的微信群中求助，最后终于找到了下一期的停载声明以及这张照片。

通过各方面的渠道，何栎已经得知这本《侦探大王》杂志只出版两期就停刊了，也就是说只有刊登了《夺宝》和照片的这两期。所以，后续的故事恐怕再也无法看到。

一想到这，何栎不禁有些伤感。虽然《夺宝》只不过是一篇几万字的短篇，但是他在阅读的过程中，已经不知不觉把自己代入到了那个纷乱的年代，和小说里的护宝英雄们同呼吸共命运。如今却无法知晓他们的结局，就宛如一位多年的好友忽然失联了一般。

不过，这种悲观的情绪仅仅持续了几分钟，生性乐观的何栎就找到了解决办法。他心想虽然看不到原作者的续作，但是自己手头不是还有这张照片嘛，再加上现在资讯这么发达，完全可能通过照片这条线索从网络上查出照片中这六个人的身份和一些事迹，然后根据这些资料，再凭借着自己的推理能力，应该可以大致还原出照片背后的真相。

说做就做，想到这，何栎立刻开始了准备工作。他先在电脑上把照片中的每个人都裁切成独立的照片,这样更方便利用图片搜索引擎来搜寻。然后他又把古籍爱好者群中大家平日里扫描上传的各种民国报纸、杂志和书籍的电子版都下载到电脑里。

做好充足的准备工作后,何栎就开始了这场跨越了近八十年的"侦探之旅"……

## 【一】

一九四五年,夏。

虽然此刻已是深夜,但是天气依然闷热,尤其是在这样一间密不透风的房间之中。

孙洪宇缓缓睁开了眼睛,发现自己躺在地上,周遭一片漆黑,伸手不见五指。因为宿醉的关系,他感觉喉咙干渴。一呼一吸之间,灼热的空气仿佛要把肺部烧穿。

我这是在哪里?孙洪宇在黑暗中站起身,四下摸索着,很快指尖碰触到了墙壁。他手摸着墙壁小心翼翼地行走着,生怕碰到什么危险的东西。然而,一路顺畅,他很快围着房间绕了一圈,除了他当作起点标记的一扇铁门外,房间里再没有其他的摆设——至少靠墙的一圈没有任何家具。

按理来说,即便是在黑夜里,当眼睛完全适应了黑暗,还是可以隐约看到些东西的。然而,孙洪宇在这无尽的黑暗中已经待了几分钟，可还是看不到哪怕一点儿模糊的事物。看来，这个房间里没有任何光源，就连铁门的门缝都严密到透不进半点光亮。

宿醉之后，头还是很疼，孙洪宇用力捏了捏两侧的太阳穴，努力回想着自己为什么会在这里。他记得的最后一件事，是在同泽俱乐部的包房里和灵芝小姐喝酒，他的酒量本来很好，但是在灵芝小姐频频劝酒之下，他喝得实在太多了，不知不觉间他就失去了知觉。等到再次睁开眼，自己就已经身陷在这间密室里。

因为需要思考的事情太多，孙洪宇感觉脑力不够，他想抽根烟提提神，但是摸遍了身上的口袋，都找不到香烟。不过，他居然在马甲的兜里发现了一盒火柴，不得不说真是个意外的惊喜。

孙洪宇没有着急划着火柴，他在黑暗中数了一下，火柴还有三根。他暗想，自己要利用这三根火柴，找到其他可以替代的光源。

孙洪宇之所以如此冷静，是因为他并不是第一次身处这种险境中。小的时候，因为身份的关系，他曾经几次被人绑架，那时也是关在这种漆黑的房间里，直到父亲把他救出来。本来，童年经历过这种事情的人，长大后大多会罹患幽闭恐惧症之类的精神疾病，但是孙洪宇因为在那之后，又有过很多次类似的经历，所以他非但没有对这种黑暗的密闭空间产生恐惧，反而很容易适应。

成年后，绑架他的人不再是为了索要财物，更多是因为寻仇。那些绑匪都是孙洪宇曾经教训过的宵小之徒，不敢和他正面冲突，只能在背后下黑手。但是他们又碍于孙家的背景，不敢对孙洪宇下死手，最多就是暴揍他一顿然后关进小黑屋。每一次，孙洪宇都是靠着自己的机智逃了出去。

在确定火柴只有三根后，孙洪宇开始寻找可以用来点火的东西，找来找去，他发现脖子上的真丝领带就是最佳的可燃物，它易燃，又不会产生太大的烟尘。他知道，在这种封闭的密室内，如果贸然点火，导致缺氧死亡或者被浓烟熏死，要远比饿死渴死来得更快。

做好了准备工作后，孙洪宇才划着第一根火柴，他一边用火柴把领带点燃，一边飞速地扫视了一下四周，想要看清室内的摆设。

之前在摸着墙壁寻找出口时，孙洪宇曾经用脚步丈量过，这个房间大概有二十平方米左右。现在借助火光看来，和他预测的基本一致。四面的墙壁都是水泥墙面，没有窗户，也没有任何家具，看来是一间仓库。扫视完四周，当孙洪宇把视线移向房间中央时，霎时被惊呆了，就连即将燃尽的火柴烧到了手指都毫无反应……

【二】

伴随着领带被点燃，原本漆黑的房间逐渐被晃动的光影填满。

在这明暗交替之中，孙洪宇赫然看到在房间的中央躺着一个身穿旗袍的女子。

虽然光线在不停地摇动，但孙洪宇还是一眼认出了这名女子就是不久前还在和自己喝酒的灵芝小姐，她是同泽俱乐部的头牌。

孙洪宇伸出手，探了探灵芝的鼻息，发现她只是昏了过去，这才松了一口气。他看着这张即便在黑暗中也散发着妩媚的脸，思绪飘回到了几小时前……

时间才刚过六点，孙洪宇就已经喝到微醺。他闷闷不乐地自斟自饮，回想起下午时和父亲争吵的一幕，忍不住又猛干了一杯。虽然这已经不是他第一次和父亲吵架，但是这一次尤为严重。

本来，孙洪宇和父亲的关系很好，但是自从日军占领了奉天，他们的矛盾就开始愈演愈烈。血气方刚的孙洪宇看不惯父亲在日本人面前唯唯诺诺的样子，他实在想不明白当年那个天不怕地不怕的禁卫统领，如今怎么会对日本人这么低三下四。即便现在不比从前，但父亲毕竟还是奉天四大门的总门长，他的一举一动可以说是代表了奉天城里所有的中国人。所以，他实在不愿意看到父亲卑躬屈膝的样子。

今天下午，他因为父亲授意奉天文艺总工会替日军举办送行会演的事大吵了一架，最后夺门而出来到了同泽俱乐部。

同泽俱乐部是当年张学良创办的专门为军政高官服务的餐厅，

在奉天城内无人不知。日军占领奉天后,这里成为对外开放的高级夜总会,里面有电影院、餐厅、舞厅、赌场等一切能想到和想不到的娱乐场所,同时更名为奉天电影院,不过奉天城里的居民还是习惯称这里为同泽俱乐部。

孙洪宇身为奉天四大门总门长的公子,自然是这里的常客,不过他生性脾气暴烈,所以经常酒后和别的客人发生争执,而对方大多是他平时瞧不惯的日本人。

孙洪宇每次惹了麻烦,又不想向父亲求助,都是同泽俱乐部的经理朱毅夫帮他跑前跑后摆平的。久而久之,他们成了无话不谈的好友。朱毅夫深知孙洪宇的脾气,所以特意给他安排了一个包房,每次他来喝酒,都会把他请到这里。孙洪宇也知道自己经常酒后惹事,让朱毅夫很为难,所以尽管心里不情愿,还是同意把这间包房当成他的专属地。

虽然心情烦闷,但孙洪宇还是努力克制着自己,他知道再喝下去身体就会失控,所以打算喝完最后一杯就回家。这时,他忽然听到包房门外传来了尖叫声。

这里是高级场所,看场子的打手很多,即便出了什么事,也会有人摆平,所以孙洪宇并没有理会。但是过了一会儿,尖叫声还在断断续续地传来,孙洪宇知道,这样的状况只代表了一种可能,闹事的人是那些打手惹不起的日本人。

如果换作平时,孙洪宇也许就会忍了,他知道最后朱毅夫肯定会出面解决纠纷。但是一想到再过几天这群鬼子可能就会撤走，现在居然还这么嚣张，他终于忍不住站起了身。

来到包房门外，果然看到一个身穿军服的日本军官正在对一名穿着旗袍的女子动手动脚，身边虽然有几个看场子的打手在，却没人敢阻止。这个日本军官见状更是变本加厉，女子只得不停地尖叫着躲闪。在闹事的日本军官身旁，还有几个同样身穿着军装的日本人在一旁看热闹起哄。

孙洪宇一眼就认出这名女子是这里的头牌灵芝小姐，他虽然是这里的常客，却没有和她说过话，倒不是因为他不近女色，而是他觉得一个男人主动和女性搭讪不太好，即便对方是个舞女。

孙洪宇在走廊上看了一会儿，看到那个日本军官完全没有要停手的意思，最后终于忍不住走了过去，一把抓住那个日本军官正伸向灵芝旗袍里的手。

"纳尼？"日本军官含混不清地吐出了一句日语，看来已经喝了很多。

"我让你把手放下。"孙洪宇一边说着，一边用身体挡在了日本军官和灵芝之间。

"八格牙路……"手腕被捏得生疼的日本军官骂道。

但是孙洪宇的手一直没有松开，他自幼习武，手力可以轻松捏碎熟鸡蛋，他听到对方骂人，也不还嘴，只是手上稍一用力，对方立刻疼得蹲了下来。

看到同伴的窘状，几个日本军官立刻围了上来，不过因为忌惮孙洪宇的手段，只是嘴里骂骂咧咧，没人敢上前动手。就在这骑虎难下之际，一个梳着分头一看就像汉奸的翻译挤了进来。他看到孙洪宇，连忙示好地点了点头，然后转身冲着几个日本军官叽里呱啦说了些什么。

听完翻译的话，军官们又看了看孙洪宇，脸上的表情有些惶恐。孙洪宇知道，显然是翻译告诉了日本人他的身份。虽然他一直反感父亲帮鬼子办事，但是不得不承认父亲的身份还是带给了他很多便利，之前几次殴打日本兵，虽然有朱毅夫从中周旋，但是如果没有自己父亲这个总门长的身份，他也不会那么轻易就被释放。

"孙公子，您高抬贵手。"翻译这时凑到了孙洪宇的身边，他先拱了拱手，然后又趴在孙洪宇的耳边嘀咕道，"我也是中国人，和您一样恨这些日本人，我给他们当翻译也是为了糊口。这些日本人再过几天就要撤走了，您没必要在这个节骨眼儿上和他们起冲突……"

看到对方服了软，而且自己也确实不想在这个节骨眼儿上节外生枝，孙洪宇这才气哼哼地松开了手。几个日本军官见状，立刻互相搀扶着逃也似的跑了。

平息了风波，孙洪宇正要转身走向自己的包房，这时，一个幽幽的女声从身后传来："多谢孙公子搭救，如不嫌弃，我想请孙公子喝一杯以示感谢……"

## 【三】

就在孙洪宇回味和灵芝邂逅的情形之时，大门忽然被人从外面猛地踢开了。伴随着铁门撞击墙壁的巨响，刺眼的光芒从外面涌入房间，他连忙伸手遮住了眼睛。与此同时，一个背光的人影出现在大门口。

孙洪宇心想，这个人肯定就是绑了自己和灵芝小姐的敌人，于是他一个箭步蹿了过去，伸出拳头直击对方的面门。

孙洪宇对于自己的速度和力道很有自信，他心想这一击就算不能打倒对方，至少也能逼退他，然后自己就可以趁机逃出密室。冲出密室后，他会根据外面的情况，诸如敌人人数多寡来决定下一步的对策。如果对方只有一两个人，那么他自信可以击败他们，全身而退。如果对方人数众多，他可以一边和对方周旋一边伺机逃走。虽然丢下灵芝小姐独自逃走有些不够爷们，但是只有自己逃出去，才有机会带着援军回来救出灵芝小姐……

然而，孙洪宇的如意算盘不到一秒钟就破灭了，他这一拳既没有击中对方更没有逼退对方。黑影被他突袭，非但没有慌张，反而伸出双手抓住了他的手腕，接着躬身向下扭动双手，孙洪宇立刻在空中画出一道凌厉的弧线，接着摔倒在地。

"太极?"被摔得满眼金星的孙洪宇躺在地上惊叫道。

"空手道。"对方的回答让孙洪宇吃了一惊,更让他吃惊的是,听声音对方竟然是一个女人。

摔翻孙洪宇,黑影退出了房间,然后招了招手。立刻有四个黑影冲进房间里,把孙洪宇和灵芝都拖到了门外。

来到门外,孙洪宇这才看清拖着自己的是两个身穿军装的日本兵,灵芝那边也不例外。四个日本兵把他们拖到门外后,立刻后退几步,分列成两排站好。在他们的中间,是一个穿着军装的高挑女子,在女子的身后,还站着三个日本军官,孙洪宇一眼就认出他们就是之前自己在同泽俱乐部赶跑的那几个人。看来,对方是他们找来的援兵。

想到这,孙洪宇抬起头望着眼前这个轻易将自己制服的女军官:"你是?"

"我是北村薰子,奉命前来调查山田少尉被杀一案。还希望孙公子配合。"对方冰冷的声音中不夹杂任何感情,宛如一个机器人。

"你认识我?还有,你刚才说的是什么少尉被杀?"疑问一个接着一个涌入孙洪宇的脑中。

"这件事,还是我来说明吧。"这时,一个甜美的声音从身后传来,孙洪宇回过头去,发现灵芝不知道什么时候已经醒了。

孙洪宇虽然不愿意主动向女性搭讪，但并不是不食人间烟火的柳下惠，所以当灵芝提出邀请时，他还是乐不得地答应了。就这样，他跟着灵芝来到了位于酒店走廊另一边的她的专属包房，开始了第二轮的酒宴。

孙洪宇酒量很好，但毕竟之前已经喝了不少，而且灵芝因为职业的关系，酒量丝毫不逊色于他，所以在对方频频劝酒之下，他不知不觉就已经突破了极限。直到最后，他仅存的一丝清醒也终于被酒精淹没，于是他仰躺在包房的沙发上，昏沉沉地睡着了。

北村薰子口中提到的谋杀案，就发生在孙洪宇醉倒之后。灵芝看到孙洪宇喝醉了，开门出去想找人送他回家，她先来到同泽俱乐部门口叫了一辆黄包车，然后准备返回包房，结果在包房门口好巧不巧再次遇到了之前的几个日本军官。

原来这几个日本军官被孙洪宇教训后，又去了另一个包房喝酒，现在也正好刚刚喝完。几个日本军官看到灵芝后，顺势看了一眼包房里，发现了醉倒的孙洪宇。

"哈哈，怎么英雄把美女丢下，自己喝多了？"不久前刚被孙洪宇教训过的那个日本军官用日语说道，身后的几个人立刻哄笑起来。

"现在没人能帮你了，美人。那就也陪我们喝几杯吧。"那个日本军官说完，拉着灵芝回到包房，在孙洪宇的身边坐了下来。

灵芝虽然不情愿，但是她害怕这几个日本人趁孙洪宇醉倒之时出手伤害他，所以只好答应。她来到酒柜前，取出一瓶洋酒，给每个日本军官都倒了一杯，然后给自己也倒满，接着一饮而尽。

就这样，几个日本军官在包房里又喝了起来，喝了一会儿之后，那个惹事的日本军官嫌灵芝倒酒太慢，一把抢过酒瓶，然后直接仰起脖子对着酒瓶喝了起来。另外几个人看着他猴急的样子，都大声地嘲笑他。

然而，他们的笑容只持续了几秒钟就旋即凝固。他们发现那个军官忽然双手掐住脖子不断地挣扎，表情恐怖。就在他们不明所以的时候，那个军官"哇"的一声吐出了一口鲜血，然后倒地不起……

## 【四】

"这就是山田少尉死亡的经过。"灵芝讲述完事情的来龙去脉，转头盯着北村薰子，"山田少尉最后喝的那瓶酒，我们几个人也都喝了，所以不可能有毒。我想，山田少尉他应该是之前在哪里被人下了慢性毒药，然后正好在我们的包房里毒发身亡。而之前和他喝酒的人，应该就只有你身边的这几位军官大人而已。"

北村薰子望着眼前这个身穿旗袍的舞女，同为女性的她不得不承认，这是她来到中国后见到的最美丽的女子。而对方叙述案发经过时条理清晰，看来她的脑筋应该也不差，不是那种空有美貌的花瓶。

灵芝讲述的案发过程，北村薰子之前已经听几名当事的军官说了，为了防止他们推卸责任，也是想从不同的角度了解一下案件的全貌，她这才让这两名中国嫌疑人再叙述一遍。灵芝所说和几名日本军官的叙述基本吻合。关于灵芝提到的几个人都喝过死者最后喝的那瓶酒的细节，她之前也曾经反复向几名当事人确认过，和灵芝说的完全一致。看来，下毒的不可能是灵芝，至于孙洪宇，他一直醉倒在沙发上，从始至终都没有接触过酒瓶，更不可能下毒。

想到这，北村薰子基本排除了灵芝和孙洪宇的嫌疑。加上之前她已经听说了孙洪宇的父亲是奉天四大门的总门长，不敢贸然得罪这一百多万奉天居民的领头羊，所以她准备找个理由，把他们放了。

"既然如此，看来是我的手下搞错了，得罪了二位……"她刚想好措辞开口，忽然从门外慌慌张张跑来了一个日本士兵。

来者神情惊慌，他急匆匆地跑到北村薰子的跟前，顾不得身边还有别人，就大喊起来："不好了，发现王小六的尸体了！"

"啊？他死了？尸体在哪？"没等北村薰子开口，站在一旁的一名日本军官抢先问道。

"在后院的包房里。"

"后院的包房？你不是说你们把这里都翻遍了吗？"听到这，

北村薰子非常生气，怒视着那名叫高木的军官。

"没错啊，我们确实找遍了整个俱乐部，不信您问他们。"高木说完，转头向身边的几个同僚求助。

"没错，没错，我们确实都找遍了。后院的包房我们也看了，根本就没人！"剩下几个日本军官立刻一起证明。

"王小六？"这是自己家厨子的名字，为什么他死了会让这些日本人如此惊慌？孙洪宇此时已经完全清醒过来，他的大脑飞快运转着，觉得这件事必有蹊跷。

"请问，既然没我们什么事了，我们是不是可以走了？"这时，灵芝开口道。

听到灵芝的话，北村薰子才想起之前自己被打断的话，连忙接口道："是的，你们的嫌疑已经被排除了……"

北村薰子的话说了一半，旋即打住了，她在心中暗想："虽然山田被杀的案件他们的嫌疑已经被排除，但是现在又发生了新案子，他们很可能还有嫌疑。"

这时，站在一旁的翻译似乎看出了北村薰子的疑虑，连忙凑了过来，附在北村薰子的耳边说："少佐，王小六的案子，应该也和他们没有关系。"

北村薰子听到这，带着狐疑看了这个名叫陈瑜的翻译一眼。对方见状，连忙继续说道："在山田少尉死亡之前，我和几位军官曾经去过一次后院，我们当时查看了包房，在里面并没有发现任何异常，更别说是尸体了。这之后，我们就遇到了灵芝小姐，然后和她一起喝酒，山田少尉中毒身亡后，我们就立刻把灵芝小姐和孙少爷关进了仓库。然后派人去总部报告。这期间，一直有人在走廊里看守着，走廊里可以看到整个后院。所以，不管凶手是使用了什么手法在我们的眼皮底下把包房里的王小六杀死，应该都和他们两个没什么关系。"

听完了陈瑜逻辑清晰的分析，北村薰子忍不住再次陷入沉思。她之前对陈瑜的印象就是一个为了一点点荣华富贵不惜出卖自己同胞的谄媚小人而已，没想到他的头脑却是如此清晰，就连这种小人物都具备这样的智慧，看来这片土地真的是人杰地灵，难怪上头这么执着于占领这里。

"请问北村少佐，我们可以离开了吗？"这时，灵芝的话再次打断了北村薰子的思绪。

"你们可以离开了……"

北村薰子说完这句话，就命令之前来报告的士兵带路，然后朝着后院王小六的陈尸现场走去。几名军官和翻译连忙灰溜溜地跟在她的身后。

刚才还喧嚣无比的院子里，顷刻之间只剩下了孙洪宇和灵芝两个人……

## 2

打完最后的符号,何栎用力伸了一个懒腰。

上一次写推理小说,已经是几年前的事情了。本来以为多年不写,写作功力已经完全退化,没想到居然一上手就找回了感觉,不知不觉就写了几千字。

相信大家都已经看出来了,这篇小说里出现的两个主要人物——孙洪宇和灵芝——就是何栎找到的照片里代号"少爷"和"舞女"的两个人。这两个人的身份可不是何栎凭空杜撰的,而是他通过各种资料筛查后才锁定的。

从古籍爱好者群里下载的资料很多,不光有文字,还有很多图片,有的是现代人配的插图,也有很多是原版民国杂志和报纸的扫描版。所以,查阅这些资料的工作量很大,何栎只有一个人,只能慢慢翻阅。

花了一天的时间,何栎终于在一张一九四五年出版的报纸上看到了一则令他感兴趣的新闻——《夜总会头牌灵芝小姐与孙公子深夜私会》。

看到这个标题,何栎就猜到这肯定是一家专门刊登名人绯闻的八卦小报,一想到这种媒体居然从民国时到现在近百年经久不衰,他忍不住苦笑了一下。

在这个吸引人眼球的标题下面,有一张模糊的照片,虽然已经经过图像处理软件的修复处理,但依然还是只能看个大概。但是,何栎还是一眼就认出了照片中这一男一女两个人就是之前找到的照片中的"少爷"和"舞女"。

说起来,这两个人也确实是照片中最容易扯上关系的两个人,风流倜傥的富家公子和妩媚多情的舞女,彼此之间想要不发生点儿故事都难。

然而,虽然确定了两个人的关系以及舞女的身份,但少爷的身份却还是个谜,毕竟有钱人的种类很多,军政商艺的后人都有可能。就在何栎一筹莫展之时,他又在一张《奉天时报》上发现了一则不起眼的新闻。

这则新闻只有区区几十字,连个标题都没有,全文如下:

> 昨夜,同泽俱乐部内发现一具男尸,死者为孙府的厨子王小六。孙府的少爷也一同在现场被发现,疑似凶手,后被证明无罪。王小六的尸体,已经移交到日本宪兵队,死因还在进一步调查之中。

看到这条新闻时,何栎感觉很诧异,按理说发生了命案,应该上头条才对,为何这起案件的报道只有这区区几十字?莫非,在那个年代，死一两个人已经不算什么稀奇的事情了？

另外，报道中的孙府指的又是哪？文章里并没有对这个孙府做过多的介绍，说明这个地方是当时奉天人尽皆知的，难道是《夺宝》里四大门总门长孙老爷子的府邸？那涉嫌杀人的孙府少爷不就是孙老爷子的公子？

想到这，何栎立刻兴奋了起来，之前想不通的问题，也迎刃而解。这篇报道之所以这么不显眼，是因为这起案件涉及四大门总门长的公子，所以不宜大肆宣传。而《奉天时报》毕竟是当时奉天城内最权威的报纸，发生了命案却只字不提，又害怕读者说他们畏惧权势，所以才采用折中的方式，只刊登了这么一则豆腐块大小的报道。

之前八卦新闻里的照片，背景就是同泽俱乐部，而这张《奉天时报》的发行时间，正好和案件发生的时间吻合。所以，照片里的孙公子应该就是报道里提到的嫌疑人孙公子。到这里，"少爷"的身份也总算解开了。

不过，让何栎更感兴趣的还是这起杀人案。王小六是孙府的厨子，按理说没钱也不够身份出入同泽俱乐部这么高档的夜总会，他为什么会死在里面？谁会没事跑到那种地方杀一个厨子？孙公子又为什么会成为嫌疑人？王小六是孙府的厨子，很可能在无意中听到什么秘密……例如，国宝夺还战的计划。所以，他的死很可能是被人灭口。不过，他毕竟是孙府的仆人，更可能是四大门的门人，即便得知了夺宝的计划，也没理由把他灭口啊？除非，他的身份不是一个厨子那么简单，而是日本人安插在四大门里的密探……

何栎知道自己不是学者，无法根据现有的资料写出一篇严谨的论文，但是自己有着非同一般的想象力，完全可以根据目前掌握的资料，靠脑洞补完整一个有趣的故事。这就是何栎创作这篇推理小说的初衷。如今，小说的谜团部分已经完成，而后面的解答部分，说实话，他还完全没有想好……

## 【五】

北村薰子此刻正站在同泽俱乐部的后院，相比前厅的喧嚣，这里显得异常安静，她没想到仅仅隔了一条走廊，就把这里划分为两个截然不同的世界。

后院的面积不大，地面是用方砖铺成，在院中间有一座水池，在水池的东北西三个方向，各有一扇门。而她站着的地方，则是水池的南边，身后就是通往前厅的走廊。

因为发生了两起命案，所以朱毅夫此刻也赶到了现场。看到北村薰子正满脸狐疑地扫视着后院的三扇木门，他连忙开口介绍道："有的客人来我们这是为了谈生意或者其他要事，他们觉得前厅的雅座太闹腾，而且容易被外人撞见，所以我们才特意在后院开辟了这三间私密包房。"

"要事？你们普通老百姓有什么要事？难不成是地下组织的秘密会议？"

听到北村薰子忽然发难，朱毅夫连忙摆着手说："不不不，我们哪敢窝藏地下组织啊。我说的要事其实是……你进来看看就知道了。"说完，朱毅夫推开一扇门，然后引领着北村薰子走了进去。

北村薰子来到室内，发现屋内的装饰和外面简朴的木门简直是天差地别，室内装潢得金碧辉煌，而且除了餐桌，还有茶几和沙发。而王小六的尸体，就俯卧在房间的中间，身子下面的地面已经被鲜血染红。

在房间的角落，还有一个圆形的拱门，北村薰子小心翼翼从尸体上跨过，走进拱门。一张带着幔帐的双人床赫然映入眼帘，这里竟然是一间卧室。在卧室的一角，还有一个小木门，她推开门向内张望，发现里面是一间独立的茅厕。这时，北村薰子发现，这间包房里虽然一应俱全，但是却没有窗户，能够进出包房的途径，只有刚刚她通过的那扇木门。

"有的客人谈完事情已经很晚了，会选择留宿在这里，所以，这里也准备了卧室和独立的茅房。"朱毅夫说到这，犹豫了一下，接着才继续说，"其实，很多客人并不是民间人士，而是你们军方的人，就连你们的东野少将，也来过几次……"

北村薰子虽然行伍出身，但毕竟是个女人，她很快明白了朱毅夫口中"要事"的含义。她抢在脸颊发烫之前转过身。

因为不愿意面对王小六丑陋的尸体，同时也是想离开这个让她觉得肮脏的地方。在勘查包房后，北村薰子就带着几个当事人回到了走廊上。

"你们几个再给我讲述一遍之前查看这里的经过。"

听到北村薰子的话，跟在她身后的几个军官立刻立正站好，然后领头的高木说道："今天，我们来这里并不是寻欢作乐的，而是奉长官的命令，来找王小六获取情报。"

北村薰子知道，虽然四大门一直对日军唯命是从，但是日军却从来没有信任过他们，只不过是表面上装作很信任他们而已，更多是为了利用他们来安抚奉天城的民众。而王小六，就是日军安插在四大门的密探之一。

每周日，王小六都会来到同泽俱乐部，虽然他的身份只是一个厨子，但是因为孙府的待遇很好，他还算有些积蓄，再加上他和同泽俱乐部的几个大厨都是师兄弟，所以来这种高档的地方，别人并不会太留意。而王小六就是利用这个机会，把这一周来探听到的消息传递给接头的日军。

为了避免引起怀疑，前来接头的间谍并没有隐藏身份，而是以日军的身份前来消费，而且人数不止一个，毕竟喝酒玩乐这种事，人多了才不会让人起疑。当然，这一晚所有的消费都是军部报销，所以每次接头行动，都堪称是谍报部门的一场盛宴，大家争相前往。

今天正是周日，日军谍报部门照例派来了四位中级军官和一名翻译。接头的时间是晚上九点，但是每次谍报人员都会在六点钟就来到这里，九点前的三个小时，就是他们的狂欢节，他们可以肆意玩乐。就是在这时，他们碰到了路过的灵芝小姐。

当然，他们没有说出调戏灵芝在先，然后被孙洪宇教训的事情。只是说孙洪宇喝多了，和他们发生了一点儿小冲突，但是他们大人不记小人过，没有理会他。

听到这里，北村薰子打量了一下面前的几个人，见他们神情紧张，就猜到他们肯定是在撒谎，不过她也知道这些细节无关紧要，所以并没有拆穿他们。

"我们几个先在包房喝了一会儿酒。到了九点，却迟迟没有看到王小六出现。于是我们就四处去寻找他。但是我们找遍了这个俱乐部，都没有看到王小六。于是我们几个又来到后院，因为我们知道平时出入这三间包房的都是一些社会名流，我们不敢擅闯，就扒在门上的猫眼向里面张望。"

"猫眼？"听到这，北村薰子不解地问道。

## 【六】

"我来说明一下吧。"看到北村薰子对"猫眼"这个词产生了疑问，朱毅夫再次站出来解释道，"猫眼就是门上的一个小孔，因为出入包房的客人都很尊贵，为了防止外人打扰，特意设置的猫眼。这样当外面有人敲门时，里面的人可以通过猫眼看到外面的来者是谁。而房内的客人想要出门时，也可以先通过猫眼看看外面有没有陌生人，以免被人撞见。"

"那包房外面的人不是也能通过猫眼窥探到包房里面？这样那些客人的隐私不就曝光了？"这时，北村薰子发现了一个问题。

"在房门内侧，有一个盖子，可以从里面遮挡住猫眼，这样外面的人就不能看到里面了。"朱毅夫继续解释道。

"那他们几个是怎么从外面看到屋内没人的？"北村薰子说到这，把头转向几名军官。几个人吓得面面相觑，然后一起望向朱毅夫。

朱毅夫见状，立刻解释道："他们没有说谎。因为很多客人的行踪都是保密的，所以我们俱乐部的工作人员也不知道包房里面到底有没有客人。因此，使用这些包房有一个约定俗成的规则——那就是包房客人离开时，要从屋内把猫眼上的盖子打开。这样，我们的工作人员如果发现猫眼可以从外面看到里面，就说明里面没有客人，那么他们就可以进去收拾房间了。今晚，碰巧三间包房都没有客人，所以猫眼的盖子都是打开的，因此他们几位才可以通过猫眼看到屋内的状况。"

"是的，是的，我们当时通过猫眼把三间包房都看了一遍，里面并没有任何人,所以我们就离开了。"听到这,高木连忙补充道。

"通过猫眼,也不过只能看到包房的外厅而已,万一里面的卧室和茅厕藏着人呢?"北村薰子质疑道。

"如果有人在卧室里面,那么肯定也会把猫眼从里面盖上,这样我们的工作人员就知道这个包房有人,才不会去打扰他们。否则,万一客人在卧室谈什么要事,我们的工作人员却不小心闯进去想要收拾房间,这不就尴尬了吗。所以,只要客人走进包房,肯定会回手把猫眼盖上。"朱毅夫非常耐心地向北村薰子解释道,他看起来是个性格很好的人。

"我明白了,你继续说吧。"北村薰子听到这,心中的疑问都得到了解答,所以示意高木继续说下去。

"我们几个人当时通过猫眼把这三间包房都看了一遍,发现里面没人,我们心想可能是王小六因为什么事耽误了,要晚来一会儿,所以我们就打算回到前厅继续等他。这时,碰巧灵芝小姐经过,她见到我们,非拉着我们去她的包房喝酒,我们再三推辞,但她一直拉着我们不放,我们怕和她纠缠下去耽误了正事,只好进包房应付一下,打算随便喝几杯就离开。"高木立刻继续说道。

听到这,北村薰子再次冷冷看了几个谍报部的同僚一眼,她知道这段话肯定也是谎言,不过因为和案件无关,所以还是没有拆穿他们。

高木见北村薰子没有质疑,连忙继续说:"因为灵芝小姐倒酒太慢了,而我们都赶时间去找王小六,所以山田君才抢过酒瓶一饮而尽。本来他也是想替我们解围,早点喝完这瓶酒,然后就离开,没想到却从此阴阳两隔。"

高木这么说,并不完全是在为死去的山田辩护,更多是在帮自己开脱。如果是因为他们寻欢作乐,导致同僚死亡,他们几个人可能都会受到处罚。但是,如果把山田说成是为了完成谍报部的任务而不幸遇难,到时他会被追授军功不说,自己也可能会被连带嘉奖。

北村薰子心里其实早就知道高木的小算盘,但是在这个非常时期,她也不想过多追究。于是她示意高木继续讲下去。

"山田君中毒身亡后,我们觉得灵芝的嫌疑最大,所以把她和醉倒的孙公子一起关到了俱乐部后院的仓库里。然后就派人赶紧去总部报信,接着西泽长官就派您过来了。"

听到这里,北村薰子终于完全明白了之前陈瑜告诉她关于灵芝和孙洪宇不可能是凶手的理由。高木他们是在查看完包房后遇到的灵芝,然后就一直拉着她喝酒,直到最后山田被毒死后将灵芝和孙洪宇关进仓库,他们俩都一直和高木他们在一起。所以,他们两个都没有机会去包房杀人或者从外面移尸到包房内。

而山田死后,高木派人一直守在走廊,从走廊可以直接看到后院,凶手此刻更没有机会去包房杀人或者移尸。所以,凶手行凶的时机只能是高木他们在包房里喝酒的那段时间。凶手应该是趁后院无人之际，将王小六哄骗或胁迫进包房内将其杀死后逃离。

想到这，北村薰子说出了她的分析，然后让手下的士兵去调查俱乐部的客人在那段时间的动向。听到她的分析，高木等几个军官都谄媚地伸出了大拇指。

然而，这时陈瑜又站了出来，说："那段时间凶手根本没有机会去包房杀人！"

## 【七】

听到陈瑜的话，北村薰子再次饶有兴趣地打量起眼前这其貌不扬的中国人。虽然对方打断了自己的话让她有些不悦，但她还是很期待对方接下来提出的反驳理由。

"高木长官他们进去包房之前，特意派我待在走廊，以免和王小六错过。"说到这，陈瑜怕自己的话无法令北村薰子信服，接着又补充了一句，"下川长官也和我在一起。"

听陈瑜提到自己，一直站在角落的下川连忙站了出来："是的，从高木长官他们进入包房，到山田长官死亡，我和陈先生都一直待在走廊。因为怕和王小六错过，我们一直在后院和前厅之间来回巡视。我敢保证这段时间里，绝对没有人从发现王小六尸体的包房里进出过。"

北村薰子听到这，双眼直盯着眼前这个脸上还带着稚气的年轻人，心中忍不住想，他的年纪应该和自己的弟弟差不多大吧。她知道这个叫下川的年轻人是刚刚被调入谍报部门的，因为资历浅，所以才和翻译一起被留在包房外值守。如果说，她之前对陈瑜的话的确有些怀疑，但是如今加上了下川的证词，她终于相信了陈瑜的话。

"所以，你的意思是，从你们检查完包房到山田少尉死亡，这期间一直没人进出过包房？"

听到北村薰子的总结，陈瑜不住点头。

"那这就奇怪了。那个包房一直在你们的监视之下，但是王小六的尸体却凭空从包房里出现，这可真是一个诡异的谜团啊。我想，西泽大佐应该会对这起案件非常感兴趣吧……"

北村薰子曾经在西泽明彦的办公桌上看到过一本《新青年》杂志，她记得自己的弟弟也很喜欢看这本杂志，弟弟曾经告诉她，这是一本专门刊登推理小说的杂志，里面有着各种各样有趣的谜团。她怎么也想不到一个堂堂的大日本帝国军官，居然也会看这种小孩子爱看的东西。

"您说什么？"听到北村薰子提到了西泽的名字，高木有些惶恐地问。

"没什么……"北村薰子从思绪中回过神来，继续总结道，"所以，我们现在要面对的是两起不可能犯罪案件喽。"

"不可能犯罪"这个词是北村薰子从《新青年》杂志里看到的,她之所以去看这本杂志,并不是因为对推理小说或者谜团感兴趣,而是想要了解一下西泽大佐的爱好,希望可以从中找到获得青睐的机会。

果不其然,在她假装不经意提起喜欢读推理小说后,西泽大佐对她的态度立刻有所转变。渐渐地,她成了西泽明彦的心腹。而她付出的代价是让从来不看书的自己把能够找到的推理小说都看了一遍。为了能够和西泽明彦有更多的共同语言,有些书甚至是她写信回本土,拜托弟弟寄来的。

虽然读了这么多的推理小说,但北村薰子还是对推理提不起兴趣,相比起用智慧去破解谜团,她更倾向于用暴力让犯人开口。然而,在这两起案件中,都没有明确的嫌疑人,所以她的审讯能力完全派不上用场。

"如果西泽大佐在的话,应该很快就能侦破这两起案件吧。要不我回去求助一下他?"然而,这个念头只在北村薰子的脑海里闪了一下就被她否定了。毕竟在西泽明彦的眼中,自己也是个推理爱好者,如果连这样的谜团都解不开,自己投其所好才去看推理小说的内情可能就会败露。

"如果我也有个中川先生那样的朋友就好了……"北村薰子知道中川透帮助西泽明彦解决"白色密室"案件的事情。所以这时,她也期盼着有一个这样的神探可以从天而降帮她解开难题。

"薰子?"

这时,一个声音从身后传来。北村薰子下意识地回过头去,发现身后站着一个身穿洋装的女子。当看到对方面容的一瞬间,北村薰子立刻惊呼道:"神探真的来了!"

## 【八】

"宫野!"看到眼前的西装女子,北村薰子宛如少女般飞奔过去,拉起对方的手兴奋地转起圈来。

平日里北村薰子不苟言笑,加上她那打遍日军总部无对手的空手道功夫,让所有男兵都对她避而远之,如今看到她宛如少女般活泼的一面,站在现场的几个谍报部的军官面面相觑,不知道发生了什么。

短暂的兴奋过后,北村薰子终于意识到自己在属下面前失态了,连忙正襟站好。虽然她极力控制自己的情绪,但语气依然满是兴奋:"自从毕业之后,我们差不多十年没见面了吧。想不到会在这里见到你……"

"是啊,正好十年。我听别的同学说,你考上了军校,没想到居然现在已经是个女军官啦。"这个名叫宫野的女子也兴奋地回应说。

"你才厉害,现在是个大作家了。当初在杂志上看到宫野村子这个名字，我还以为是同名同姓呢，后来问过几个同学，才知道真的是你。"

"啊，你居然看过我的小说？我记得你上学时最喜欢的是体育课，从来不看什么推理小说的啊。"听到北村薰子的话，宫野感到很惊讶。

"人都是会变的嘛。"北村薰子哪好意思说自己是为了讨好上司才专门找来推理小说去看，连忙随便敷衍几句就转移了话题，"对了，我现在正面临两个难题，需要向你这个推理专家求助……"

十分钟后，北村薰子讲完了两起案件的来龙去脉，然后满怀期待地望着宫野村子。

"确实是两个很有趣的谜团，比我写的小说要精彩多了。"听完王小六和山田少尉两起命案的案发经过，宫野村子也非常兴奋，"我真的也想知道这两个谜团的真相，不过现实中的案件和推理小说完全不同，所以我也不敢保证能够帮你找出答案。"

"不要谦虚，我相信你一定可以的。我这就带你去现场看看……"说完，北村薰子就热情地搂着宫野村子的腰朝山田少尉被杀的包房走去。这时，她瞥见站在一旁不知所措的几个谍报部同僚，于是皱着眉头说："好了，这里没你们什么事了，你们回谍报部待命吧。如果案件有了新的进展，我会转告你们上司的。"

听到北村薰子的话，几个人如释重负，他们生怕北村薰子会改主意，连忙逃也似的跑出了俱乐部。陈瑜跟在几个人的后面，也朝大门走去，临出门前，他忽然回过头看了一眼宫野村子，但是北村薰子和宫野村子都没有注意到他。

半小时后，北村薰子和宫野村子并肩走出了同泽俱乐部的大门。

"案情我基本了解清楚了，现场也勘查完毕，不过我只写过一些推理小说，并没有真正参与过破案，所以不敢保证一定可以帮你找出真相。"宫野村子说。

"我相信你的能力，这就回去等你的好消息了。"北村薰子说完，就和宫野村子挥手告别，然后朝着日军总部的方向走去。

望着北村薰子直到消失在夜幕中都没有回头的背影，宫野村子心想她还是和上学时一样，像个假小子一样豪爽。

就在宫野村子缅怀青春的时候，忽然一个男子挡在了她的面前……

## 【九】

"宫野女士，您不要害怕，我不是坏人。"

虽然对方操着一口流利的日语，但宫野村子还是一下就听出了他并不是日本人。她打量着眼前这个其貌不扬的男子，总感觉在哪里见过。

"不好意思，是我太冒昧了。我们刚才见过……"陌生男子说着，伸手指了指不远处同泽俱乐部的大门，"刚才您和北村少佐叙旧的时候，我就在你们身边，不过可能我太不起眼了，所以您没有注意到我。"

听到对方的话，宫野村子终于想起来了，这名男子确实是之前站在北村薰子边上的属下之一。他是个中国人，但是却和日本军官待在一起，而且他的日语很流利……宫野村子回忆起之前的种种细节，马上就猜出了对方的身份。

"我叫陈瑜，现在在日本军部担任翻译。"陈瑜已经看出对方猜出了自己的身份，但出于礼貌还是自我介绍了一下，"我冒昧来打扰您，是想问您一个问题。您是写《柿子树》的那位宫野村子吗？"

听到陈瑜的问题，宫野村子愣了一下，虽然之前北村薰子当众提过自己的名字和职业，但是并没有提起小说的名字，《柿子树》是自己七年前发表在《侦探》杂志上的处女作。没想到在大洋彼岸居然有人看过。

看到宫野村子有些困惑，陈瑜连忙解释道："我因为职业的关系，经常会阅读一些日本杂志，这其中很多都是侦探杂志，久而久之，我就成了一名推理爱好者，也试着发表过一些作品。我刚刚提到的那篇小说，虽然发表于六七年前，文笔略显稚嫩，但是内容我却非常喜欢。而那篇小说的作者名字就叫作宫野村子。因此，刚刚听北村少佐提到您的名字还有职业，我就一直在想您是不是那篇小说的作者。"

"那是我的处女作，承蒙不弃，您居然还记得。"听到这，宫野村子发自内心地向陈瑜鞠了一躬。

陈瑜见状，连忙还礼道："您太客气了！一想到您很可能就是我喜欢的小说作者，我实在太兴奋了，所以才冒昧地拦住您，希望没有吓到您。"

"没有，没有。"

"不知道宫野女士您一会儿还有没有事，如果没事的话，我想请您喝一杯咖啡赔礼。"陈瑜说到这，生怕对方误会自己是随便向女士搭讪的宵小之徒，连忙补充了一句，"不瞒您说，我私下里也偶尔写一些推理小说，所以有很多创作上的问题想要向您请教。"

如果换作平时，对于素昧平生的异性的邀请，宫野村子都是敬而远之的。但不知道是不是因为都是推理爱好者的关系，瞬间拉近了彼此间的距离，宫野对眼前这名中国男子毫无初次见面的陌生感。

"其实，相比创作上的问题。我更想听听宫野女士对这里刚刚发生的两起命案的看法。"

几分钟后，两个人再次坐到了同泽俱乐部的咖啡厅里。因为接下来的话题可能有些敏感，所以陈瑜特意选择了一个角落的位置，并且等到侍者把点好的咖啡送来后走远，才开始了话题。

其实宫野村子之所以这么爽快地答应了陈瑜的邀请，也是想听听陈瑜对这两起案件的看法。没想到对方居然和自己想到了一块，所以当她听到陈瑜的问题时，忍不住笑了……

## 3

何栎在写下前面的文字时，内心还是有些顾虑的。因为在这段文章里，有一个很大的漏洞。不过，这个漏洞并不是逻辑和诡计上的，也不是剧情上的硬伤，而是关于宫野村子这个人物。

和笔名鲇川哲也的中川透一样，宫野村子也是侵华战争时曾经在中国东北居住过的日本推理作家。在战后的日本推理界颇有影响力。家喻户晓的《名侦探柯南》里灰原哀的原名叫宫野志保，借用的就是宫野村子的姓氏。

不过，宫野村子其实是个笔名，她本名津野幸。而她在一九三八年的《侦探》杂志上发表处女作《柿子树》时用的则是红生姜子这个笔名。战后，回到日本的津野幸开始用宫野丛子为笔名发表推理小说，直到一九五六年后，才改名为宫野村子并一直沿用了下来。

因此，在前面的文章中，北村薰子和陈瑜通过宫野村子这个名字而认出对方的剧情是不可能在现实中发生的。不过，何栎为了向之前那篇《夺宝》致敬，特意设置了一个和中川透一样在历史上确实存在的人物来担任侦探这个角色。因为剧情需要，他只好把津野幸、红生姜子和宫野村子这三个名字合为一体。

其实，很多历史和虚构结合的小说中，这种事情很常见。何栎之所以如此纠结，是因为推理小说和其他小说的受众不同，相比其他类型的小说，推理小说的读者更苛刻，也更容易发现小说中的漏洞。

在一本推理小说中，如果读者发现了漏洞，势必会影响他们对这本书的印象。有的时候，可能因为一个无关紧要的漏洞，就会导致这本书被读者否定。

犹豫再三，何栎还是觉得三位一体的方法可以让小说的情节更紧凑，所以才冒着被读者指责的危险写完了上面的文字。不过为了自我保护，他决定在文章的最后加一段注释，把自己这样做的苦衷解释一遍。

虽然何栎之前也曾经创作过一些推理小说，但都是玩票性质的作品，目的并不是发表，只不过碰巧被熟悉的编辑拿去用了。如今，当自己为了发表而开始创作时，才发现推理创作真的如履薄冰，很多地方都要万分小心，生怕一不小心就会被读者抓住什么把柄。这些把柄，可能是常识或逻辑上的硬伤，更可能是诡计上的"撞车"。

提到推理小说创作，就避不开"撞车"和抄袭这个话题。很多推理小说中的诡计，读者可能会感到似曾相识，觉得以前在哪里见过。但是，除了作者本人，谁也说不清这种情况是真的诡计"撞车"还是赤裸裸的抄袭。

一直以来，何栎觉得作家身为一名创作者，应该都是想要向读者展示自己的构思和想法，根本不屑去抄袭别人的构思。所以，他一直认为推理小说中那些相似的诡计，真的就是单纯的"撞车"而已。毕竟一个推理作家不可能把这个世界上所有的推理小说都看上一遍，所以有的时候自己想到了一个不错的诡计，而之前又没有在别的推理小说中见过，那么满心欢喜地把它写出来实在太正常不过了。然而，这个诡计却很可能早就存在于前人的作品中，虽然作者没有看过这个作品，但肯定会有别的读者看过。所以当那些读者看到这两个相似的诡计时，肯定会觉得后者是在抄袭前者。

一想到自己的小说也可能会遇到这种情况，何栎忍不住有些害怕。如果自己构思的小说中也出现了前人曾经写过的诡计，自己被指责抄袭该怎么办？

他犹豫了好久，最后还是决定不去管它。如果每个作者都像自己这样投鼠忌器，那恐怕根本就不会再有新的推理小说问世了。既然大家都在勇敢地创作，自己一个新人又怕什么。即便自己的诡计真的和前人撞车，只要做到自己问心无愧就好，不用去在意别人说什么。

想到这，一直困扰何栎的问题终于解决了。他动了动鼠标，唤醒休眠的显示器，然后继续"啪啪啪"地在键盘上敲了起来……

## 【十】

"那么，我们先从哪个案子开始分析呢？"望着陈瑜，手捧咖啡的宫野村子反问道。

"一般来说，肯定是由浅入深才好。所以，我觉得应该先从相对简单一点儿的案件下手。"陈瑜说话的时候，刻意压低了声音。毕竟一晚上死了两个人，即便是在处于非常时期的日占区，也不算是小事。更何况死者之一还是日本的现役军官。

因为同泽俱乐部是奉天城内最高级的娱乐场所，出入的客人非富即贵，所以每晚在大门口都有很多八卦小报的记者守着，他们专门偷拍一些名人隐私拿去当头条。虽然这些狗仔都已经进入了同泽俱乐部的黑名单，不会允许他们进门，但是难保不会有人乔装进来，所以陈瑜还是分外小心。

"那么，陈瑜先生，您觉得密室案和毒酒案，哪个更简单一些呢？"宫野村子继续不动声色地问，对方既然同为推理作家，在逻辑推理方面自然有其独到之处,她很想趁机了解下这位异国的同行的思路。

"密室案件我是亲历者,我曾经亲眼通过猫眼看到包房内空无一人,然后凶手在我和下川长官的眼皮底下把王小六的尸体转移进了包房。我之前也曾经阅读过上百篇推理小说,但是从未看到过如此诡异的谜团。至于毒酒案,因为我一直守在门外,所以没有目击全过程。不过,当时包房内环境嘈杂,凶手趁机在酒中下毒应该不是难事。所以,两个案子我觉得不在同一档次,明显是毒酒案要更简单一些。"陈瑜逻辑清晰地说出自己的看法。

"确实如您所言,毒酒案看起来相对简单一些。但是,这起案件里也有一些在逻辑上解释不通的地方。"

"例如?"听到这,陈瑜连忙问道。

"我并不知道当时包房内的环境如何,所以没法判断凶手下毒的方法和时机。不过有一个地方我有点想不通。"宫野村子继续说道。

"什么地方?"陈瑜听到这立刻来了兴致,本来他觉得这起案件没什么不合理的地方,所以他很想知道宫野村子有什么自己没有觉察到的新发现。

"当时包房内只有灵芝小姐和孙洪宇两个中国人,而据当时在现场的军官们的证词,孙洪宇从始至终都躺在沙发上酣睡,没有靠近过酒桌。所以,如果下毒的话,那么只可能是灵芝小姐。这种逻辑，想必灵芝小姐也不会不清楚。如果她真的是凶手，选择在此时下毒，那么她就会成为唯一的嫌疑人，我想她应该不会笨到把自己置于如此危险的境地吧。而且案发时，包房内有三位对她垂涎欲滴的男人，每个人都把全部注意力放在了她的身上，她是怎么做到在六只眼睛的注视下下毒而不被人发现的？"

听完宫野村子的分析，陈瑜沉思了片刻。他不得不承认，这一点自己之前确实没有想到。他虽然嘴上说是向宫野村子请教，但内心里多少还是有些和对方比试一下的想法。俗话说文无第一，作家之间没法明确地区分出谁的作品水平更高。但是同为推理小说作者，在同等线索之下，看谁能够更快地找出真相，应该可以从侧面验证出谁的推理能力更强。因此，陈瑜此刻虽然表面不动声色，大脑却在飞速地运转，想要找出一些新的线索来扳回一城。不一会儿，他终于露出了微笑。

"其实不是只有灵芝小姐才有下毒的机会……"

听到这，宫野村子忍不住打断了陈瑜的话："您是说孙洪宇？他不是一直酣睡在沙发上，如果他是装睡然后伺机下毒，在场的几位军官应该会有所察觉才对吧？之前他们可是非常肯定地说过，孙洪宇从始至终都躺在沙发上没有动过。"

"不不，宫野女士，您陷入了一个思维误区。在场有机会下毒的并不只有灵芝小姐和孙洪宇两个人。"

"您的意思是，下毒的也可能是我们日本人？"宫野村子这下终于明白了陈瑜想要表达的意思。

"没错。因为下毒者和死者都是日本人，而且还是同僚，所以谁也不会怀疑到他。这就是所谓的灯下黑，凶手正好利用了这个思维盲点，成功地把嫌疑转移到现场的两个中国人身上！"

## 【十一】

"其实在推理小说之中，如果有人被杀，最先被怀疑的人都是死者身边的朋友或同事。但是这两起发生在现实中的命案，死者一位是日本军官，另一位是为日本军部提供情报的线人，因为立场的问题，他们两人被杀后，首先被怀疑的肯定是在现场的中国人，而身为同行者的日本军官们则自动被排除在嫌疑人之外。这就是凶手利用的思维盲点。"

如果当着北村薰子的面，陈瑜是断然不敢如此直接地说出这段推理的，毕竟怀疑"大日本帝国"的军官可不是闹着玩的。但宫野村子却不同，陈瑜虽然和她也是第一次见面，但因为同为推理作家和推理爱好者的双重身份，让他们感觉彼此并不陌生，所以陈瑜才敢如此大胆地说出自己的推理。

宫野村子依旧双手捧着杯子，但是杯中的咖啡却一口也没有喝，她一直在凝神倾听陈瑜的分析。陈瑜的这段推理，说实话并没有什么惊人之处，灯下黑的盲点也是推理小说里被用烂了的元素。但是在现实中能够识破这一点，还是很了不起的。

想到这，宫野村子缓缓开口："如果是在小说中，我恐怕一眼就能看破凶手嫁祸的诡计，但是在现实中，我却和推理小说里的那些笨侦探一样，轻易上了对方的当。看来真的是隔行如隔山，好的推理作家不一定就能成为好的侦探。不过……"

"宫野女士，您是不是觉得我哪里说的不对？"看到宫野村子最后的话有些吞吞吐吐，陈瑜忍不住插嘴问道。

"不不，陈先生，您说得很对。我确实被凶手误导了。"宫野村子连忙回答，"不过，您可能不太了解军人之间的友谊，他们彼此之间的关系和普通的同事关系还不太一样，毕竟是一起在战场上同生共死过的……"

说到这，宫野村子忽然一下停住了。她猛然想到，他们大日本帝国士兵同生共死、浴血奋战的对象正是这片土地上的中国人，也就是陈瑜的同胞。想到这，她一时间不知该如何继续下去。

陈瑜见状，连忙接口道："确实如您所说，军人之间的友情要比同事之间牢固很多。但是这也不能完全排除他们之间有什么私人恩怨，导致想要杀死对方。"

宫野村子很感激陈瑜帮自己解围，冲他点了点头："如此说来，下毒的凶手应该就在这次和山田少尉一起执行任务的三位谍报部的军官之间喽？"

"确切地说，是在高木和浅野两位长官之间。因为山田少尉被毒死的时候，下川准尉和我正在走廊上寻找王小六。"陈瑜帮宫野村子进一步缩小了嫌疑人的范围。

虽然嫌疑人已经缩小到了两个人，但想要找出真正的凶手还是缺少更直接的证据。宫野村子思考了一会儿，然后开口说："看来我还得去找薰子一趟，让她帮我调查一下高木和浅野他们两个谁和山田有过节。"

"在无法搞清凶手使用的诡计时，通过动机来寻找凶手确实是一个好方法。不过能够让凶手对和自己并肩作战多年的同僚痛下杀手的动机，我想应该不会那么容易就调查出来。而且军人之间，都是一些粗糙的汉子，这么多年吃住在一起，难免发生一些摩擦。即便我们找出了谁和山田少尉曾经有过摩擦，但是只要对方矢口否认下过毒，我们还是拿他没有办法。"

听到陈瑜的话，宫野村子也有些灰心："是啊，缺少关键性的证据，就算找到了凶手，他也不会承认的。"

因为难题的出现，场面登时陷入了沉默。

最后，还是陈瑜打破了这尴尬的气氛："我想，我可能找到了一个不算证据的证据⋯⋯"

## 【十二】

"什么证据？"宫野村子听到陈瑜的话，吃惊地问。

"就是高木长官的证词。"

"他的证词怎么了？有什么矛盾的地方吗？"宫野村子还是不明白陈瑜想说什么。

"高木长官的证词没什么矛盾之处，只不过有一个地方我觉得很奇怪。"

"哪里奇怪？"宫野村子追问道。

"您知道为什么北村长官会放灵芝小姐和孙洪宇走吗？"陈瑜并没有回答宫野村子的问题，而是反问道。

"因为他们两个都没机会下毒啊。我记得高木少尉曾经说过，案发时，孙洪宇一直躺在沙发上酣睡，直到山田少尉遇害，他都没有醒来。灵芝小姐虽然是清醒的，但是她倒酒的时候，自己也喝了同样的酒，直到最后山田少尉抢走酒瓶一饮而尽后毒发身亡，她都没有机会下毒。"宫野村子的记忆力非常好，只听北村复述了一遍案情，就完全把整个案发过程印在了脑海里。

"没错。我就是觉得这点很奇怪。如果说高木长官想要嫁祸给在场的孙洪宇和灵芝小姐，他没必要把这些细节说得如此详细，因为他说得越详细，孙洪宇和灵芝的嫌疑就越容易被排除。尤其是他提到的孙洪宇躺在沙发上一动也没有动过，还有灵芝小姐也同样喝了酒瓶里的酒这两个细节，更是直接把他们两人排除在嫌疑人之外。"陈瑜说出了自己的分析。

"没错。如果下毒的凶手真的想借这个机会把嫌疑嫁祸给别人，他没有理由帮助对方提供洗刷嫌疑的证据，所以高木应该不是下毒的人。"宫野村子说到这，终于如释重负地喝了一口咖啡，"那么，使用排除法，凶手就只能是浅野少尉了。不过，当高木少尉叙述案情的时候，他并没有针对这两处可以让孙洪宇和灵芝小姐洗清嫌疑的细节进行反驳啊。"

"我想，他应该是没想到高木长官居然连这种细节都记得一清二楚，如果这时他站出来提出质疑，那么肯定会和高木长官发生争议，这样一来他想把嫌疑引到在场的孙洪宇和灵芝小姐身上的意图就太过明显，可能反而会引火烧身。所以他才选择了沉默。"

"陈先生，您对人的心理研究实在是太细致了，我自愧不如。"宫野村子这句话并非客套，而是发自内心地敬佩眼前这个其貌不扬的异国男子。

"过奖过奖。我只不过是通过在场的几个人的行为逻辑进行的推理。但是，就如同我之前说的，这个证据根本算不上证据，因为浅野长官根本不会承认我的推理，他只需要用一句他完全同意高木长官的证词，就可以搪塞过去。这样，这起案件就会再次陷入泥潭之中……"陈瑜说到这，忍不住叹了一口气。

"确实如您所说，仅仅根据这些推理，并不能给浅野定罪，但是我们已经锁定了嫌疑人，总算是有了一些收获。"这时，宫野村子好像想到了什么，"对了，到底浅野少尉是怎么下毒的呢？那个酒瓶可是一直都在灵芝小姐的手里，而且他也喝了灵芝小姐倒的酒，接着酒瓶就被山田少尉抢走了，他完全没有机会下毒啊。"

"我想，毒应该是放在胶囊里的吧。在进入孙洪宇所在的包房之前，我曾经和四位长官在别的包房喝酒，我想浅野长官应该就是在那时，趁我们不注意把装了毒药的胶囊偷偷放进山田少尉的酒里。山田少尉生性豪爽，喝酒总是一口干，所以就算酒杯里有胶囊，估计也会被他连酒一口吞下而没有察觉。"

宫野村子听到这，接着说道："这个下毒的手法虽然简单，但是综合现在所有的线索，也只有这一种可能了。毕竟在孙洪宇醉倒的包房里，大家都没有机会下毒，所以毒药肯定是在他们进入包房之前下的。不过，凶手不一定使用的就是胶囊，也可能是某种液态或者可以溶于水的粉状慢性毒药，这样就算倒在酒杯里也不会被人发现，而死者喝下这种毒药后，需要一段时间后才会发作，这样也正好可以帮凶手混淆行凶时间。"

"没错，慢性毒药要比胶囊更不易察觉，不愧是名作家，您这个解答比我的假设更合理。"陈瑜说着冲宫野村子竖起了大拇指。

"哪里哪里，我也不过是在您推理的基础上锦上添花而已……"宫野笑着说，"如此一来，毒杀案算是被我们勉强解决了。不过，有一件事我想拜托陈先生。"

"不要客气，有事请讲。"

"我们今天得出的结论，希望你不要告诉薰子。"

听到这个要求，陈瑜一下子愣住了："为什么？她不是委托您侦破这两起案件吗？您既然找出了真相为什么不告诉她？"

"我想，浅野少尉即便是真凶，应该也有他不得不杀死山田少尉的苦衷。现在这个形势您也清楚，我们国家已经战败。如果我们现在揭穿了山田少尉是凶手，那么他有可能会被军方立刻制裁。我知道我们的军队给你们国家和人民造成了很大的伤害，但有一些士兵也都是身不由己。所以我希望至少可以让浅野少尉平安回到日本本土和家人见上一面……"

听完宫野村子的请求，陈瑜也不好再说什么，况且杀的也是日本人，所以只好默默地点了点头表示同意。

宫野村子见陈瑜同意了她的请求，连忙开口缓和现场的沉重气氛："好了，接下来我们要面对的就是更诡异的密室案了……"

## 【十三】

可能是因为两个人专注于推理使得他们口干舌燥，咖啡很快就被他们一饮而尽。陈瑜见状连忙招呼侍者又点了两杯咖啡。

"好了，接下来就是棘手的密室案了。我先回顾一下案发经过，您是当事人，正好可以看看我有没有遗漏的地方。"宫野村子手捧着冒着热气的咖啡，开始叙述起案情来……

"发现王小六尸体的房间是位于同泽俱乐部后院的包房。在这之前，你们曾经去过包房并通过门上的猫眼向房间内窥视，发现并无异常。接着，你们就遇到了灵芝，之后高木、浅野和山田三个人去了灵芝小姐的包房和灵芝小姐喝酒，而您和下川则留在走廊上继续寻找王小六。这期间，包房的门都处在你们的视线之内，你们确定没人进出过包房。然而，在山田死后，王小六的尸体却凭空出现在包房内。我叙述的过程没错吧？"

"没错，没错，您梗概的案情非常简洁，而且没有遗漏任何重要的线索，不愧是推理小说作者。"

陈瑜说话的时候，脸上浮现出职业性的微笑，宫野忽然有些看不懂他，不知道他的话是发自内心还是在奉承自己。

"其实，这起案件中，您的证言至关重要。因为它决定了这起案件是一起不可能犯罪。"相比起去揣摩陈瑜内心的真实想法，宫野村子还是对于这个谜团更感兴趣。

"没错。正因为我是目击证人，所以这个案件才让我觉得匪夷所思。我再来详细地和您说一下关键的细节。"陈瑜知道接下来的叙述会很长，所以先喝了一口咖啡润喉，然后才继续说道，"我们今天来同泽俱乐部就是为了和王小六见面。既然您是北村长官的好友，我也就不瞒您了。王小六其实是我们安插在四大门中的密探，定期为我们传送情报，而约定的地点就是这里。但是过了约定时间，还不见王小六出现，所以我们开始到处寻找。我们寻找完前厅后，就去了后院，通过猫眼查看了包括之后发现王小六尸体的包房在内的全部三间包房，里面都全无异样。在我们离开后院的时候，在走廊上遇到了灵芝小姐。因为走廊是通向后院的唯一入口，所以这时凶手根本没有机会进入后院。然后，高木长官他们三个人进入了包房，留下我和下川君在走廊等候王小六。这期间，也没有人去过后院。接着，山田长官中毒身亡，高木长官他们认为孙洪宇和灵芝小姐是重要嫌疑人，所以把他们关进了仓库。同时，为了保护现场，高木长官让我和下川君继续留在走廊守着包房。这段时间里，也没有任何人去过后院。最后，总部接到了我们的报告，派来士兵把守在走廊，这期间更是严禁任何人出入，所以凶手更没有机会进入后院。最后，当我们在仓库外面讯问孙洪宇和灵芝小姐的时候，负责现场搜查的士兵在后院的包房里发现了王小六的尸体。这就是整个案件里所有关键的时间点，我可以保证，绝对没有任何人有机会进入后院。"

听完陈瑜的讲述，宫野村子迟迟没有开口，表情凝重地在思考着什么。

"我知道因为我是个中国人，怕我偏袒中国人，所以您对我的证词可能有所怀疑。不过，我在走廊的时候，一直是和你们的军官在一起的，如果我撒谎的话，应该立刻就会被戳穿吧。"陈瑜望着宫野村子的表情，知道她在想什么，也知道她不好意思开口，所以直接替她说了出来。

"不不，陈先生，您误会了。关于这一点，我一直没有怀疑过，不管您是中国人还是日本人，我都不会怀疑您。"

宫野村子的回答让陈瑜有点吃惊，他连忙问道："您为什么这么相信我？"

"不，我不是相信您，而是相信逻辑……"说到这，宫野村子露出了笑容。

## 【十四】

"我之所以认为您没有撒谎，原因和您之前分析高木少尉证词的逻辑是完全相同的。"

听到宫野村子的话，陈瑜瞬间明白了一切："您的意思是我没有撒谎的动机，对吧？"

"是的……"宫野村子回答说，"如果您和这起案件无关，那么您根本没必要撒谎，所以您的证词肯定是真的。如果您和这起案件有关，您更没必要撒谎，因为您的证词比起一个无懈可击的密室更容易让人起疑。如果发现王小六的包房是一个开放空间，那么就可以用有人趁你们不注意进入包房杀人后逃走这种解释来敷衍过去，到时无论是调查方向还是调查力度，都会朝着有利于您的方向发展。但是您却非常肯定案发现场是一个绝对的密室，这样军方的调查肯定会从破解密室开始，就算是再完美的密室，也难免会有漏洞。到最后，军方要么是破解了密室，要么是拆穿了您的谎言，总之不管结果如何，您的证词都等于引火烧身，不如嫁祸给一个虚构的外来侵入者那样更加容易让自己脱罪。"

如果换作是别人，面对宫野村子宛如绕口令一般的分析肯定会一头雾水，但是陈瑜却很容易就听懂了。这应该是因为同为推理小说作家，所以脑回路也完全相同的关系吧。

"其实，还有一种可能。那就是我对这个密室非常自信，认为别人绝对无法破解这个诡计，所以才会放心大胆地告诉你们发现王小六尸体的包房是一间密室。"因为对方是明事理的人，所以陈瑜才敢如此大胆地说出自己的想法。

"没错，确实存在这种可能。但如果是这种情形，您的证词是真的这件事依然没有改变。"宫野村子说，"所以，不管是哪种情况，这个密室都是绕不过去的，想要破解王小六被杀的案件，我们都得先破解这个密室才行。"

"没错。当初士兵来报告王小六的尸体在包房里被发现时，我就意识到了这是一个离奇的密室。在您出现之前，我也曾试着靠自己的能力去解开这个谜团，但最后还是甘拜下风。因此，我才冒着自己可能被怀疑撒谎的风险说出真实的证词，就是希望能够有人帮我解开这个密室之谜。碰巧，您这时出现了……"

"说实话，这个密室之谜实在是太离奇了，与我之前看过的任何一篇推理小说里的诡计都不同。所以我也不敢保证一定能够解开这个谜团。"宫野村子这么说绝对不是因为客气。

"一个人想不明白的事情，大家一起群策群力也许就能想通呢。所以，这也是我请您来的原因。"陈瑜喝了口咖啡，然后笑着说，"我们中国有句俗语，三个臭皮匠顶个诸葛亮。"

"可是，我们现在只有两个人啊。"宫野村子说这句话时忍不住吐了一下舌头。

"但我们也不是臭皮匠啊，两个推理小说作家应该能顶三个臭皮匠吧。"明白宫野村子的话是在活跃气氛，所以陈瑜也不再那么拘谨，配合着她开起了玩笑。

"没错，没错……"宫野村子说完，再次叫来侍者，点了第三杯咖啡，"那么我们就开始攻克这间密室吧……"

## 【十五】

虽然在这个咖啡厅不起眼的角落里坐着中日两位推理小说作家，但是一个小时过去，咖啡续了已经不知道有多少杯，两个人对于这个密室还是毫无头绪。

陈瑜看了眼摊在桌子上的记事本，上面密密麻麻地画着各种线条，之前的一小时，他和宫野村子曾经在上面进行过无数次的演算，但是始终无法解开这个密室之谜。

"陈先生……"这时，宫野村子的话打断了陈瑜的思绪，"现在时间已经不早了，我该回去了。"

听到宫野村子的话，陈瑜抬手看了看手表，发现已经是午夜十二点了,这么晚还拉着一位刚刚认识的女性聊天,确实有些不妥。于是他连忙起身:"我送您吧。"

宫野村子本来想要拒绝,但是一想到现在是非常时期,自己一个日本人深夜行走在中国的大街上,确实有点不太安全,所以才点头答应。

陈瑜招呼来侍者结了账,然后和宫野村子一起离开了咖啡厅。咖啡厅外面是酒吧和舞池,虽然已经是深夜,这里依然热闹非凡。很多客人都是日本的商贾和军人,他们也知道在这里不会待太久了,所以都在忘情地享受着最后的欢愉。

"我们的海军那么强大,光潜水艇就有二百艘,而且还击沉过美军的航空母舰。实在想不明白天皇为什么要这么做……"

酒吧的吧台前,一个醉汉正高举着酒瓶用日文叫嚷着。边上的同伴慌忙制止他,告诉他不要乱说话。

"怕什么,投降这事已经是公开的秘密了,你以为我不说就没人知道了吗?"醉汉发泄着不满,把手中的啤酒一饮而尽。

听到醉汉的话,宫野村子心中一震,她没想到这个消息传播得这么快,看来自己也要趁早做好返回日本本土的准备了。而这句话也同样刺激到了陈瑜,日本战败已成定局,这些年自己一直为日本人服务,等到日军撤走后,奉天的老百姓会如何看自己……

就这样,心事重重的两个人走出同泽俱乐部的大门。陈瑜帮宫野村子叫了一辆黄包车，然后告诉车夫事先已经询问过的宫野村子的住址，并且付了车钱。他之所以做得如此面面俱到，是因为这样宫野村子就不用再和车夫有任何语言上的交流，她日本人的身份应该就不会被人察觉。

起初陈瑜询问宫野村子的住址，宫野村子还以为陈瑜有什么企图，不过出于礼貌还是如实告诉了他。现在，当她看到陈瑜所做的一切，立刻明白了他的良苦用心。不由得再次发自内心地感谢起这个刚刚认识不久的中国人……

目送载着宫野村子的黄包车逐渐走远，直到消失不见，陈瑜这才转身朝着自己的住处走去。他的家离这里不远，走路大概只需要十几分钟，所以他打算走回去。一路上，他回想起之前和宫野村子的种种讨论，真的好久没有和人如此畅快地展开推理了，想到这他不禁露出了笑容。

然而，临出门时日本醉汉的话却再次让他陷入了沉思……忽然间，他好像想起了什么，然后猛地转身再次朝着同泽俱乐部的方向跑去……

五分钟后，陈瑜再次站在同泽俱乐部霓虹闪烁的大门外。接下来他要确认几件事，然而，他却并不希望这些事情真的如同他预想的那样。

陈瑜先来到了咖啡厅，叫来之前负责点餐的侍者，附耳问了他些什么。看到对方有些犹豫，陈瑜连忙掏出钱包取出几张钞票递给他，同时还假装不经意把效力于日本军部的证件在侍者面前露了出来。

在威逼和利诱的双重压力下，侍者终于开口了。听完侍者的话，陈瑜忍不住眉头紧锁。

之后，陈瑜又去了舞厅和酒吧，通过同样的方法询问了几名服务员，然而得到的答案依然如他预测的一样。这些线索虽然都验证了他之前的推理，但却是他最不希望看到的。

询问完毕，陈瑜的心头有些沉重。他心中暗想，希望接下来去确认的事不要再和自己推理的一样。

陈瑜站在几小时前他作为目击者所在的走廊前，四下打量着，并且在心中不停地算计着什么。半响，他终于确定了目标，然后朝着走廊边上一扇不起眼的房门走去。

午夜的同泽俱乐部，灯火辉煌，歌舞喧腾，每个人都仿佛要把自己生命燃尽一般尽情地狂欢着。在这喧闹的人群中，没有人注意到陈瑜。

陈瑜推开房门，映入眼帘的是一条幽暗的楼梯。他顺着楼梯一步步往下摸索，最终抵达了一个房间。他掏出口袋里的打火机照亮四周，发现这是一间堆放着桌椅和家具的仓库，都是俱乐部淘汰下来的旧东西，他伸手摸了摸，上面布满了灰尘。

陈瑜在宛如迷宫般的桌椅家具中朝着心中设想的方位一点点

移动着，经过层层辗转，终于抵达另一扇门的前面。

陈瑜用力推开大门，大门带起一股气浪，差点儿吹灭了他手中打火机上的火焰。他用手拢了拢火焰，火苗跳跃了几下终于稳定下来。打火机的火焰虽然微弱，但是足够照亮眼前的房间。

这个房间和门外一样，到处堆放着破旧的桌椅和家具，整个房间塞得满满登登。陈瑜走进房间，再次伸手摸了摸这些家具，一阵眩晕感猛然袭来……

## 4

故事发展到这里，已经进入了解答阶段。但是何栎却对前面的描写始终不满意，他总觉得预留的线索有些太少，对读者来说不够公平。虽然他已经反复修改了几遍，还是找不到更加合适的嵌入方法，最后只好无奈地放弃。

"看来我真的没有写推理小说的天赋。"何栎在心中暗想。

几年前，何栎无心插柳写的一篇推理小说成功被杂志发表后，他又接连写了几篇，结果也都很快发表。他为此曾经一度沾沾自喜，认为自己是文曲星再世，很快就能成为畅销书作家。

然而接下来的一段日子，他把绞尽脑汁冥思苦想构思出的小说发给编辑看，结果被告知几年前就有人写过类似的情节和诡计。

之后,一连好几篇都是如此,这让他非常失落。

从那时起,何栎就开始大量阅读推理小说,他认为推理小说读得多了,就会更大概率避免构思与前人撞车。然而,让他没想到的是,推理小说读得越多,他越觉得这些作者的脑洞实在太大了,自己就算想一辈子,恐怕也想不出这么有趣的诡计。于是,不知不觉间,他从一个为了创作而读推理小说的作者变成一个推理小说的骨灰级读者。他忘记了自己还曾经有过一个推理小说作者的身份,彻底沉溺在推理小说的海洋里。

如今,一篇没有完结的民国推理小说吊起了何栎的胃口,而通过朋友得到的民国旧照片和文献资料让他有了想要给那篇民国推理小说创作续集的动力。他这才记起那个已经迷失了很久的身份。

有人说,创作也是熟练工种,写得多了自然得心应手。而何栎则因为荒废了多年,从一个有过发表经验的半吊子作者变成一个彻彻底底的门外汉。所以,在创作时对于小说的布局和伏线铺陈方面有所生疏也在所难免。

文笔、结构、戏剧冲突什么的都不重要,只要故事好看就可以了,何栎用网上一张作者的内心写照表情图来自我安慰后,终于开始了续集的创作。

在大概两万字的篇幅里,出现了两起不可能犯罪,何栎觉得还算满意。而这两个诡计是他之前看推理小说时想到的,虽然目前没有发现和别人撞车,但是不排除没有被人写过。然而这么多年的阅读经验让他明白,其实诡计撞车也没什么大不了,他之前看过的很多名家作品里的诡计也经常撞车。

何栎最喜欢的一本推理小说是鲇川哲也的《黑桃A的血咒》,也叫《紫丁香庄园》。在这本只有十几万字的小说里,出现了差不多十个诡计,但是每个诡计都似曾相识,并没有让人耳目一新的原创诡计。然而这些很常见甚至可以说是烂大街的诡计却让作者巧妙地融合在一起,完美地融入故事之中。

如果说多年前何栎创作推理小说的理念是剧情为诡计服务,那么在看完这本书后,何栎的观念彻底转变为诡计应该为剧情服务。因为推理小说首先得是小说,如果在一本推理小说中,只有诡计让人眼前一亮,但是在剧情、人物等方面都模式化到极点,那么这部作品根本不能被称为是一本小说,最多只能叫推理谜题。

何栎之前看的那篇名为《夺宝》的推理小说,里面就没什么让人眼前一亮的诡计,但读起来却让人有些意犹未尽的感觉,他觉得作为一篇小说应该已经算是成功了。所以何栎的这篇续作在创作时也没有特意去构思诡计,而是当写到某一段剧情的时候,才根据剧情去安插诡计,也正是因为如此,才让他感觉到文中向读者展示的线索不够充分。不过为了保证故事情节节奏流畅,他也只好有所取舍。

想到这,何栎决定不再纠结那些小说中不完美的地方,毕竟已经好多年不创作了,能够顺利地完成这篇小说就好。他深吸了一口气,手指噼噼啪啪地在键盘上再次跳跃起来……

## 【十六】

两天后。

这两天无论对中国人民还是日本军队来说都是异常煎熬的两天。

就在昨天,也就是八月十五日,日本天皇已经向全世界宣布投降。虽然距离正式签署投降书还有一段日子,但此时奉天城内的明争暗斗却已经完全进入白热化。

虽然日军还统治着这座古老的城市,但是嚣张气焰明显降低了很多,因为此刻他们每增加一条恶行,都会在日后军事法庭的审判中给自己增添死亡的砝码。

与此同时,民间力量的抗日情绪则无比高涨,虽然他们还没有能力冲击日军总部,但是如果在街头遇到落单的日本军人,绝对不会让他安然地回到总部。因此,日军在外出执行任务时,都是大部队集体行动。

相比起日本军人,居住在奉天的日本居民更是感受到了莫大的危机。早在几天前,在奉天定居的日本商人就已经差不多全部撤离,剩下一些劳动阶级的日本居民,有关系的也都逃进了日军总部，宁可睡在日军总部大院里的地上，也不敢再滞留在家中。而那些没有背景和关系的普通日本居民，则人心惶惶地躲在家中，闭门不出。

宫野村子虽然是以个人身份来奉天旅游，但是体贴的北村薰子在得知天皇宣布投降后，立刻帮宫野村子准备好了船票，让她乘坐今天的遣返船离开奉天。

"对不起，你交给我的事情我没有完成。"临行前，宫野村子有些愧疚地对北村薰子说。

"你是指同泽俱乐部的那两起案件？"北村薰子听到这苦笑道，"这种非常时期，谁还会在乎那一两起命案啊，毕竟我们自己的性命能不能保住都还不一定呢。"

听到这，宫野村子也不知道该说什么来劝慰这位老同学，她只能握着她的手说："你一定会没事的，我们老家见。"

站在遣返船甲板上的宫野村子望着这座繁华的城市，心里有些不舍。自己停留在这里的时间虽然短暂，但是却经历了远比想象中还要多的事情，也背负上了不知道是对是错的罪孽。

宫野村子的手中捏着几张信纸，这是今天早上她在住处的信箱里发现的。

信封上只写了"宫野村子女士收"几个字，并没有收寄件人的地址，也没有邮戳，看来不是通过邮局投递的，而是被人直接塞进了信箱。

信上的内容宫野村子已经读过了好几遍，她曾经一度想要销毁这个可以为自己定罪的证据，但是犹豫再三之后，她还是决定把信保留下来。

不知不觉中，遣返船开始鸣笛起航，码头上有很多来不及上船的人在懊恼地叫喊着，更多的是来送别亲朋的人，他们不知道出于什么样的原因无法离开这里，而接下来等待着他们的是什么样的命运也无从想象。

望着船舷下方喧嚣的众生相，宫野村子再次展开了手中的信纸……

宫野村子女士：

您好！

冒昧给您写这封信，因为我觉得对于您我来说这可能是最好的方式。说起来，这还是我第一次给异性写信，没想到居然不是告白的情书，而是这样的内容。

好了，言归正传。回想起不久前在咖啡厅里的畅谈，恍如隔世，我那时天真地以为那不过是一场推理爱好者之间的交流，没想到却是被您单方面碾压。我想，看到我绞尽脑汁思考的样子，您应该觉得很可笑吧。

起初，我以为您和我一样，也被这两起离奇的案件困扰，我们在一起甚至还破解了其中一个案件的谜团，当时还着实兴奋了一阵子。然而现在想想，原来一直都是我单方面沾沾自喜。

那晚，在把您送上黄包车后，我无意中回想起了在酒吧中那个醉汉的话，仿佛被智慧女神击中了我的大脑一般，我瞬间明白了王小六陈尸密室的诡计。然而，在去证实我的推理的时候，我竟发现了一个更大的秘密——原来您竟然是这两起案件的始作俑者！

到这里，信纸的第一页已经结束，宫野村子轻轻拈起页脚，翻到了下一页……

## 【十七】

最开始让我怀疑到您，是您给我的住址。因为我曾经替日本军部翻译文书的关系，所以我能够接触到很多内部资料。其中就有奉天城内各路名人要员的身份资料，当然，其中也包含家庭住址。

灵芝小姐在奉天城也算是个不大不小的名人，所以她的资料也在其中，而她资料中的住址，正是您那晚告诉我的地址。

可能您会纳闷,为什么我对灵芝小姐的家庭住址会烂熟于心,这一方面是得益于我从小就具有超群的记忆力;另一方面,窈窕淑女君子好逑,虽然我知道灵芝小姐和我是两个世界的人,这辈子都不会有任何关系,但是当我看到她的住址时,还是不由自主默记在了心中。

灵芝小姐的家位于富人区,是一栋二层的小楼。资料显示是她独自居住,不过因为房间太多,所以她会把一楼的房间租给其他住客。当然,这些住客也都是有身份的人。

您告诉我的地址就是灵芝小姐的家庭住址,所以可以肯定,您一定也是她的租客。这时我才回忆起来,北村长官向您讲述案情的时候,您在听到灵芝小姐这个名字时,竟然一点儿惊讶的表情都没有。按理说自己的房东涉及命案,您如果是初次听说,应该会感到震惊才对。然而您却平静得好像不认识这个人一样。

为了验证我的想法,我特意返回了同泽俱乐部,询问了里面的服务员,他们都提供了您和灵芝小姐相识,甚至还常常在一起喝酒这个信息。这更加确定了我对您的怀疑。

虽然我对您产生了怀疑,但是还是无法破解那晚发生的两起命案中的诡计。没想到我们苦苦讨论了一个晚上都没有结果,却因为一个醉汉无意中的言行找到了突破口。

下面就来说说这两起案件中凶手使用的手法吧。首先是我们都觉得非常简单的山田少尉毒杀案,我一直以为我找出了真正的凶手,也就是浅野少尉。没想到这却是您利用我错误的推理一步步把我引向的陷阱。而在最后,您劝我不要揭发浅野少尉,我曾经一度为您的善良所折服。然而,那不过是您不想让别人当您的替罪羊而已。

毒酒案的案发过程,确确实实没有人有机会下毒,我之前的推理是有人在别的地方先让山田少尉喝下了慢性毒药,然后在孙洪宇醉倒的包房内才毒发。其实我的思路是对的,那就是毒药并不是在案发当时下的,而是提前被下到了酒瓶中。

不过,如果毒被提前下到酒瓶中,为何其他喝到酒的人都平安无事,唯独山田少尉被毒死?这就是您设计的这个诡计的巧妙之处,因为毒确实被下入到酒瓶中,但却不是酒里,而是酒瓶的内部。

毒药应该是黏稠状的物质,事先被涂在了酒瓶内部连接瓶口和瓶身的弧线处,为了安全起见,应该是涂在了酒瓶标签的一侧。

这样，灵芝小姐在倒酒的时候，只需要把标签朝向手心，然后在倒酒的时候倾斜的角度很小，涂着毒药的部位在倒酒时位于酒瓶的上方，只要足够小心，那个位置是不会碰到酒的。这也是案发当晚，灵芝小姐倒酒时一直慢悠悠的缘故。

后来，山田少尉因为觉得灵芝小姐倒酒太慢，所以抢过瓶子，灵芝小姐在递过酒瓶的时候，假装不经意地旋转了一下酒瓶，让山田少尉在仰头一饮而尽的时候，标签正好处于下方，在这时酒才接触到毒药。所以虽然大家都喝了同一个瓶子里的酒，但却只有山田少尉被毒死。

另外，这个毒杀诡计应该是为山田少尉量身定制的。因为在场的几个人中，高木和浅野长官都很稳重，不会冲动到去抢酒瓶。而我和下川君因为级别不够，更不可能当着几位长官的面做出这种失礼的事情。所以，唯一能够触发毒药的，就只有性格暴躁的山田少尉一人。

我想，这瓶毒酒你们应该早就已经准备好了，就是在等待着山田少尉的到来。灵芝小姐把毒酒藏在她的包房里。之所以把酒藏在这里，因为这里是实施两起谋杀诡计的重要场所。我想就算当时山田少尉他们不去纠缠灵芝小姐，灵芝小姐也会找个借口邀请他们到包房里喝酒吧。

至于你们谋杀山田少尉的动机,我在询问同泽俱乐部的服务员时,曾经意外听到一个线索。那就是几天前您曾经和山田少尉在酒吧里发生过冲突,因为服务员不懂日语,所以不知道你们在吵什么。他只是说那天是山田少尉独自来喝酒,无意中碰见了您,你们似乎之前就认识,他忽然过来纠缠您,而您则表现得非常愤怒,几乎要和他打了起来。最后还是灵芝小姐出面才劝开了你们。

所以到这里,我斗胆产生了一个想法。您和山田少尉很久以前就认识,我想应该是没来到中国之前就认识了,而且您对他积怨颇深,甚至不惜想要杀了他。在发生了那晚的事情后,灵芝小姐察觉到您对山田少尉恨之入骨,所以提出可以帮您杀掉他报仇,这样就不会有人通过动机排查到您。您虽然很想报仇,但是又不想让这个异国友人受到怀疑,所以才想出了这个毒杀的诡计。对一个推理小说作家来说,想出这样一个诡计应该不是很难。

而这件事,则成了第二起密室谋杀案的契机……

## 【十八】

我想,在制订完毒杀计划后,灵芝小姐提出了一个请求,或者说是交换条件。那就是她可以帮助您执行毒杀计划,但是您必须帮助她再构思一个巧妙的杀人诡计。

您肯定会问灵芝小姐想要杀谁以及为什么要杀他,灵芝小姐也许对您说出了实情,也许仅仅是找了个理由敷衍一下您。您知道灵芝小姐是一个善良的人,所以她想杀的人一定是一个十恶不赦的坏人。所以,您才决定帮助她。

您帮助灵芝小姐构思的杀人诡计就是王小六被杀的密室诡计。我想,起初您设计的并不是什么密室,只不过想要帮灵芝小姐制造一个不在场证明而已。但是却因为我和下川君阴差阳错地被派到走廊中值守,从而让那间包房变成了一个密室。我想,这应该是您在计划初始时完全没想到的吧。

王小六命案的密室诡计困扰了我很久,直到我想起了那个醉汉的话,他曾经无意中提到了潜水艇,也正是因为这句话,让我解开了您设计的密室诡计。

其实王小六很早之前就已经被灵芝小姐在包房里杀

死，只不过她使用了一个障眼法，也就是您设计的诡计，让我们误以为他并不在房间里。

当时，我们几个人通过包房门上的猫眼窥视包房，发现里面空无一人，其实当时王小六的尸体已经在里面了。只不过我们通过猫眼所看到的房间并不是门后的包房，而是通过潜望镜看到的位于包房地下伪装成和包房内场景一模一样的仓库。

这个诡计听起来匪夷所思，而且可行度很低，但是只要仔细想想，就会发现操作起来非常简单。你们只需要事先在外面制作好一个里面嵌入了圆筒形潜望镜的木门，然后再找个机会和包房的木门对调就可以。

地下仓库因为非常隐蔽，平时也无人进出，所以你们完全不用担心布置假包房时会被人看到。你们分兵两路，一边制作嵌有潜望镜的木门，一边在地下仓库布置假包房。

嵌入木门里的潜望镜是一个直径比木门厚度小一些的圆形金属管，在管的最上方开了一个和猫眼大小一样的圆形小孔，小孔对面的筒壁内斜着嵌入了一面镜子，而在管壁的下方，同样设置了一个相反的镜子和小孔，对应的距离正好是地下仓库猫眼位置的高度。

比起木门，地下仓库的伪装相对来说就要容易多了，因为本身这个仓库的里外屋就都堆满了旧桌椅家具，所以你们只要把和上面包房里完全一样的家具搬到下面来，然后按照包房里的样子摆好。接着，再在包房门槛位置向下钻一个可以让潜望镜通过的洞，这样整个诡计就大功告成了。

我想，能够让你们在同泽俱乐部里轻而易举地换门和搬运家具，你们肯定还有一个同伙。这个人就是同泽俱乐部的负责人朱毅夫。因为只有他下令更换包房的房门和搬运家具，其他的工作人员才不会起疑。而且，他还可以确保在案发当晚不会有其他客人或服务员进入后院的包房。

一切准备就绪后，你们就耐心地等待着当晚王小六的到来，因为王小六贪酒好色，所以每次传递情报时都会提前几小时来到同泽俱乐部寻欢作乐。灵芝小姐找个借口把他带进包房，然后伺机杀死了他。

杀死王小六后，计划仅仅成功了一半，而后续的另一半，就是我们这些目击者。灵芝小姐之所以频繁出现在高木长官他们周围，就是为了确定他们的行踪。她在孙洪宇的酒中下了安眠药，所以孙洪宇才会睡得那么沉，而她则在自己的包房里，一直通过门缝窥视着走廊。当她发现我们前去后院寻找王小六的时候，立刻从包房走出去，来到了地下仓库。在仓库里她听到了高木长官们窥视包房以及离开后院的脚步声，然后立刻拉下门内嵌入的潜望镜，让木门的猫眼恢复成可以正常看到室内的状态。然后她才返回走廊，和迎面走来的高木长官等人相遇。

当初，灵芝小姐对北村长官说自己外出是为了帮酒醉的孙洪宇叫车，其实她不过是为了假装和高木长官他们偶遇，然后执行第二个谋杀计划——毒杀！

我不得不承认，这两个谋杀计划从构思到执行都异常完美，而且两起案件都是在众目睽睽之下实施的，我更是两起案件的目击者和当事人，然而我却完全被蒙在了鼓里。所以我想，想要骗过军部的其他人，应该也不成问题。

至于灵芝小姐想要杀死王小六的动机，我想是因为他是一个汉奸吧，所以朱毅夫才会无条件地帮助灵芝小姐。我虽然和他们接触不多，但是知道他们都是有血性的中国人。

当您看到这封信的时候，日本天皇应该已经宣布投降了吧，而且最近还发生了国宝被劫的大案，所以我想日本军方肯定无暇去理会这两件不起眼的案子。

写到这里，您大可以放心，我绝对不会去向日本军方告密。所以，不管前面我推理出的真相是否正确，都将和这两起案件一样淹没在历史的洪流之中。

我唯一能够记住的，就是那晚我们促膝长谈分析案情的短暂时光。希望有朝一日，我们可以有机会再见面，希望那时会是一个和平的年代……

信到此就结束了。宫野村子看了看手中的信纸，犹豫再三，终于松开了手。信纸好像乘风的海鸥一样，瞬间翱翔到了大海与蓝天之间……

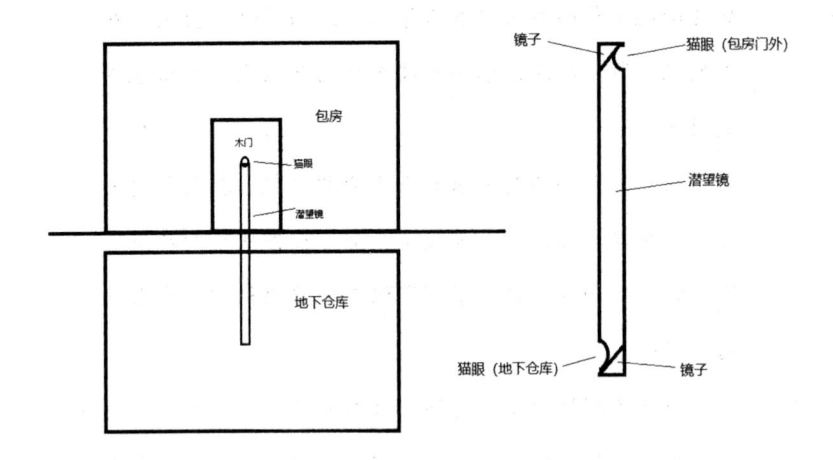

## 5

画完小说中诡计的示意图，这篇小说总算完成了，然而对何栎来说，这并不算是一件值得高兴的事。因为目前完成的这篇作品和他计划中想写的内容还有很大的偏差。

何栎从民国杂志里发现的老照片中有六个人物，他本来打算在一篇小说里把这六个人物都写进去，然而因为故事情节的关系，最终只写进去了三个人物——也就是代号文人、少爷和舞女的三个人。

何栎心想，看来想要把另外三个人的故事也展示到读者面前，起码还需要再写一篇同样篇幅的小说才行。

另外，在《夺宝》那篇小说中，提到的那三件不翼而飞的国宝，他此刻还没有任何思路，看来只能先把明星、教授和厨子这三个人物登场的那篇小说写完，才有余力去构思这最后的主线。

虽然等待着何栎的还有两篇小说，但是幸好他在构思这篇小说的时候曾经想到了几个诡计，而根据情节需要只写进去其中的两个诡计，所以剩下的诡计完全可以用在下一篇小说中。想到这，算是让何栎感到有些欣慰。

何栎心想，按照自己这个半吊子作者的能力，写一篇小说起码要花上一个月，自己与其把小说全部写完一起向杂志投稿，不如先把目前完成的这篇小说投给相熟的编辑去试试。万一可以发表，到时也可以边写续作边看看读者们的反应，从而写出让读者更满意的作品。

想到这，何栎立刻打开QQ，找出那个已经许久未曾联系过的推理杂志编辑，然后把刚刚完成的小说发了过去……

"你这是什么？"对方很快有了回应。

"投稿啊，我找你还能有什么事。"何栎立刻回答。

"投稿？哦，我想起来了……不好意思，我现在已经不是编辑了。"

"啊？"看到对方的回答，何栎不禁愣住了。

"干我们这行的，本身流动性就很大，而且现在实体杂志也很不景气，很多创刊十几年的期刊都停刊了。说实话，我也是因为杂志黄掉才换工作的。"

听到这，何栎忍不住感慨万分，他们旧书行业最近几年生意也不是很好，虽然经常有年轻人来卖旧书，但基本都是故去长辈的藏书，他们不懂这些书的价值，也不喜欢看书，所以才拿来便宜出售。能够低价捡漏虽然对于商家来说是件好事，但是一想到那些藏书家生前视作比生命还宝贵的藏书就这样被低价处理，何栎还是忍不住感到心疼。

"没想到时隔多年,你又开始写推理小说了。"对方的话打断了何栎的沉思。

"是啊,这阵子心血来潮忽然想写点儿东西,结果写完了却发现已经没有地方发表了。"何栎继续感慨道。

"这点你倒是不用担心,现在随着科技发展,生活节奏加快,可能看纸质书刊的人越来越少,但是电子平台却如雨后春笋一般蓬勃发展起来。现在手机里有各种读书应用程序和公众号,大家可以在上下班的公交地铁上利用闲暇时间来阅读,比原来手捧着纸质书或杂志报纸要方便多了。所以你这篇小说如果想投稿,我可以给你介绍一些类似的平台……"

听到这,何栎重新燃起了希望。

纸质书也许有一天会逐渐消亡,但是阅读这件事却会以其他的形式延续下去,历久弥新……

# 第三部　神像与古钟

## 【一】

凌晨。

孙洪宇从睡梦中惊醒。因为前一晚的经历太过刺激,加上宿醉的缘故,他感觉头疼欲裂。他坐在床上定了定神,发现吵醒自己的是窗外慌乱的脚步声。虽然从小就生长在四大门中,早已经习惯了这样的场面,但是直觉告诉他,这一次的事情似乎非常严重。

孙洪宇穿好衣服走出房门,发现家里的仆役还有四大门的门人都在慌乱地跑来跑去,不知道在忙些什么。他连忙拽住一个人问道:"怎么了?"

"少爷,不好了,老爷出事了!"

对方的话仿佛炸雷一般让孙洪宇瞬间清醒了,但是他却不敢相信自己的耳朵,连忙再次问道:"你再说一遍。"

"老爷出事了。少爷,我这边还有事要忙,先走了。"仆役说完这句话,就逃也似的消失在夜色中。

"老头子这辈子经历过无数次险境,最后都化险为夷,这次也一定不会有事的……"孙洪宇一边安慰自己,一边朝着大家奔跑的方向冲去。

来到前厅,孙洪宇就发现四大门的三位门长都一脸哀容地站在那里,唯独不见自己的父亲。取而代之的是在地上放着一个用白布盖着的长条状物体。

"不可能!"孙宏宇知道这块白布下面盖的是什么,但是却不敢承认。

"侄儿,你要节哀。"华思壁看到愣在一旁的孙洪宇,连忙走过来劝慰他。

"不可能!"孙洪宇再次哀号了一声,然后扑倒在地,用颤抖的手掀开了白布。当看到那无比熟悉的面庞时,他的嘴唇已经被自己咬出了血。

虽然孙洪宇被无法言喻的悲痛包围,但他还是保持了一丝冷静,他察觉到父亲身上的衣物凌乱不堪,而且还有烧焦的痕迹。他连忙把白布往下拉了拉,发现父亲的尸体从胸口到肚子都被炸得焦黑。看到这,他愤怒地大叫起来:"这是谁干的?"

看到孙洪宇悲愤的样子,在场的人都面面相觑,不知道该如何向他解释这件事。

"肯定是鬼子干的!"孙洪宇说完,站起身就要往外走。周围的人见状连忙把他拉住。

"侄儿,你不要冲动。"华思壁再次劝慰道。

"你们以为对鬼子低三下四就能换来平安？看看，这就是你们想要的？！"孙洪宇这句怒吼与其说是冲着在场的其他人，倒不如说是在冲着地上父亲的尸体发问。

"洪宇，事情并不是你想的那样。"这时，周信良从人群中走了出来，他曾经是孙洪宇的武术老师，所以孙洪宇对于他的敬重程度丝毫不亚于父亲孙正。

"你先不要冲动，跟我来，我把事情的来龙去脉告诉你。"周信良说完，拉着孙洪宇朝着后堂走去。临走时，他还不忘回头嘱咐华思壁尽快处理好孙正的遗体。

一刻钟后，周信良讲述完整件事的来龙去脉。孙洪宇愣在那里，一言不发。

一直以来，孙洪宇都以为自己的父亲是为了活命才对日本人卑躬屈膝，任凭他们驱使。但是没想到父亲竟然一直在带领着四大门暗中抗日。想起自己之前因为误会而与他大吵过无数次，他后悔得用手重重捶起了头。

"洪宇，既然你已经明白了你父亲的苦衷。希望你能够克制自己，不要让他的牺牲白费。"

听到师父的话，孙洪宇终于冷静下来，他是个明事理的人，知道相比起自己的父仇，国宝和四大门数万门人的安危更重要。

这时，忽然有人叩响了房门。周信良应了一声，对方这才推门进来。

"老师……"走进来的是徐秋岩,他问候过周信良,看了看孙洪宇。周信良示意他但说无妨,他这才接着说道:"刚才接到了赵玉新的飞鸽传书,他声称遇到了突发状况,马上会回来亲自向三位门长汇报!"

# 【二】

孙府的会客厅,同时也是四大门的议事厅。三位门长坐在上首听完了赵玉新的汇报。得知之前他们冒死截获的这批国宝的数量和名单中的数目比起来少了三件。而这三件宝物不仅仅是不知去向,甚至就连名字都不清楚。

"东野真是个老滑头,一定是他故意藏起了三件国宝当作最后的保险。"华思壁气愤地说。

"而且他藏起来的这三件国宝,肯定是这批国宝中最珍贵的。因此,我们更不能让它们落入鬼子的手里。"因为孙正去世,所以此刻年龄最大的周信良成了四大门的临时决策人。

"可是,我们现在连这三件国宝的名字都不知道,更不用说它们的去向了。而且现在我们截获了国宝,已经打草惊蛇,鬼子肯定会加强防范的。我们想要查出这三件国宝的行踪更是难上加难。"地门门长王斌说道。他是四位门长中最年轻的,今年刚刚四十岁，脚夫出身的他身材魁梧，蓄着络腮胡子。

王斌的话让室内的气氛瞬间沉寂下来，大家都明白这个道理，知道这一次他们面对的困难远比之前的国宝夺还战难上几倍；而且，留给他们的时间已经不多了。据探子汇报，之前承担运宝任务的遣返船已经带着伤员和日军的家眷准时起航。而下一班遣返船在两天后就会抵达，到时这三件国宝肯定会经由这艘船送回日本，而且这一次日军的警戒程度势必要远远高于上一次运宝。

"我知道现在我们所面对的是几乎无法完成的任务，但是难归难，我们也要全力以赴，不能让这三件珍贵的国宝落入日本人的手里。否则，我们几个人都无法面对孙门长的在天之灵。"最后，还是周信良开口道。

"没错。就算拼了我这条老命，也不能让日本人把一件国宝带回去。不然到了那边，我真的无颜面对老孙。"王斌说完，腾地从椅子上站起来。

"老王你别冲动，这件事我们必须好好谋划，一定不能再出任何纰漏。我们已经坚持了这么久，好不容易熬到快要胜利，可不能再有任何牺牲了。"华思壁连忙出声劝阻王斌。

"玉新。我们几个都是老骨头了，这件事还得靠你们这些年轻人。而年轻人中就属你足智多谋，你好好想想，我们该怎么去寻找这三件宝物。"

听到周信良询问自己，一直在思考的赵玉新抬起头："我想，首要任务我们必须找出这三件国宝的信息，知道都是哪些宝物，我们才能有的放矢去制订寻宝计划。"

"可是，皇城里的国宝那么多，我们谁能够知晓所有的名目呢，就算是曾经在宫廷里担任过禁卫的老孙，恐怕也无法完全接触到这些宝贝。"华思壁条件反射地提起孙正，才发觉他已经不在了，忍不住老泪纵横。

"要不，我们找一找曾经在宫里待过的老人？他们应该比我们更了解那些宝贝。"王斌提议道。

"能够在宫中接触到国宝的那些公公，在世的已经不多了，仅存的几位也都回老家颐养天年了，等我们找到他们，恐怕鬼子早把国宝运走了。"周信良说到这，叹了口气。

"我想……"赵玉新欲言又止。

"玉新，你不要有顾虑，现在这个非常时期，无论你想到了什么办法，我们都不妨一试。"周信良说。

"我认识一个人，她也许能够帮我们指出遗漏的这三件国宝是什么。"赵玉新犹豫再三，终于还是开口道。

"那还等什么，赶紧把他找来啊！"王斌是个急脾气，"死马当成活马医也好啊！"

"对方的身份有些特殊，派人去找她有些不太合适。我想，我还是亲自去一趟吧……"赵玉新说完，抬头看了看周信良，在得到对方首肯后，他立刻向几位门长告辞，然后转身离开议事厅。

走出孙府，赵玉新步履不停地朝着皇城的方向走去。虽然他脚步匆匆，思绪却飞回到了十天前……

## 【三】

八月五日。

这是一年中最炎热的季节，然而整个日本军部却笼罩在一股阴森的恐怖气氛之中。令大家人心惶惶的不是前线传来的战报，而是一天前发生在奉天城内的"神像杀人事件"。

这起杀人事件的死者石川甚太严格来说并不算是军方的人，他原本是京都大学的历史系教授，专修中国史，对中国的文化尤其是文物有相当的研究。所以，这一次他是受邀前来中国协助日本军部进行中国文化研习的。

当然，这不过是对外的身份而已。石川甚太的真实身份其实是协助日本军方盗墓的专家。在中国这块历史悠久的大陆上，遍布着历史遗迹，其中有很大一部分都是古墓。而石川的工作就是利用他的历史和文物知识，来判断这些古墓的年代和主人身份，换句话说就是哪些古墓有盗掘的价值。

正是因为石川甚太的这层身份，才让他的死披上了一层冷幽的恐怖色彩。坊间传说，杀死他的不是人，而是位于奉天城内一座关帝庙内的神像。

日军的高级顾问遇害，而且还有谣言声称他是被神像杀死的，为了防止这样的传闻扰乱军心，日本军部急需找出真相。此时，日军驻奉天的指挥官东野桂介早在几天前就已经跟随遣返船离开了奉天，所以此刻这个重担就落在了代理指挥官西泽明彦身上。

虽然临危受命的西泽明彦此刻已经为军部中多如乱麻的琐事伤透了神，但是对于这起案件他却丝毫没有抵触。相反，这起案件对他来说甚至是目前繁忙状态的最好调剂品——因为西泽明彦本身就是一个推理小说爱好者。

这不是西泽第一次负责侦破不可能犯罪案件，上一次是在半年前，当时在军营里发生了一起诡异的雪地密室案件。当时的他完全被眼前的谜团所击败，最后不得不请来一位推理天赋惊人的好友帮忙侦破了此案。而这一次，西泽并不打算再去求助这位朋友，而是打算靠自己的能力去解决这起案件。

西泽明彦找来案发当时的目击证人——石川甚太的两位护卫。因为石川甚太对于日本军方太过重要，而且贪酒好色的他平时也得罪了很多人。所以日本军方特意派了两个士兵担任他的护卫。

"这是发生在昨晚的事情……"这个名叫石琦大的士兵留着寸头，看起来很干练的样子，"昨晚，石川先生照例去同泽俱乐部的酒吧喝酒，我和木下君则一直跟着他担任护卫。石川先生大概喝到半夜，大醉后嚷着要回家，于是我们就护送他回家。石川先生的家位于城东的一处别墅，从同泽俱乐部到那里步行只需要不到二十分钟,所以我们搀着他往家走去。"

对方的话听起来有点絮叨,但是西泽并没有催促他,因为他觉得石琦大的证词很有条理,没有错过任何细节。而站在石琦边上那个叫木下里的男子则有些神经质,他一直在偷偷瞄着自己,估计是怕军部把石川的死归咎到他们两个护卫身上,所以一直一副提心吊胆的样子。

石琦大没有察觉到西泽明彦的心理活动,继续讲述着案发当晚的情形:"在搀扶着石川先生回家的路上,我们在路边发现了一个夜莺——也就是妓女。石川先生虽然已经大醉,但目光还是一下就被她吸引了过去,连忙过去和对方达成了交易。本来我们想带着这个夜莺一起回石川先生的家,但是不知道是不是因为石川先生酒后兴致高涨的原因,他完全等不及回家,所以想要就近找个地方解决需求。那时已经接近午夜,路边没有任何店家开着,这时石川先生瞥到不远处的一间庙宇,就拉着那个夜莺进到了里面。关门时,他还告诫我们不要打扰他,半小时后他会自己出来。因此,我就和木下君分别站在巷子的两端守护起来。"

庙宇,那可是供奉神明的地方,石川居然会猴急地跑到那里去解决生理需求,实在是对神明的亵渎。西泽想到这,忍不住在想这个人其实真的很该死。

## 【四】

"就这样,我和木下君一直守在巷子口。因为当时已经是深夜,所以路上一个行人也没有。我们等了半个多小时,还不见石川先生出来,我们想也许他因为酒醉加上精气耗尽,所以睡着了。我们不敢打扰他,只得继续等在巷子口。就这样,又过去了半个小时,石川先生还是没有出来,而那个夜莺也没有出现。我们感觉事情有些不对劲,这才来到庙门前。

我们俩先在门外喊了几声,但是没人回应,于是我们冒着被石川先生责备的风险推开门,发现里面一片漆黑。我们连忙掏出了手电照向室内,结果发现石川先生和那个夜莺都躺在地上一动不动,而地面上到处都是血迹。

看到眼前的一幕,我和木下君都吓坏了,不过在短暂的惊愕之后,我们很快冷静了下来。因为我们发现这座庙宇只有一个正门,并没有窗户和后门,也就是说,杀死石川先生的凶手还在室内。想到这,我们立刻掏出手枪,然后开始在室内搜寻起来。结果却让我们更加震惊,这间庙宇只是一间大概十平方米的小房子,除了靠墙摆放的关帝神像和前面的供桌以及上面的香炉之外,再没有其他摆设,根本没有可以藏人的地方。

我们两个知道石川先生被杀这件事情非同小可,于是我让木下君守在庙里，我急忙跑回军部去报告。后面的事情，您都知道了。"

听完石琦大的叙述，西泽明彦沉思了一会儿，然后才开口问道："我有三个问题。"

"请问。"石琦大毕恭毕敬地点了点头。

"第一个问题，虽然你已经叙述得很清楚了，但是我还想再确认一下，你们确定那间庙宇里没有任何可以藏人的地方？"

"是的。那个关帝庙与其说是一座庙宇，不如说是一间供奉了神像的普通民宅，大小不过十平方米左右，室内除了神像和供桌以及供桌上的香炉外，再没有其他摆设。而这间屋子里，也没有窗户和后门，只有一个正门可以出入。"

听完石琦大的回答，西泽点了点头，果然和他想的一样。于是接着问道："第二个问题，那个夜莺也死了？"

"是的，我回军部报告后，是带着士兵和军医一起回来的。当时军医确定石川先生是被人割喉杀死，地上的血迹都是他挣扎时留下的。而那名夜莺也是气息全无，脖子上还留着手印，应该是被人掐死的。"石琦大回答。

"好的。第三个问题，你觉得现场有什么可疑的地方吗？"这个问题其实在呈交上来的报告书上已经提到了，但是西泽明彦还是想听听这两个当事人的看法。

"与其说是可疑的地方，不如说是奇怪。"

"何出此言？"石琦大的回答让西泽明彦很有兴趣。

"因为现场没有发现任何凶器。那个夜莺是被人掐死，所以不需要凶器，但是石川先生却是被人割喉杀死，可是现场却找不到任何可以称之为凶器的东西；而且不光是凶器，就连凶手都没有发现。要知道，当时那间庙宇的唯一出入口一直在我和木下君的监视之下，凶手根本不可能从我们眼皮底下溜走。"

石琦大提出的可疑之处，也正是困扰西泽明彦的。他想不到眼前这个看起来有些粗线条的士兵，心思居然如此细腻。看他的年纪，应该二十出头，可能在本土的时候，他也是个推理小说爱好者吧，所以思维才会如此敏锐。

"对了，你说在现场找不到凶器，你们确定没有遗漏什么地方吗？也许凶手使用的并不是真正的凶器，而是可以当成凶器的某种东西……"想到这，西泽打算考一考眼前这个年轻人。

"不可能。在我们发现石川先生被杀后，第一时间就是在室内搜寻凶手和凶器。之前我说过了，室内除了神像、供桌和香炉外，再没有别的摆设，所以根本没有地方可以藏人。为了以防万一，我们甚至连神像也检查了，那个神像靠我和木下君两个人的力气都无法搬动，是用一整块石头雕刻而成，所以里面也没法藏人。"

神像是空心的，凶手就藏在里面，这是西泽看完报告书后第一时间产生的想法，不过他还没时间去现场证实。没想到眼前这个年轻人在案发现场就已经查证过了，虽然自己的猜测落了空，但是这更激起了西泽的斗志。

"至于凶器,我也曾经想过是不是有什么别的替代物。消失的凶器,我首先想到的是冰,不过当时正处盛夏,凶手如果事先躲在庙宇里,是没办法让冰刀不融化的。而竹刀木刀之类的东西,虽说可以事后烧掉,但是我们在香炉里发现的香灰非常少,也没有竹子或者木头烧毁后留下的残迹。所以这几种可能都被排除了。"

西泽明彦在刚刚一瞬间也想到了这几种可能,没想到面前这个其貌不扬的士兵又抢在他前面一步。一瞬间,他对自己的推理能力产生了质疑。到底是自己的推理能力不过是普通人的水平,还是眼前这个其貌不扬的士兵的推理能力也非常出类拔萃呢?西泽更希望答案是后者。

## 【五】

询问完所有问题,西泽明彦没有理出任何头绪,所以他决定让石琦大和木下里带他去现场看看。一路上,走在前面的木下里不时回头偷看西泽明彦,显得更加紧张了。

"刚才叙述案情的时候,你为什么不说话?还有你为什么总是偷看我?莫非你是凶手?"西泽其实心里并不觉得木下里是凶手,但是三个人就这么一言不发地在路上走着,他觉得有些无聊,所以打算逗一逗他。

"不，不，我不是凶手！"听到西泽明彦的话，木下里更加紧张了，"我……我真的不是凶手，案发时我……我和石琦君一直待在庙门外，我怎么可能分身去杀人啊！您……您询问的时候，因……因为我平时不怎么会说话，我怕……怕说错话惹麻烦，所以才拜托石琦君代劳的。"

"没错，西泽长官。案发时木下君一直和我待在街上，从来没有离开过我的视线，他根本没机会进庙杀人。至于他为什么总偷看您，是因为他实在太害怕了，他害怕您会把石川先生之死的责任都算在我们身上。"这时，走在一旁的石琦大连忙帮助木下里解释道。

"放心，我不是那种不讲理的人，更不会随便找人当替罪羊，我相信你们没有杀人，除非你们是同谋。不过如果你们是同谋，那么更没必要把案发现场描述成什么密室。只说是那个夜莺杀死了石川，然后你们在防卫的时候杀死了夜莺，所有的一切都让她背锅就好了，没必要编出密室和消失的凶器这么荒唐的内容。"

听完西泽的话，木下里心里的石头总算落下了。石琦大虽然表面上装着不太在意，其实内心也很担心自己的处境，现在听说西泽明彦不会让他们当替罪羊，也暗暗松了一口气。

不知不觉间，三个人来到了案发现场。因为军方正在调查之中，所以在庙门口有两名日本士兵把守。他们看到西泽明彦到来，立刻向他行了一个军礼。

西泽明彦挥手还礼后，示意他们扯下门上的封条，然后推开门走进了关帝庙。

随着大门的打开，室内的黑暗立刻被外面的阳光驱散。西泽明彦站在屋子的中央，环视了一下四周。果然和石琦大描述的一样，室内的空间非常小，摆设也异常简单。

地上的血迹已经凝固，散发着刺鼻的腥味，西泽忍不住掏出手绢遮住了鼻子。在室内靠向右手边的墙壁旁，有两个用白灰画出来的人形轮廓。

看到西泽的视线所及，石琦大连忙解释说："这两个人形就是当时石川先生和那个夜莺尸体的位置，靠前面一点儿这个身材高大的是石川先生，后面那个娇小一些的是夜莺。"

西泽明彦盯着两个人形轮廓看了一会儿，猛然发现石川的尸体位置旁有血迹一直延伸向前方。他顺着血迹一路看去，最后视线定格在神像的身上。

这座庙名叫关帝庙，供奉的自然是武圣关羽。三国的故事即便在日本也广为人知。西泽明彦知道关羽是中国人心目中的战神，也是忠义的化身，很多店铺和帮会里面都会供奉他的雕像。

这个神像是一个关羽的站像，他一手持刀，一手捋髯，是非常常见的造型。引起西泽明彦兴趣的是关羽手中挂着的那柄青龙偃月刀，刀杆加上刀身大概有两米左右，而在上面的刀刃之上，也沾满了血迹。

看到刀上的血迹，西泽才察觉出地上的血迹好像是一行足迹，从尸体边上一直延伸到神像的脚下。看到这里，西泽明彦终于明白了为什么坊间会流传说是关公的神像杀死了石川甚太。

## 【六】

石川甚太的尸体已经运回日军总部，虽然军部里没有专职法医，但是军医完全可以胜任这项工作。军医的鉴定结果是凶手用利器砍断了石川甚太的颈部致其死亡，从尸体颈部的伤口大小看来，凶器应该很锋利而且具备一定的重量。而这些描述都和西泽明彦眼前的这把青龙偃月刀完全吻合。

"那具女人的尸体呢？"关于这一点，报告里并没有提到，所以西泽明彦向两个护卫士兵问道。

"当时军医判断她是被凶手掐死，我们也搜查了女人的尸体，衣服里没有藏匿任何凶器，因为联系不到她的家人，也没有医院肯接收这具无名尸，我们又不能把她和石川长官的尸体一起运回总部，丢在这里又怕她会发臭，所以我找来两个脚夫，给了他们点钱，让他们把尸体丢到城南的乱葬岗了。"

西泽明彦觉得石琦大的处理方式很合理，那名妓女已经死亡，对于案情没有任何帮助。当然，也可能那名妓女其实就是杀死石川甚太的凶手，她在杀死石川甚太后，再用某种手法勒死了自己并且伪装成被人掐死的样子。

不过，如果她是自杀伪装成他杀，势必要借助某种工具来制造她被人掐死的假象。那么，这个工具又去了哪里？如果她真的是凶手，自己将要再面对一个消失工具的谜团。想到这，西泽明彦额头渗出了汗水。

现场勘查完毕，西泽明彦觉得继续留在这里也不会有什么进展，所以带着石琦大和木下里回到了总部。他命令石琦大和木下里两个人回宿舍待命，然后就回到了自己的办公室。

西泽明彦端坐在办公桌前，面前摊着一张白纸，他想要对目前掌握的情况做一个简单的梳理。窗外传来士兵训练的呐喊声，他早已习惯了这种嘈杂，并不觉得心烦。

现在西泽明彦面临的状况如之前他在现场所想的，一共分为两种情况。

一、妓女是真凶，她在杀死石川甚太后自杀，然后伪装成被人掐死。如果是这种情况，就需要解决杀死石川甚太的利器是如何消失的以及妓女伪装自杀的工具是如何消失的两个谜团。

二、妓女也是被害者，她和石川甚太都是被第三者杀死，然后真凶利用某种方法逃出了密室状态的庙宇。这种情况下，因为凶器可以被凶手随身带走，所以只需要解开凶手消失这一个谜团就好了。

除此之外，西泽明彦想不出第三种可能。

虽然这起密室案件有两种可能性，但在西泽明彦心中，第一种就真的仅仅是"可能"而已。因为他实在想不到什么样的装置能够把自杀的人伪装成被人掐死的样子，然后这个装置还能自动消失。所以，他觉得这起案件唯一的可能就是凶手利用某种方法在两个卫兵的眼皮子底下逃出了密室。

虽然锁定了这起密室案件的唯一可能性，但是想要解开这个密室之谜，还是难如登天。幸好，西泽明彦最近已经习惯了临时指挥官的工作，不再像之前那样每天忙得焦头烂额。现在有大把的时间可以去破解这个谜团，而且没有上级的压力，自己可以完全沉浸在这种头脑风暴之中。

然而，西泽明彦对事态的发展还是太乐观了。就在第二天，发生了一件震动整个日本乃至整个世界的大事。让他悠闲的侦探计划即刻宣告结束。

## 【七】

一九四五年八月六日，广岛被一种前所未见的新式武器摧毁。也正是因为这种毁灭性的武器，让已经处于强弩之末的日军彻底崩溃。

虽然天皇拒绝了盟军的《波茨坦公告》，但其实所有侵华日军心里都明白，战败已成定局。

战败之后，等待着所有日本军官的将是军事法庭的审判，所以此刻西泽明彦已经无暇再去顾及石川甚太被杀的案件。他必须尽快结案，然后将报告递交上级。

虽然西泽明彦可以随便找个理由，就像南琦的提议那样，说成"中国的文物爱好者因为石川甚太对中国的文物威胁巨大，所以派人杀死了他，杀手同时也被石川甚太的卫兵击毙"，来掩饰一切，但是身为一个推理爱好者的荣誉感却让他不愿意这么做。

然而，因为广岛事件引发的一连串震动实在太过猛烈，现在不仅仅是军心动摇，人人自危。需要西泽明彦来处理的要事一件接着一件，让他完全腾不出时间去思考石川甚太的案件。

"看来，只能随便找个理由结案了。"最后，无奈之下的西泽明彦还是决定按照南琦的提议结案。

既然要以虚假的结论结案，那么势必要和石琦大以及木下里串通好口供，好在这两个人一个明事理，一个胆小怕事，应该都会很配合。想到这，西泽明彦连忙命令手下把石琦大和木下里传唤过来。

十分钟后，石琦大出现在了办公室的门口。看到他一个人前来，西泽明彦很是不解，也有些不安。

"怎么只有你一个人？木下呢？"

"报告长官，木下君失踪了！"

石琦大的回答让西泽明彦大吃一惊，他连忙追问道："他是什么时候失踪的？为什么不向我报告？"

"昨天，昨天清晨，木下君就……就不见了。我已经向南琦长官报告了这件事。"一向冷静的石琦大此刻显得非常紧张。

听到这，西泽明彦终于明白了南崎为什么没有向自己报告此事。昨天是八月六日，也正是广岛被美军的新式武器"原子弹"摧毁的当天。昨天下午这个消息就已经通过各种渠道散布到了奉天的大街小巷，军营里自然也不例外。

当晚，就发生多起逃兵事件，有的是伪装成伤兵混入了遣返船，有的则是伪装成普通日本商人乘坐火车离开了奉天，然而不管如何，他们的最终目的都是想在战败之前，平安地回到故乡。

因为当时下面递交上来的类似消息太多，所以西泽没有工夫一一理会，他便命令南琦代为处理，自己全力去处理更为重要的事件。想必南琦是把木下里的失踪也当成逃兵事件一起压下了。

"以他懦弱的性格，当逃兵也不意外。"想到这，西泽明彦开口说。

"我觉得木下君不是因为广岛的事才逃跑的。"然而，石琦大却否定了西泽明彦的想法。

"为什么这么说？"西泽明彦对于石琦大的逻辑思考能力很认同，所以他想听听他的看法。

"原因很简单。我们是昨天下午才陆续听到广岛被炸毁的消息，而木下君却是在清早就失踪的，他根本不可能是因为听到了广岛的事情，害怕我们会战败，觉得继续留在这里生死难料才逃跑的。"

听到这，西泽明彦才想起刚刚石琦大已经提到了木下里是在昨天清晨就失踪的，而自己也清楚地知道广岛事件是上午才发生的。但是自己却完全没有考虑过二者之间的先后顺序，想当然地认为木下里是因为害怕才当了逃兵。看来自己最近真的是太累了，这么简单的逻辑都理不清。

"那木下他为什么会失踪呢？"西泽明彦喃喃道。

"一开始，我也以为木下君是失踪的。但是就在刚才，我却忽然想到，也许他真的是逃跑了……"

石琦大的话刚说了一半，西泽明彦的头脑立刻好像被擦去了迷雾的玻璃一样瞬间清晰了起来："我也明白了！他就是石川甚太被杀案的凶手！"

## 【八】

因为终于理清了头绪，所以西泽的报告写起来异常顺利。不到一刻钟就完成了石川甚太案件的结案报告。

报告写完后，西泽明彦破例让石琦大这个没资格接触这种档案的普通士兵看了一下内容，希望他能看看是否有什么不足。

石琦大通过和西泽明彦的几次交流，知道他很平易近人，但是没想到他居然这么器重自己，这让他有些惶恐。他伸出双手，颤巍巍地打开了文件。

## 关于石川甚太遇刺一案的结案报告

一九四五年八月四日晚，我军顾问石川甚太在回家路上遇刺。事件起因如下：

当晚，他在同泽俱乐部饮酒到深夜，大醉。由军部指派的两位卫兵石琦大和木下里负责护送回家。在经过一处庙宇时，偶遇一名烟花女子，酒后性起与该女子进入关帝庙野合。两位卫兵则留在门外守护。

一小时后，两位卫兵发现石川甚太还没有出来，于是进入庙宇查看。发现石川甚太与烟花女子皆死在屋内，屋内遍布血迹，而种种痕迹表明，杀死石川甚太的凶器是位于庙宇内的一尊武圣神像手中的青龙偃月刀。

该庙宇非常狭小，没有窗户和后门。室内只有神像、供桌和香炉三件摆设，除此之外再无他物。现场也没有发现可以逃逸的暗道。

因为，疑似凶器的青龙偃月刀是和神像一体雕塑出来的，除非神像能够走动，否则是不可能用它砍死石川甚太的。所以，坊间一度传闻杀死石川甚太的是庙宇内的神像。

然而，区区石雕神像如何能够杀人，我堂堂大日本帝国的军人是绝不会相信此种怪力乱神之事。但是凶手又是如何从门外两名卫兵的视线下逃出庙宇的？在吾的仔细勘查和细心推理后，终于找出了真相。

这起案件的真凶就是卫兵木下里。因为在发现石川甚太死亡后，石琦大曾经留下木下里保护现场，然后独自赶回军部报告。而木下里就是利用这段时间，完成了一系列的案件。

案发现场的烟花女子，其实是木下里通过威逼或者利诱找来的帮凶。案发当晚，她就是在木下里的授意下专门等在关帝庙前，因为木下里担任石川甚太的护卫已经很久了，所以非常了解他的习性。知道他在酒后性起的时候，是绝对等不及带烟花女子回家的，肯定会就近找地方解决生理需求。而关帝庙就是最好的谋杀场所，木下里选择在这里动手，就是因为可以为自己制造不在场证明。

当时案发现场的石川甚太其实是先被迷晕了。迷晕他的人，就是那名烟花女子，她在迷晕石川甚太后，用利器割断他的喉咙，然后用血迹伪造出神像的脚印，并且将血液涂抹在神像手中的青龙偃月刀上。

完成这一切后,烟花女子把凶器藏在庙门的门槛后,然后用香灰涂抹在手上,再掐住自己的脖子留下痕迹。之后就躺在地上装死,等待着门外两个卫兵进来。

门外的两个卫兵发现石川甚太迟迟没有出来后,决定进去查看,这时是石琦大先踢开的大门,然后木下里跟在后面进入。

因为一进屋,石琦大就被室内的血迹和尸体吸引,所以直奔尸体,没有留意到身后的木下里偷偷收起了藏在门槛后的凶器。

接着,木下里假装和石琦大在室内搜查了一圈,发现没有别的出口和凶器,然后石琦大留下木下里回去总部报告。

如果当时石琦大没有主动提出回去报告,木下里应该也会自告奋勇留下,然后怂恿石琦大回去报告。

石琦大离开后,装死的烟花女子起来,正打算向木下里邀功,却被木下里按住脖子掐死。在掐死烟花女子后,木下里再从容地把凶器在自己身上藏好。然后只要耐心等待石琦大带人回来就好。因为一直和石琦大守在门外的自己有着完美的不在场证明,没有人会去怀疑他,更不会有人去搜他的身。

至于木下里杀死石川甚太的动机，因为他此刻已经逃亡，所以需要将其抓获后才能得知。属下势必竭尽全力，尽快将凶手缉拿归案！

关东军驻奉天支部临时指挥官

西泽明彦

## 1

因为有了上一篇小说的经验，这次何栎一气呵成完成了第二篇小说的一个谜题，他对自己的状态非常满意。果然是熟能生巧，何栎心中窃喜。

之前的那篇小说，何栎已经通过熟悉的编辑，投给了一个叫《超好看》的网络平台。说起这个平台，可是大有来头。昔日的实体杂志《超好看》曾经有着类型文学最高的稿费标准——千字千元。如今，虽然随着纸媒的衰败，《超好看》的实体杂志也和其他期刊一样停刊了，但是在新阅读趋势里孕育而生的电子阅读平台《超好看》应用程序里，它的稿费依然是行业内的高标准，甚至比何栎当年投稿的实体杂志的稿费还要高出几倍，这让他在感慨纸媒落寞之余，总算看到了一丝希望。

在第二篇小说里，需要登场的人物是照片中的教授、明星和厨师。因为受到之前八卦小报的启发，所以何栎最近把精力都放在了民国娱乐报刊上面，最后果然大有收获。那位被他称呼为"明星"的中年人已经确定了身份，居然就是在《夺宝》中出现过的东北魔术王赵玉新。

而且通过深入调查，何栎发现赵玉新虽然成名于东北，却出生在蜀地，而且他在享誉魔术界的同时，居然还是位小有名气的专栏作家。赵玉新曾经以"巴蜀生"为笔名，在很多文化杂志上发表过关于魔术业内的趣闻。

巴蜀生和《夺宝》的作者巴蜀护宝生相比只少了两个字，之前何栎就曾经怀疑过，能够知道国宝夺还战这么多内幕的作者，多半和四大门有密切的关联，甚至可能就是夺还战的当事人之一。如今这个发现，让他更加坚定了自己的想法，看来《夺宝》的作者很可能就是赵玉新本人。

在夺回第一批国宝之后，赵玉新为了警示世人，同时也是帮四大门平反，所以才特意撰写了《夺宝》这篇小说。而接下来追寻剩余三件国宝的续作故事，却因为某种原因搁浅。

如今知道了照片中的"明星"和《夺宝》的作者很有可能是一个人，这让何栎兴奋异常。因为他觉得自己已经越来越接近那段不为人知的真相，也让他接下来创作更有动力。

"教授"的身份虽然还没有确定，但是在综合分析了照片中的六个人后，何栎已经确认了在这个护宝的团队里，目前还缺少一个专业人士，这个人对于锁定最后三件国宝以及辨别其真伪等至关重要。而剩余的人物，符合这个身份气质的就只剩下这位知性美女了。

只不过，该如何安排她出场这个问题困扰了何栎好久，最后他还是决定用自己最熟悉的方法，用案件来引出这个人物。不过为了和上一篇小说有所区分，何栎这一次特意给她安排了一个"特殊"的身份……

## 【九】

因为时局的关系，日军总部也不想再在石川甚太的案件上浪费时间，所以没提出任何质疑就认可了西泽明彦提交的结案报告，并且暗示西泽明彦不用再去花费心思追捕潜逃的木下里，先全力处理好眼前的其他重要事情。

虽然日军对于石川甚太的案件采取了放任的态度，但是奉天民间对于这起案件却分外关注，因为这起案件不但让压抑许久的老百姓出了一口恶气，而且还充满了坊间最受欢迎的怪谈元素。

因此，奉天城内的大小报刊都对这起"关帝杀鬼事件"进行了铺天盖地的报道，顷刻间此案便成了妇孺皆知的新闻。

此刻，赵玉新正坐在自己家中，手中捧着一份《奉天时报》，上面的头条正是石川甚太案。《奉天时报》毕竟是当时奉天城内最权威的报纸，所以标题和内容都没有其他小报那样危言耸听，而是以客观的角度陈述了案件的真相，这也让赵玉新对于这起案件有了一个全新的认识。

然而，让赵玉新更感兴趣的，却是在报纸最后一版的一条新闻，这是一篇关于一个英国华裔女考古教授归国开办民间博物馆的报道。让赵玉新产生兴趣的是这篇报道配的一张照片。

因为当时的摄影和印刷条件有限，所以报纸上的照片很模糊，但是赵玉新还是一眼就认出了这个考古教授的身份……

那是在十五年前，还不到二十岁的赵玉新已经是个小有名气的魔术师了，但是他并不拘泥于单纯的表演，他一边进行着魔术的创新工作，另一边则不断挖掘那些已经失传的古老魔术。很多魔术仅仅停留在纸面上的记载，已经没有人会表演了，想要搞懂其中的奥秘，就得翻阅大量的相关文献。

当时，整个奉天城内，能够找到如此多藏书的就只有东北大学图书馆。这座由张作霖创立，梁思成和林徽因一手发展起来的东北最高学府的图书馆中有着海量的藏书。

那段时间，只要一有时间，赵玉新就会埋头在东北大学的图书馆内查阅资料。有的时候，看书看累了，他就会四下走动缓解下疲劳。就是在那时，他遇到了她。

那是一个年纪比赵玉新还小的女孩，十几岁的样子，看起来并不是大学生。每次她都是独自坐在角落里，捧着一本厚厚的书。

因为年龄相仿，赵玉新对这个女孩产生了一些兴趣，于是他假装找书无意从她身边经过，发现那本厚厚的书居然是一部考古学著作。

这么年轻的女孩，为什么会看如此深奥的书，赵玉新很是不解，也正是因为如此，让他对这个女孩产生了一种莫名的好感。

女孩看书看累了，也会停下来活动下身子缓解疲劳，有时视线会和赵玉新相对。但是她并没有像其他女孩那样害羞地别过头去，而是会笑呵呵地向赵玉新挥手打招呼。

久而久之，两个人逐渐熟悉了起来。赵玉新这时才知道，原来这个女孩名叫张芸宁，她的爸爸是东北大学的历史系教授，她则在东北大学的附属女中读书。可能是因为从小受父亲影响的缘故，她对考古和历史有着浓厚的兴趣。

再后来，赵玉新通过张芸宁认识了她的父亲张海生教授，通过和张教授的攀谈，让赵玉新认识到了一个更广的世界。这时他才明白为什么那么多人喜欢读书，原来读书可以让一个人的眼界开阔到无限无垠。

从那时起，赵玉新没事的时候，除了去图书馆看书，又多了一个新的任务，就是去旁听张教授的课，而他与张芸宁的关系也越来越密切。

然而，就在赵玉新以为时间会永远停留在这美好时刻的时候，发生了一件改变了他人生的事情……

## 【十】

一九三一年，中国各地多处古墓被盗。起初，大家以为不过是民间盗墓贼所为。但是随着古墓被盗数量越来越多，大家才发现这是一场有目的的大规模的盗墓活动，而幕后的组织者正是日本军部。

日本军部觊觎这块土地上的珍宝已经很久了，而且他们知道，很多更珍贵的宝物还长眠在地下。所以日本军部特意从日本本土邀请到京都大学的历史系教授石川甚太来协助盗墓。正是因为石川甚太的历史知识，才让日军的盗墓活动准确而且迅捷。

在得知这一情况后，民间的文保人士和历史学者们打算以同行的身份去规劝一下石川甚太，希望他不要做这种破坏历史遗迹的事情。

中方当时推举的代表就是张海生教授，然而他们高估了石川甚太的专业操守，谈判以失败告终。

几天后，石川甚太在回家的路上遇到刺客，因为身边有日军安排的护卫，所以他逃过一劫。捡回一条命的石川甚太向日本军部告发说是之前和自己谈判的人派来的刺客。所以日军抓捕了以张海生为首的一批历史学者和文保人士，在严刑拷打之后，又以莫须有的罪名将他们全部枪决。

当时正在外地表演，得知张教授被抓的消息后匆忙赶回来的赵玉新见到的只有张海生的尸体，而张芸宁则失去了踪影。后来听几个相熟的学生说，张海生在被捕前，就知道自己难逃厄运，所以委托自己的学生将张芸宁送到了英国的亲戚家。

从那以后，赵玉新就再也没见过张芸宁。一晃十五年过去了，他早已经把张芸宁的样子深锁在心底，然而在看到报纸上照片的一瞬间，他的心锁立刻如风化般瓦解。

虽然照片有些模糊，但赵玉新还是一眼就认出了这个考古教授就是张芸宁。看到这，他腾地一下从椅子上跃起，急匆匆地走出大门。

一刻钟后，他来到了报纸上报道的民间博物馆的所在地，因为当时时局紧张，加上考古对于很多人来说是一个陌生的名词，所以尽管上了报纸，这里还是门可罗雀。

赵玉新轻轻推开博物馆的大门，伴随着一阵悦耳的风铃声，一句"欢迎光临"传到了他的耳朵里。没错，这正是那个他魂牵梦萦的声音。

博物馆的主人此时正伏在一张桌子前写着什么，一身干练的猎装让她看起来不像是一位博学的教授，更像是一位英姿飒爽的女猎人。

女主人一边说着"欢迎光临"一边抬起头,当她的双眼和赵玉新灼热的视线相接触的刹那,她愣住了。旋即,她又恢复了常态,抬起胳膊微笑着向赵玉新挥了挥手。

这一幕就如同十五年前他们初次相遇时一样,让赵玉新恍惚觉得时间并没有流逝……

## 【十一】

"回来了为什么不来找我?"赵玉新的话与其说是询问,更像是责备。

"因为你现在已经是妇孺皆知的大明星了,我怕你早已经忘了我。"从对方的表情来看,这句话是真话。

"怎么会?虽然我们认识不过一两年,但我以为你应该已经足够了解我。"本来相见应该是喜悦的,但是不知道为何赵玉新却一直咄咄相逼,可能是因为在心里他实在太过在意对方吧。

"你也说了,我们只认识了一两年,现在已经过去了十五年。时间很容易改变一个人。"对方的话语中没有流露出任何感情。

"也是,时间真的会改变一个人,我怎么也想不到昔日那个天真的小女孩会杀人。"

听到赵玉新的话,对方呆在了当场,嘴唇动了动,但是没有发出任何声音。

"你不用紧张,我这次来不是来举报你的,更不会用这件事来威胁你。"

"这一点我相信,因为在我的印象中,你不是那种人。"对方再次恢复了之前的语气。

就这样,两个人都没有再说话,只是静静地站在原地,目不转睛地看着对方。在来这里的路上,赵玉新曾经设想过无数种彼此见面后的情形,但是独独没想到会是现在这种窘境。

"对了,你刚才说我杀了人,请问,我杀了谁?"最后,还是张芸宁打破了尴尬。

"这还用我说吗?"赵玉新说着,扬了扬一直攥在手中的报纸。

"我为什么要杀他?"张芸宁继续逼问。

"那还用说,因为他是你的杀父仇人。"

"我父亲是你什么人?"

"他……他……"听到这,赵玉新有点儿慌张,"他算是我的老师吧。"

"原来是老师,我还以为你会说出什么别的词呢……"

听到对方的话,赵玉新终于沉不住气了:"如果,如果当时你没有离开这里,我想我们会……"

"我不离开……我不离开恐怕也会像我父亲一样,早就不在人世了!"

"不会的,我一定会拼尽全力保护你的,哪怕丢了我自己的命，也会保护你的安全。"赵玉新争辩道。

"拼尽全力？不惜丢掉性命？既然你有如此的决心，为什么那个人渣会活到现在？"

听到这，赵玉新终于明白了张芸宁对自己冰冷态度的缘故。原来她是在责怪自己这些年来都没有帮她父亲报仇。

"其实，这十五年来，我每时每刻都在想着为老师报仇。但是……"赵玉新说到这，不禁有些犹豫，因为接下来的话可能会关系到奉天城内四大门所有门人的安危。

"但是什么？"然而，对方依旧在不依不饶地逼问。

"因为……"赵玉新犹豫再三，终于下定决心说出真相，因为他坚信对面这个冰冷的女子还是昔日那个善良的小女孩。

事实确如赵玉新所说，在张海生遇害后，他曾经想过去暗杀石川甚太替老师报仇。然而就在他筹备妥当，准备出发的当晚，却有一个人闯进了他的家中。

起初，他以为对方是日军派来的杀手，但是当看到对方面容的一刻他愣住了。对方竟然是奉天城内无人不识的周信良老先生。虽然魔术和京剧分属不同的行当，但是对方的辈分足够让赵玉新称其为老师。

周信良一言点破了赵玉新想要去刺杀石川甚太的事情，然后苦口婆心地规劝他不要小不忍而乱大谋。

也正是从那时起，赵玉新才知晓了奉天城内四大门的存在，也知道四大门虽然一直表面上向日军示好，暗地里却一直在帮助地下组织对抗日军的真相。周信良告诉他，就算他杀死了石川甚太，日军还是会再找来其他人担任顾问，这个方法治标不治本。所以，与其杀死石川甚太，然后再去对付一个新来的陌生敌人。不如利用现在已经熟悉的石川甚太，误导他去盗掘一些经过伪装的古墓。

虽然赵玉新心中迫切想要替老师报仇，但是私仇和国恨的轻重他还是能够权衡明白的，所以他只好把仇恨压抑在心底，放弃了报仇的想法。

这之后的十五年，虽然石川甚太一直都在帮助日军盗掘古墓，但其中大部分珍贵古墓都是中国文保和历史爱好者们用普通古墓伪装成的，把损失控制在了最低限度。

听完赵玉新的叙述，张芸宁脸上的冷漠终于瓦解，她抑制不住眼泪，痛哭着扑到了赵玉新的怀中，终于变回了赵玉新记忆中的那个女孩……

## 【十二】

"对了，你为什么如此确定石川甚太是我杀的？"张芸宁和赵玉新相拥而泣了片刻后，恢复平日的冷静。

"原因很简单,因为日本战败已成定局,我们已经把暗杀石川甚太的计划再次列入日程,因此每时每刻都在关注着他的动向。然而就在此时,他却突然被杀,死因还如此诡异。如果是四大门动的手,我肯定会知道风声,然而我事先却一无所知。因此,我断定凶手不是本地人。这时我碰巧看到了你归国的这条新闻,我立刻就明白了杀死石川甚太的只能是你,首先你有动机,其次你有设局的智慧。"

听完赵玉新的回答,张芸宁忍不住笑了:"原来我在你心目中这么聪明。可惜,我还是被你一下就识破了。"

"我虽然一下就识破了你是凶手,但是你杀死石川甚太使用的计谋我却毫无头绪。不过想想,你现在都是英国大学的教授了,聪慧程度肯定远在我之上,我解不开你精心布下的谜团也很正常。"此时的赵玉新早已不再是当年那个不谙风情的毛头小子,在社会上周旋于名流官贾之间的他清楚地知道如何去讨好女性。

"十五年不见,你别的地方没变,油腔滑调倒是进步不少。"可惜张芸宁也不再是当年那个诗意情怀的小女生,一下就看破了赵玉新的示好。

"哈哈,我这马屁算是拍到马蹄子上了。"赵玉新尴尬地笑了笑,"说真的,我是真的想不明白你是如何杀死石川甚太的,正好现在店里没人,你就帮我解惑一下吧。"

"什么店里没人,你们小两口光顾着卿卿我我,我这个大活人都站在这里半天了,你们居然当我不存在?"

这时,忽然从展柜后传来的声音让赵玉新和张芸宁都大吃一惊。赵玉新毕竟是习过武的人,警惕性远比常人要高许多,再加上他的特殊身份,所以他平时行事更是倍加小心。如今居然被人轻易近了身都不知道,实在让他感觉有些惊慌。更让他感到害怕的是,他不知道这个人已经在屋里待了多久,他和张芸宁之间的对话这个人又听去多少。如果仅仅是知道了张芸宁是杀死石川甚太的凶手倒还好,如果四大门一直暗中帮助地下组织打日本人的事被他听到了,到时可能会牵连到很多人。

"你们不要害怕。我不是坏人,不对,应该说我不是敌人。如果我想要去打小报告,我就不会现身了。"对方说着从展柜后现出身形。

从对方犀利的语言以及高不可测的身法,短短一瞬间赵玉新曾猜测过对方的样子,感觉对方应该是一个神秘冷峻的人物,然而对方的本来面目却让他大吃一惊。而身边的张芸宁看到对方的样子,更是忍不住"扑哧"一声笑了出来。

原来,从展柜后面走出来的神秘人,并不是赵玉新想象中通体黑衣的神秘客,而是截然相反,是一个穿着一身白色衣服、五短身材的胖子。仔细观看,才发现他身上的白色衣服其实是一套厨师制服。更搞笑的是,这个厨师的背后居然背着一口铁锅……

## 2

至此，照片中的最后一个人物——"厨师"——也终于登场了。为了安排这个人物出场，何栎着实是下了不少功夫，他在脑海中设计了无数个场景，最后才选定如此戏剧性的一幕。

之所以让厨师这样登场，就是为了和前面的情节产生一个反差效果。之前的几个章节，基本都是赵玉新和张芸宁的回忆，估计很多读者看到这儿的时候，已经开始骂人了。毕竟大家都是冲着推理小说来看的，但是现在却感觉像一部狗血的民国言情小说。

其实一直以来，很多读者对于推理小说都存在一个误区，觉得推理小说里面的人物塑造和情节都不重要，只要诡计好看就足够了。你人物塑造得再丰满，情节再复杂，如果诡计平庸，也不配称为是一部好的推理小说。更何况你笔下的人物和剧情又没有那么出色，所以在这些地方浪费笔墨，更是完全没有必要。

关于这一点，在推理圈（推理小说作者和读者）之间也确实存在着争议，一部分人非常认同前面的观点；但是另一部分人则认为，好的推理小说首先得是小说，其次才是推理。如果连小说的基本元素都不具备，那么最多只能称为是推理谜题，而不是小说。

关于这一点，何枥是深表认同的，他觉得身为一个推理作者，不看推理小说是写不出好的推理小说的，但是只看推理小说，也是写不出好的推理小说的。所以在平时，他偶尔会找一些和推理无关的小说来看，试着学习其中的人物塑造和故事结构。甚至那种一片落叶一点儿雨滴都能洋洋洒洒写出几百上千字的散文，他也会找来看，目的就是学习别人的修辞手法。然而，文笔这东西真的是需要天赋的，你可能看过无数篇美文，也学不会人家的皮毛。不过即便如此，不拘泥于某一个类型，多读各类小说，对于创作者来说也是有好处的。因为不一定什么时候，你很可能就会转型，就好像东野圭吾那样。

当年，东野圭吾靠着《放学后》出道后，连续出版了很多本本格推理小说，但是反响都很一般，销量也不够理想。一时间让辞职创作的他有些难以接受，所以他抱着怀才不遇和吐槽业界的想法写了一系列的讽刺短篇小说。

然而，怨天尤人对于创作来说没有任何帮助，东野圭吾在情绪低落了一阵子之后，终于摸索到了新的出路，那就是转型。这时的他不再拘泥于创作本格推理小说，而是有什么点子就不受类型束缚地写出来。于是他创作出了翻身之作《秘密》。

这本小说虽然也曾经获得过一些推理类的奖项，但仅仅是因为东野圭吾是推理小说作者这个身份而已，小说的内容其实和推理没有任何关系，完全就是靠着创意和情节取胜。

从那之后，东野圭吾又创作了一系列非本格小说，成功地从一个推理小说作者变身为畅销小说作家。而当他收获了名利之后，开始回头继续创作推理小说，终于把推理小说这个原本只在小圈子内流行的类型小说带到了大众的面前。

虽然东野圭吾的成功无法复制，但是他的创作历程却非常值得其他创作者学习。何栎就是其中之一，他也知道自己前面的那几章言情戏写得有些幼稚，但毕竟是一次全新的尝试，谁敢保证自己以后就不会成为一个言情作家呢。

不过，现在何栎写的毕竟还是推理小说，所以他才需要在剧情朝着尴尬的言情方向发展的时候，出现这样戏剧化的一幕来把接下来的剧情带回到推理之中。

## 【十三】

虽然神秘人的出现让赵玉新和张芸宁短暂地忘记了紧张，但很快他们就恢复了常态，警惕地盯着对方。

"请问阁下尊姓大名？"赵玉新一边假装无意地来回踱步，一边悄悄绕向大门。

"你们不用这么紧张，我刚才不是说了，我不是你们的敌人。"神秘人一下就看出了赵玉新的企图，为了表示自己没有敌意，他爽快地远离大门，让赵玉新放心。

"你是什么人？你待在那里多久了？我为什么没有听到你进门的声音？"赵玉新背靠着大门，心里总算是踏实了许多，接着抛出一连串的疑问。

"这么多问题，我就一个一个回答吧。首先，你们看了我的打扮就应该知道，我是一个厨子；其次，我是紧跟着你来到这里的，可能因为你们久别重逢，太过兴奋，所以没有注意到我的存在吧。"这个自称是厨子的人笑嘻嘻地回答，然而并没有让现场的紧张气氛缓和多少。

"那么请问这位厨子先生，我该怎么称呼您呢？还有您来我这间小小博物馆的目的是什么？应该不是来买菜的吧。"张芸宁接着问道。

"我姓段，因为家里排行老五，老爸为了省事，就给我起名叫段小五。不过我现在都一把年纪了，再叫小五已经不合适了，所以你们可以叫我老五或者老段。"厨子说到这，好像忽然想起了什么，"对了，你不提我还忘了，我这次出门真的是来买菜的。只不过碰巧路过这里，所以好奇进来看看。"

"看什么？"张芸宁好奇地问。

"来看看杀死石川甚太的凶手到底是何方神圣。"

听到这句话，刚刚有些放松下来的赵玉新再次如临大敌，他暗暗握紧了拳头，准备随时应对段小五的发难。然而等了几秒，也不见对方有任何进一步的举动。

"我都说了好几次，我不是你们的敌人。"望着赵玉新紧张的样子，段小五继续微笑着缓和气氛。

"你刚刚是说无意中路过这里，所以才打算进来看看我这个凶手？而不是进来后才听说我是凶手？"这时，张芸宁发现了一个逻辑上的问题。

"原来你们以为我偷听到你是凶手，所以才对我这么戒备，这样的话，你们大可放心，我早就知道你是凶手，如果想要去报告给日本人，也就不会等到现在了。其实，我为了隐瞒你就是凶手这个身份，还花费了很大的力气呢。"

对方的话越来越难懂了，赵玉新和张芸宁听到这，紧张地对望了一下。这时，段小五好像发现了什么，他们循着他的目光望去，发现他正盯着墙上的挂钟。

"不好了，已经出来这么久了，我得赶紧回去了，不然就会有人起疑了。"段小五自说自话之后，就径直向大门走去。

望着段小五向自己走来，赵玉新如临大敌地扎稳了马步，然后伸手去阻止对方。然而就在他的手即将碰触到段小五的肩膀时，对方却抬起手腕轻轻将他的手臂拨开。段小五的这个举动虽然看起来很随意，但是赵玉新却感觉自己的手臂好像被卷入了旋涡一般，带动着身体不由自主向一旁歪去。

赵玉新脚下连忙紧倒腾了几步，这才站稳了身形。然而此刻他已经远离了大门，段小五就这样和他擦肩而过，大摇大摆地走出大门。

就在段小五的身影即将消失在大门外喧嚣的人群中之际，他的声音再次飘到了赵玉新和张芸宁的耳朵里："你们留意明早的报纸，应该会有一个谜团在等待着你们。如果你们能够破解这个谜团，我到时自然会向你们说明一切……"

## 【十四】

因为段小五的忽然出现，让赵玉新和张芸宁的久别重逢蒙上了一层阴影。赵玉新虽然有些相信段小五的话，但是却不敢拿四大门的门人冒险，所以他匆匆和张芸宁告别并告诫她这几天一定要万分小心，然后就急匆匆地赶回四大门，向门长报告了此事。

孙正听说此事后，笑着让赵玉新不要担心，因为他知道段小五这个人。赵玉新闻听，有些好奇为什么孙正从没向自己提过这个人。

孙正知道赵玉新的脾气，如果不向他和盘托出他是不会善罢甘休的，所以他才说出了关于段小五的过往。

孙正身为奉天四大门总门长，身负着维护奉天安定和保护门人的重任，所以每当有可疑人物来到奉天，他都会通过探子第一时间得知此事。当时正值兵荒马乱的年代，每天涌入奉天的陌生人没有一千也有几百，然而尽管数量如此巨大，孙正还是命令手下的探子一定不能漏掉一个人。

孙正手下的这个探子部门名叫鹰眼，不隶属四大门任何一门，完全归孙正管。成员都是他精挑细选的，每个人都阅历丰富而且具备一双火眼金睛。这些人只要看一眼来者，就可以迅速判断出对方的身份。流亡的军人、逃难的百姓、别有用心的密探以及地下组织成员，不管对方经过怎样的伪装，都会轻易地被鹰眼识破。也正是因为有鹰眼的存在，才让孙正可以时刻掌握奉天城内的人员流动情况。

鹰眼这个部门，除了四大门的门长之外，其他人一概不知。孙正这次之所以向赵玉新和盘托出此事，是因为他已经对赵玉新考查了很久，孙正知道天门的周信良老先生年纪已经很大了，本来这个年纪早就应该颐养天年，他却因为奉天城内这动荡的形势而不得不一直坚守在门长的位置上。

大概半年前，周信良向孙正和其他两位门长提出了让赵玉新接替自己天门门长身份的建议。孙正他们也知道周老爷子这样做并不是想推卸责任，而是担心自己年纪太大，在很多事情的判断和应对上会影响到天门的存亡，所以才打算把天门交给年富力强的继任者。因此，大家一致答应了此事。不过唯一的条件就是要考查赵玉新半年。如今，半年已过，赵玉新的德行和能力顺利通过了四位门长的考验，孙正也和周信良商量过，准备选一个日子帮他举办一个退位的仪式。但是因为最近的战争形势进入了最关键的时刻，所以这件事一直被推延。

孙正先向赵玉新告知了鹰眼这个部门的存在，然后也说出了周信良打算让他继位的事，接着才谈起了段小五的生平。

段小五今年三十五岁，大概七年前来到奉天，虽然进城时他已然是一身厨师的打扮，但鹰眼还是一眼就看出了他身怀绝技，不是普通人。在持续观察了段小五几天后，鹰眼判断此人并非恶人，也不是日军或者敌军的密探，所以将此事上报给了孙正。

每次遇到这种身手不凡的民间义士，都是孙正出面负责交涉的，几乎每一个人都在孙正表明利害的劝导下加入到四大门，成了民间抗日的重要力量。段小五是唯一的例外。

段小五在得知孙正的身份和来意后，也开诚布公地说出了自己的身份，原来他曾经是大刀会最年轻的会员，师承会长李鼎铭。然而，十年前大刀会被张宗昌围剿歼灭，作为唯一幸存者的段小五一直在国内辗转流浪。这期间，他曾经被一位好心的厨师收留，学会了一手烹饪的绝活儿。而在闲暇时，他也没有放弃精进武艺，每晚都会独自练武，伺机为死去的恩师和门人报仇。

## 【十五】

几年过去。没等段小五寻得机会报仇，张宗昌就已经死于内斗之中。一时间，段小五的生活失去了目标，整个人如同行尸走肉。

就在这时，日军开始发动全面侵华战争。一天，段小五在外出买菜时，偶遇几个日本人调戏妇女，他脑子一热就冲了上去。等到清醒过来，发现几个日本人都已经死在他的菜刀之下。知道自己犯了大事，段小五不敢再留下来，以免连累老师，所以他不辞而别，再次开始了流浪的生活。

每到一处，段小五都能凭借精湛的厨艺在当地最好的饭店立足，然而每次都是过不了十天半个月，就会因为看不惯日本人的恶行而再次出手，然后逃离。就这样，他一直过着居无定所的生活。直到一年前，他遇到了一支地下组织的部队，在得知对方和自己一样都在抗日之后，他毅然加入了他们。

接下来的日子，段小五隶属的队伍每天都在和日本人进行游击战，他也终于可以如鱼得水地大展身手。然而，就在半年前，因为叛徒的告密，段小五隶属的队伍被日军包围，几经突围，最后只有段小五活了下来。就这样，他和十年前一样，再次开始一个人流浪的生活。

这期间，他时刻没有放弃替自己的战友报仇，然而面对日本精良的装备和严谨的战略，他能够遇到落单日本兵的机会越来越少。

也正是在这个时候，段小五才忽然发觉，像自己这样一个一个去干掉日本兵，恐怕一辈子也无法将国土上的日本兵赶尽杀绝。

如果想要全歼日本兵,就必须要歼灭掉对方的整个部队。然而自己一介武夫要如何对抗整个军队?他虽然也曾经想过再去寻找革命部队,和他们一起抗日。但是上一次的经历让他了解到己方部队无论从装备还是战术方面都远不及日军专业。如果想要战胜各方面都优于己方的敌人,就必须做到知己知彼,也就是学会他们的战术。

就这样,段小五决定找个机会接近日军,希望可以从中学到他们的战术和思想,然后再有的放矢地反击他们。这时他了解到在奉天有一个日本军部成立的士兵学校,他心想自己可以以厨师的身份混入其中,伺机去学习他们的先进战术战略,待到学成后再去寻找部队为他们出谋划策。所以,他这才孤身来到了奉天。

听完段小五的叙述,孙正感受到了他坚决的态度,所以也就不再强求他加入四大门。只要真的想抗日,是不是门人又如何呢。在得知段小五还没有找到打入日军内部的渠道时,孙正立刻通过自己的人脉帮他在日军军校找到了一份后厨的工作。

这之后,孙正和段小五约法三章,因为段小五的这个身份很重要,所以日后无论遇到什么日军暴行都要忍辱负重,不能强出头。实在不行,可以委托自己来帮他解决对方。段小五一口答应。

这之后的几年里,段小五从一个帮厨逐渐成了军校食堂的厨师长,也因此可以接触到更多机密情报。几年来,他通过孙正把自己掌握的情报和日军的最新战略战术传递给了奉天城内的地下组织。虽然这期间他没有再亲手杀过一个日本人,但是却为抗日做出了更为巨大的贡献。

听完孙正的讲述,赵玉新这才终于放下心来。得知对方是自己人,他总算不用再为四大门和张芸宁的安危担忧了。此刻他想起段小五临走时的那句话,对他提到的"那个谜团"更加兴趣满满。

## 【十六】

第二天清早,赵玉新没有像平日那样等着门生把早点和报纸买回来,而是算准了报刊上市的时间就出了门。

来到奉天最繁华的大街上,虽然天才蒙蒙亮,但是临街的商家却都已经早早打开了大门。赵玉新举目四望,发现往日里走街串巷的报童正在沿街叫卖,他立刻招呼来对方,把报童手里的当日报纸都买了一份。

赵玉新展开报纸,大致浏览了一下,果不其然,巨幅标题的头条映入眼帘——《神明再次现身,日本军官沉尸水底!》

手头的四五份报纸,每一份的头条都是这个,看来这就是段小五说的谜团没错了。想到这,赵玉新来不及去看详细内容,就急忙朝着马路尽头的方向跑去。

赵玉新知道张芸宁的住处就在博物馆的后堂,所以径直来到了博物馆，他推了下门，门没有上锁，看来张芸宁已经起床了，所以他直接走进博物馆。

伴随着门上的风铃响声，张芸宁的俏丽容颜再次出现在赵玉新的眼中。和一天前一样，她依旧伏在案前，桌面上摊着一份今天的《奉天日报》。

"我还以为我已经够早了，没想到你的动作比我还快。"赵玉新笑着说。

"虽然我觉得那个段小五不是坏人，但毕竟知人知面不知心，所以我还是一直小心提防来着，一宿都没睡。这不，天一亮我就赶紧出门买了一份报纸。"

听到张芸宁的话，赵玉新才想起自己昨天因为得知段小五是自己人，终于放下心来，却忘记来告诉张芸宁关于段小五的事情。想到这，他立刻把昨天从孙正那里听来的关于段小五的生平告诉了张芸宁。

"你昨天回去就知道了这件事，居然不来通知我，害得我提心吊胆了一晚。"听完赵玉新的讲述，张芸宁嗔怪道。

"我当时因为实在太紧张了，所以当得知段小五是自己人后，心里的一块石头总算落了地。人一放松警惕，就把什么都忘了，实在对不住，我这里给你赔个不是。要不，你现在先去后面睡一会儿？"赵玉新连忙赔罪。

"这么有趣的谜团放在这，我怎么能睡着呢？"张芸宁说着，伸手敲了敲桌案上的报纸。

"对了，因为着急来你这，这篇报道我还没来得及细看。待我先看看这是个什么样的谜团。"赵玉新说完，连忙找个椅子坐下，开始细读手中的报纸。

"正好，我也把你买来的其他几份报纸上的报道也看一下，把里面的细节汇总一下。"张芸宁也接过赵玉新手上的报纸，聚精会神地看了起来。

就这样，两个人在这间小小的博物馆中埋头阅读报纸，看完了一份，又彼此交换继续看下一份。大概十几分钟过去，两个人总算把手头的报纸都看完了。

"看完了这些报纸，感觉还是《奉天时报》的报道最客观，不过这份《奉天逸闻》里面记录了很多其他报刊没有的细节，也不知道是记者瞎编的还是有独家渠道。"张芸宁看完后，开始发表自己的看法。

"这家报纸我略有耳闻，虽然从主编到记者再到排版只有一个人，但是却以内容独家而闻名。这个主编兼记者以前曾经在张大帅的手下当秘书，对奉天城内的名门望族都非常了解。日军占领东北后，他又给日本军部当过文书，在日军内部也有很多熟人，他的情报应该准确。"赵玉新说完，把这份《奉天逸闻》摊在了所有报纸的上面，"所以，我们现在就以这篇报道为蓝本，去破解段小五口中的这个谜团吧！"

## 【十七】

## 古钟沉尸案

几天前的"关帝杀鬼事件"相信大家还记忆犹新吧,说起这件事可以说是诡异神秘,就算是包拯海瑞再世恐怕也难以断案。

然而,就在昨天,奉天城内又发生了一件更为诡异的案件,和上一起案件一样,这次案件的死者依旧是一名日军高官。而他的死因却比"关帝杀鬼事件"更为诡异。

这是一个月黑风高的夜晚,位于奉天城内的日军军校里一片寂静,作息规律的学员们都早已经进入梦乡。然而就在此时,一场神秘的谋杀案却正在进行中。

众所周知,日军军校是占用昔日张大帅创办的东北讲武堂的旧址。在校内的操场上,有个几米深的水洼,平时学员可以在这里练习游泳,而这个水洼还有一个很多人不知道的秘密——在水底一直沉着一口破旧的古钟。

关于这座古钟的来历,即便是奉天城内最具学识的长者也说不出个所以然。知情者猜测这座古钟之所以沉在水底，是为了镇压水下的妖魔。也正是因为如此，这口古钟无论是在张大帅时期的讲武堂还是日军时期的军校，都没人敢去移动。

然而，就算日本人不敢去碰它，但是却一直在它的身边培养着侵略这块古老土地的士兵。所以，这口镇邪的古钟最后终于按捺不住，出手杀死了这所军校的校长，并且将他的尸体罩在了自己的体内。

我为什么可以如此断言这件事也和"关帝杀鬼事件"一样是神明杀人呢，因为我曾经有幸参观过那口古钟，知道它的重量达到千斤。即便是在陆地上，这样的重量如果不借助大型机械，正常人是无法举起的，更何况是浸泡在水中，常人想要抬起它更是完全不可能。

而被杀死的军校校长的尸体却被扣在古钟之中，我想除了是古钟自己的意志之外，恐怕不会有其他的可能。

短短几天内，接连发生了两起神明杀鬼案，看来日军在这块土地上已经是人神共愤了。在这里我想警告一下奉天城内的日军，如果你们再不撤离这块土地，恐怕最后你们会被这块土地上的神明杀得一个不剩……

"你看看，这么危言耸听的文字，如此公开诋毁我们大日本帝国的军人，你们居然让它公开销售？"

西泽明彦"啪"的一声，把《奉天逸闻》摔在了办公桌上，吓得南琦打了一个激灵。

"这份报纸已经存在很久了，在东野少将还在的时候，就已经下令彻查过。但是因为这份报纸从主编到记者再到排版都只有一个人，而且他每出一期报纸就会换一个地方，所以我们根本找不到他。而且，而且……"

"而且什么？"其实南琦提到的情况，西泽也是有所耳闻的，只不过因为接连发生了两起如此诡异的案件，让他一时难以接受，所以才把气都撒在了南琦的身上。如今听到南琦似乎还知道什么内幕，一下勾起了他的好奇心。

"这个人以前好像在我们军部当过文书，和军队里的很多人都很熟悉，所以很多情报都是他通过我们军队的内部人士得到的。"

"这些人居然敢出卖军队的内部消息？他们不怕军法制裁吗？"

"说实话，现在这个形势，大家也都心知肚明，知道撤退是迟早的事情，所以都想趁着最后的机会多捞一笔。而那个人每次买消息出手都很阔绰，而且买的都是一些军队内的八卦逸事，并不涉及军事机密，所以大家也就难免选择铤而走险。"

南琦这么讲并不是道听途说，其实他也偷偷卖给过对方一些内幕消息，因此他知道对方行事非常小心，每次都会通过多个中间人来交易。所以军部即便想要彻查，也绝对抓不到他。只要对方不被抓到，他们这些人卖消息的事情就不会败露。如今，东野少将已经回国,西泽这个临时指挥官被各种军务缠身,每天忙得不可开交,根本无暇顾及这些事情。所以这些事情的调查最后肯定都会落到自己头上,到时自己做做样子假装查一下,再过一阵子日军撤退后,根本就不会有人再去理会这些事情。

"唉,这种军心,难怪我们会输。"听完南琦的解释,西泽明彦叹了口气,虽然他对这起诡异的案件很有兴趣,但是因为最近军队里要处理的事情实在太多了,所以根本无暇分身,"好吧,那这次的案件就全权交给你负责了,请你在三日内务必给我递交一份结案报告。"

听到果然如自己预期的一样,长官把这起案件交给了自己,南琦暗自偷笑。他知道军部对上一起神像杀人案的态度,知道自己只要随便编个理由敷衍一下就好。为了怕西泽明彦改主意,他赶紧向对方行了一个军礼,急忙退出了办公室。

# 【十八】

"关于这起案件,你怎么看?"

张芸宁在自己的小小博物馆里,问坐在对面的赵玉新。

"这起案件之所以诡异,是因为有一个不可能犯罪谜团,也就是死者的尸体是如何被放进千斤重的古钟之内。虽说案发地点位于日军军校,肯定会有一些大型机械,例如凶手可以使用汽车绞盘之类的东西拉起古钟。但是如果进行这样的操作，势必会产生巨大的声响，肯定会惊醒军校宿舍内的学员和士兵，所以这种可能应该可以排除。但如果不借助机械而只使用人力，想要拉起千斤重的古钟，起码需要十来个壮汉，这么多人根本不可能悄无声息地进入戒备森严的军校。"

赵玉新俨然是博物馆的主人一般，拿过桌上的茶具沏了壶茶，然后给张芸宁和自己各倒一杯，接着才慢条斯理地说出自己的推理。

"想不到多年不见，你对推理也这么有研究。不可能犯罪这种专业名词张嘴就来。"听完赵玉新的分析，张芸宁笑着说。

"你可别挖苦我了，论推理知识，我能比得了在侦探小说发源地生活了十来年的你吗？只不过是因为工作需要，我才专门去找了一些推理小说来看。因为很多推理小说里的犯罪手法都和魔术异曲同工，我就是想看看能不能找到什么灵感可以运用到魔术创新中。"

"听你这么说我忽然想起来，有个美国的侦探小说作家就是一个魔术师。"

听到张芸宁的话，赵玉新眼前一亮："是吗？叫什么？"

"我没记错的话，应该叫劳森，对，克莱顿·劳森！他好像写过很多糅合了魔术手法的侦探小说。"

"我完全没听说过，看来我的见识还是不行，这么有名的一位同行都不知道。"赵玉新言语间有些失落。

"可能是因为国内没有中文译本吧,如果你想看的话,我可以托我在英国的朋友帮你找一找,他的书应该出过英文版。"

"你帮我找来也没用啊,我也不会英语。"赵玉新还是一脸失落的样子,"不过,你要是能帮我翻译就好了。不,授人以鱼不如授人以渔,你还是直接教我英语吧。这样……"

本来,赵玉新后面还有一句"这样我就能天天见到你了",但是他犹豫了一下,还是没好意思说出口。

"你想学英语啊,这都是小意思,有空我一定教你。不过我们目前的首要任务还是要解开眼前这个谜团。"张芸宁没有察觉到赵玉新欲言又止,把话题又拉回到报纸上的案件中。

"你这些年一直待在英国,应该接触过很多侦探小说吧,有没有看到过类似的谜团?"赵玉新看到张芸宁一脸认真的表情,也不好意思再轻佻下去,所以和她开始展开讨论。

"虽然我在英国也看过一些侦探小说,但还真没看过类似的谜团,所以就不能借用前人的智慧了。不过段小五之所以用这个谜团向我们挑战,我觉得这起案件的凶手应该就是他,毕竟他是唯一晚上住在军校里的中国人,而且他又对此事知情。另外,他之所以认为这个谜团会难住我们,是因为他清楚地知道你之前分析的那些常规手法,比如利用汽车之类的机械或者多人合力犯案都是不可能的。因此,我觉得本案的真凶只有他一个人,而他一个人到底使用了什么样的手法抬起千斤重的古钟,并把尸体放进去就是我们现在面临的唯一谜团。"

听完张芸宁的分析,赵玉新立刻竖起大拇指。他不是在恭维对方,而是真心觉得张芸宁的逻辑分析能力在自己之上。

"一个人就算再有力气,也绝对搬不动千斤重物,所以段小五一定还是使用了某种不会产生响声的机关。"张芸宁没有理会赵玉新的恭维,继续说道。

"如果是这样的话,我想我们坐在这里怎么想都没用,应该去现场看看才行。我们首先得确定水洼和古钟的方位,以及它们四周都有些什么陈设,这样才能判断段小五是借助了哪些工具来抬起古钟的。"

听到赵玉新的话,张芸宁面露难色:"这个道理我懂,可是日军军校平日历来戒备森严,如今发生了命案,恐怕更是被警戒得水泄不通,我们怎么才能进去?"

"我忽然想到了一个人,他应该可以帮我们解决这个问题。"说完,赵玉新"腾"地从椅子上跃起,拉着张芸宁的手就往外走。

面对赵玉新突然的举动,张芸宁的脸一下子涨得通红,但是她也很好奇赵玉新提到的人究竟是谁,所以才忍着羞涩,任凭赵玉新牵着她的手走出了博物馆的大门。

## 【十九】

"你慢点儿走,我都跟不上了。"路上,张芸宁气喘吁吁地说。

"不好意思,我实在是太着急了。"

赵玉新闻听,连忙慢下了脚步,但不知是有意还是无意,握着张芸宁的手却一直没有松开。张芸宁见状,也不再挣扎,而是握紧了赵玉新的手和他并肩朝前方走去。在外人看来,他们俩简直就是一对郎才女貌的年轻夫妻。

"对了,你要找的人到底是谁?"虽然知道早晚会见到那个人,但张芸宁还是感觉很好奇。

"就是那篇报道的作者。"

"你是说那个主编兼记者?"张芸宁闻听,有点惊诧,"你认识他?"

"我不认识,但是在奉天城内没有我们四大门找不到的人。我接下来带你去见的人,肯定会帮我们找到他。"

不知不觉,赵玉新和张芸宁已经来到了一个深宅大院的门前。当年,这里不知道住着的是何等爵位的朝臣,如今却是四大门玄门门长华思壁华老爷子的家。一官一贼,居然先后同居于一处宅邸之内,也只有如今的乱世才能遇到此等奇妙之事。

"你们想要找他？"听到赵玉新的来意，华思壁有些不解，"虽然他一直隐藏在暗处，但他并不是我玄门的人啊，而是你们天门的门人。你不去问老周，怎么跑来找我？你可是他看好的接班人啊。"

赵玉新就知道华思壁会这么说，所以连忙回答道："您也知道我们门长平日行事拘谨，我因为私事去问他秘密门人的所在，他肯定不会告诉我的。"

"什么拘谨，你直接说他是老顽固不就得了。"华思壁闻听笑道。

"我就是觉得比起周老师，您做事不拘小节更开明一些。"赵玉新连忙给华思壁戴起高帽来。

"你这个小滑头，不用给我拍马屁。"纵横江湖几十年的华思壁一眼就看出了赵玉新的意图，"不过既然你问了，我告诉你也无妨，毕竟你已经是内定的下一任天门门长，有些情报是时候让你知道了……"

从华思壁那里得知那位神秘主编的身份，赵玉新千恩万谢后立即带着张芸宁急匆匆地离开。

"万万没想到，那个人居然是他！"前往神秘主编住处的路上，赵玉新有些感慨。

"怎么，你认识这个人？"张芸宁问。

"何止认识，有几次我还差点儿想要杀了他呢。"

"啊？！"听到赵玉新的回答，张芸宁不禁张大了嘴巴。

"看来之前坊间流传的情报都是错误的。之前大家都说这位神秘主编以前曾经在日军总部当过文书，所以和很多日军内部人士都非常熟悉。现在看来，这个说法是那位神秘主编故意放出的假消息来误导大家尤其是那些日本人。他并不是曾经在日本军部供职……"赵玉新说出了他的想法。

"那是？"张芸宁越听越迷糊了。

"他现在也一直在日本军部供职，而且还是一个让人恨得牙根痒痒的大汉奸！"

"汉奸？"张芸宁有些不敢相信自己的耳朵。

"没错，也正是因为如此，他的身份才一直没被日本人怀疑……这可真是大隐隐于朝啊！"赵玉新说完，嘴角露出了微笑。

## 【二十】

赵玉新带着张芸宁在纵横交错的巷子里钻来钻去，最后终于来到一栋老式的公寓前面。

"这里……"张芸宁感觉眼前的建筑很熟悉，"这不是原来的东北大学学生宿舍？"

"没错。日军占领奉天后，就把这里改造成了日军文职人员的宿舍,而这个人既然在日本军部工作,住在这里也没什么稀奇。"

听完赵玉新的回答,却不见他走进宿舍,张芸宁有些奇怪:"我们不进去吗?"

"这里面鱼龙混杂,我们贸然进去恐怕会暴露自己和对方的身份,所以我们就在这里等他。"赵玉新说完,掏出怀表看了看,然后拉着张芸宁朝着巷口走去……

赵玉新和张芸宁此刻身处在一个早点摊,他们各自点了一碗豆腐脑,又要了几张吊炉饼,然后边吃边小心观察着不远处的宿舍楼。

大概五分钟过去,赵玉新和张芸宁的早点刚吃了一半,就有一个身穿西装梳着分头的精瘦男子从宿舍大门里走了出来,他的腋下还夹着一个公文包。

这名男子来到早点摊前,点了一份早点,然后开始四下张望寻找位置。赵玉新见状,立刻挥手喊道:"陈先生,这里有位置。"

这名精瘦男子听到有人喊自己,抬头望去,当他看到赵玉新的脸时,忍不住愣了。他虽然不认识赵玉新,但对方这张脸却已经在奉天城内的报纸杂志以及戏院的海报上看过无数次。对方为什么认识自己?他显得有些紧张又有些好奇。

"陈先生,过来啊。"

在赵玉新第二次招呼下,精瘦男子才小心翼翼地走了过来。

"陈先生请坐，久仰大名。"赵玉新一边招呼，一边掏出手帕帮对方擦了擦椅子。

精瘦男子看了一眼椅子，终于放心坐了下来。周围虽然人来人往，但是却没人注意到刚才赵玉新用手帕在椅子上的灰尘中划出的"天"字被他坐在了屁股下面。

"陈先生看到这条新闻了吗？"赵玉新把一直随身带着的《奉天逸闻》摊在桌子上。

精瘦男子只瞥了一眼，就摆出一副毫不知情的样子："我才起床，还来不及看今天的报纸。"

"那您可得好好看看了，这可是个大新闻！"赵玉新说着，在报纸上点了点，"这一次的案件，比上一次的关帝案还要诡异。我对里面的谜团很有兴趣，但是因为没有去过现场，所以一直无法窥明真相。我听说陈先生曾经去过那里，不知是否可以指点一二。"

因为接下来的对话，完全就是一个好事者来打探消息的样子，所以赵玉新故意说得随意，他知道越是这样越不会让人怀疑。

精瘦男子假装看了看赵玉新手指的位置，然后恍然大悟道："哦，你是说讲武堂啊，我确实曾经去过那里几次。不知道赵老板想要知道什么？"

"陈先生能不能帮我描述一下案发现场的环境状况和陈设？"

就在此时，早点摊老板已经把精瘦男子点的早餐端了上来。

对方见状，连忙抬起手看了看手表："哎哟，实在不好意思，上班马上要迟到了，我得抓紧吃饭。"

听到对方的话，赵玉新和张芸宁都有些失望。就在此时，精瘦男子却打开了随身带着的皮包，从里面取出了一张照片。

"不过你们的运气实在太好了，我这碰巧有张讲武堂的照片，是上个月工作时拍的，不知道你们能不能用上。"精瘦男子说完，把照片递了过去。

"这实在是太感谢了，那我们就不打扰了。"赵玉新接过照片后，立刻起身拉着张芸宁离开早点摊。

望着两个人远去的背影，这个名叫陈瑜的翻译露出了笑容。这张照片本来是昨晚排版时想要登在报纸上的，但是他害怕有知情人看出是他拍摄的所以才没有采用。其实他也是一个推理爱好者，平时还会用"滑稽陈"为笔名写一些推理小说，因此他对这个湖底沉尸的谜团也很感兴趣。他本来打算带着这张照片去办公室，在无人之时好好分析一下，希望可以找出真相。如今既然有同好找上门来，自己也乐得借花献佛，反正照片里的内容他都已经印在脑海里了。

之前的"关帝案"他还没有解开谜团，如今又出现了更离奇的案件，而且没想到原来有这么多和自己志同道合的人，这让陈瑜非常兴奋。不知道这一次，我们谁会先找出真相。想到这，陈瑜的嘴角露出了微笑，也因此差点儿被口中的稀饭呛到。

看到陈瑜狼狈的一幕，早点摊摊主在心中暗自叫好，心想怎么不呛死你个死汉奸。

陈瑜没有感觉到背后店主的诅咒，他急匆匆地紧扒拉了几口早餐，就放下饭钱起身。既然有同好也在调查这次诡异的案件，他也想早点回到办公室去钻研这个有趣的谜团……

## 【二十一】

十分钟后，赵玉新和张芸宁再次坐在那间小小的博物馆中。虽然这间博物馆开业几天一直参观者寥寥，但为了防止有外来人打扰，两个人还是反锁了大门，并且在门口挂上了"闭馆"的牌子。幸好今天正值周一，是博物馆和美术馆惯常的闭馆日，关门也不至于让人起疑。

赵玉新把《奉天逸闻》摊在桌子上，接着把从陈瑜那得到的照片放在上面，然后和张芸宁聚精会神地研究起来。

这是一张在高处鸟瞰整个军校操场的照片，应该是在军校教学楼的楼顶拍摄的。在照片的中央就是那个案发的水洼，因为照片有些小，所以张芸宁又拿来一张白纸，把照片上的陈设都以简笔画的形式复制到了上面。

案发的那个水洼并不大，是个直径差不多五米的圆形，而那个千斤重的古钟就在水洼的正中央，从照片上看，水洼的水并不深，应该不到两米，水面刚好没过一米多高的古钟顶部。

在水洼的四周，就是军校的操场，分布着诸如单双杠等各种锻炼用的器械，稍远一点儿的位置还有篮球场和田径跑道。

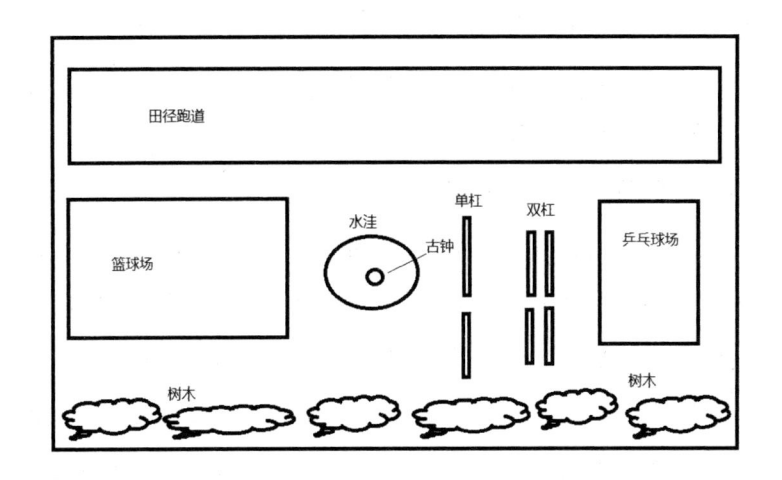

"这么看来，这个诡计要比我想象的简单。"

"啊？你已经解开这个谜团了？"听到张芸宁的话，赵玉新惊讶地问。

"八九不离十吧，这应该就是一个很简单的物理诡计。"

"物理？"赵玉新对这个词感到很陌生。

"物理是一门学科，大概在二十世纪初进入我国，东北大学建校时就已经有了物理系，不过因为相对冷门，所以普通老百姓可能不太知道这个名词。简单地说就是研究物质运动的一门科学。

好像你变魔术时使用的很多手法和道具就都隶属于物理学的范畴。"张芸宁解释道。

虽然赵玉新一直致力于魔术的创新,但是他做梦也没想到这些老祖宗传下来的东西居然会和现代科学扯上关系。原本他以为自己足够博学,但是现在才明白自己的知识面还是太窄了,外面还有更广阔的世界是他之前没有触及的。想到这,他忽然觉得自己配不上眼前这个聪慧的女性。

张芸宁没有察觉到赵玉新内心的波澜,继续讲解道:"有了这张照片,现场的环境就一目了然了,而段小五使用的手法也昭然若揭。他只需要一根绳子,就可以拉动这个千斤重的古钟。"

"绳子?你是说……"赵玉新毕竟钻研魔术多年,虽然不懂物理,但是却一下就明白了张芸宁的意思,"……他用一根绳子绑住古钟,然后从单杠上绕过绳子,再在另一端挂上重物,这样就可以拉起古钟了?"

"没错,看来你也没有看起来那么笨。"因为谜团终于解开,张芸宁也有了心情开玩笑。

"可是,想要拉起千斤重的古钟,绳子的另一端也需要有相应重量的东西才行吧,我实在想不到学校里有什么东西这么重。而且就算有这样的重物,想要把它搬到操场上,不是比搬动古钟还要难吗?"

听到赵玉新的话,张芸宁忍不住大笑起来:"你这个人真是不禁夸,我刚夸完你聪明,你就又开始冒傻气了。"

听到张芸宁的调侃,赵玉新丝毫不生气,他只是挠了挠头,一脸茫然。

"你应该听过曹冲称象的故事吧……"

"曹冲称象?哦,我明白了……"这下,赵玉新终于完全明白了张芸宁的想法。

## 【二十二】

"你是说,段小五用来拉起古钟的重物不是一个整体,而是累积起来的?"

"总算孺子可教,你终于明白了。"

"可是,他使用的到底是什么东西呢?"赵玉新虽然明白了段小五拉起古钟的手法,但还是无法完美地破解这个谜团。

"我问你,他的身份是什么?"

"厨师!"听到张芸宁的问话,赵玉新不假思索地回答。

"厨师在哪里工作?"张芸宁继续问道。

"厨房。"

"厨房里什么最多?"

"食材!"

就这样,两个人好像孩子做游戏一样,一问一答起来。

最后，赵玉新终于恍然大悟："我明白了，他用的肯定是白菜和土豆！"

"这个军校有几百名学生，每天做饭需要用到大量的食材，所以在厨房的仓库里屯着上千斤的白菜和土豆也很正常。不过，一颗颗搬运白菜和土豆实在是太费时间了，可能他还没有搬够数量就天亮了，所以他用的是更实际的东西。"

"那是什么？"平日里的赵玉新其实也是很聪明的，但是今天在张芸宁的智商碾压下，却宛如无知的孩童。

"肉类。军校里的学员每天都要进行大量的体力运动，为了补充体力，肉类是必不可少的，所以在厨房的冷窖里存放着上千斤的牛羊肉应该并不稀奇。这些牛羊肉一大块就得几十甚至上百斤，再加上冰冻后会更重。段小五的体格很好，一次扛一大块上百斤的牛羊肉应该问题不大，所以他只需要往返十几次就可以攒够拉起古钟的重量。"

"然后第二天，他再把这些牛羊肉做给学员吃，直接就把证据销毁了。"赵玉新这次总算开窍了。

"你们果然没有辜负我的期待，这么快就解开了这个谜团。"这时，段小五的声音又一次不知从哪里飘了过来。

因为已经得知对方不是敌人，所以赵玉新和张芸宁没有上一次那么紧张。赵玉新笑着对着空气说："段师傅，既然人来了，不妨收了神通现身吧。"

赵玉新话音未落,段小五已经从展架后面转了出来。

"我明明锁了门,您是怎么进来的?"张芸宁说着,忍不住看了眼门口,大门和之前一样紧闭着,门框上的风铃也纹丝不动。

"区区一道门是挡不住我的,我虽然脑子愚钝,但身手还是不错的。"段小五笑着说,"我本来以为这个绞尽脑汁想出的诡计起码会困扰你们几天呢,没想到这么轻易就被你们解开了。你说这个叫什么物理学?看来科学真是好东西,我潜身在军校多年,学到的这点皮毛居然连一个小时都没有撑到就被你破解了。"段小五这句话并非调侃,而是发自肺腑地佩服张芸宁的学识。

"术业有专攻,每个人都有自己擅长和不擅长的事情。就好像您可以来无影去无踪一样,我正好对物理略知一二,所以才碰巧解开了您设下的谜团。"张芸宁谦虚地说。

"你这个娃娃不错,博学却不卖弄,而且嘴还甜,我喜欢。如果我年轻十岁,一定要追你!"

听到段小五的话,赵玉新立刻插嘴道:"不好意思,段师傅,她已经名花有主了!"

"我有主了?在哪?我怎么不知道?"张芸宁听到这,作势东张西望起来。

段小五见状忍不住哈哈大笑……

## 【二十三】

"段师傅,我们通过了您的挑战,解开了您设下的谜团。接下来是不是该兑现您的承诺了?"

"你是说,我是怎么知道你就是杀死石川甚太的凶手这件事?你不说,我都差点儿忘了。"听到张芸宁的问话,段小五才想起这件事。

"是的。"赵玉新替张芸宁回答道。

"我不仅知道你是凶手,还知道你使用的手法。"

听到这,赵玉新忍不住"啊"了一声,他虽然知道张芸宁是凶手,但是并没有破解出她使用的诡计,他没想到这个自嘲大老粗的段小五居然会知道张芸宁使用的手法,所以他忍不住睁大了眼睛直盯着段小五。

"原来你还不知道啊!"看到赵玉新的反应,段小五有些意外,"我还以为你挺聪明呢,看来还是虚有其表。"

听到段小五的奚落,赵玉新也不争辩,而是闭着嘴静候他接下来的话。

"那好吧,我就试着还原一下张小姐的作案经过,如果有不对的地方,还望指出。"段小五说完,也拉过一把椅子坐好,看来接下来的叙述会很长。

"首先，张小姐你应该早就摸清了石川甚太的日常生活习惯，知道他每晚都会去同泽俱乐部喝到烂醉，而且他每次都是走路回家，所以你才把案发现场设定在他回家必经的关帝庙中，因为那里人迹罕至，而且完全符合你需要的密室要求。那个在路边招揽生意的夜莺，应该就是你乔装的。你知道石川甚太生性好色而且猴急，在你的挑逗下肯定会找个地方就近泄欲，而关帝庙就是最佳的场所。事实证明，你的预测是完全正确的，石川甚太真的如你期待的那样对在路边揽客的你产生了兴趣并且和你一起走进关帝庙。

那么，接下来的事情就很简单了。石川甚太和你进入关帝庙后，很快就被你用某种方法制服并且杀死，而你使用的凶器应该是一种类似丝线的东西。它虽然柔软，但是足够结实也非常细，所以可以轻易割破石川甚太的脖子。事后，你只需要把丝线在香炉中烧掉就好，这样自然没有人能够发现凶器。在杀死石川甚太后，你穿上了他的鞋子，然后踩着血迹从石川甚太的尸体旁走到神像边上，用衣襟蘸血把血迹涂到关帝的刀上，然后又倒退踩着血脚印回到尸体旁。这样地下的血足迹在外人看来，就好像关帝下凡杀死了石川甚太后又回到自己的神位时留下的一样。接着，你再把鞋子给石川甚太重新穿好，虽然他的鞋底和你的衣襟都沾上了鲜血，但是案发现场到处都是喷溅的血迹，所以不会有人怀疑。做完了这一切后，你再次回到石川甚太的尸体旁边，服下了一种可以把自己伪装成假死的药剂，然后就真的好像死去一样失去了知觉。

接下来，就是守在门外的两个士兵看石川甚太过了许久也不出来，发觉不对闯入庙内。你知道这两个士兵是日军精挑细选的，做事认真仔细，所以清楚他们肯定会把现场搜查得滴水不漏，自然也就会发现现场是呈密室状态，而且到处都找不到凶器，即便他们搜了石川甚太和你的身，也找不到任何线索。在士兵和军医认定你死亡后，像你这种身份不明贱民的尸体是不会被带回日本军部或者医院的，下场只能是被丢到城郊的乱葬岗。所以当你的药效过了之后，你就可以偷偷从乱葬岗返回城内，安心地继续当你的归国女教授。毕竟一个浓妆艳抹的夜莺和一个浑身散发着知性魅力的女教授，这两个身份的反差实在太大了，即便是案件的当事人，也绝对认不出你来。"

一口气说完这么一大串推理，段小五感觉口干舌燥，忍不住抓起桌子上的茶杯一饮而尽："怎么样，我说得对不对？"

"段师傅您刚才还说自己脑子愚钝，但是居然这么轻松就破解了我绞尽脑汁想出的诡计，看来您才是深藏不露的大侦探啊。"张芸宁虽然没有正面回答段小五的问题，但这发自内心的赞誉已经等于默认了他的推理。

"原来如此……"听到这，赵玉新也终于明白了"关帝杀鬼事件"的来龙去脉，他忍不住叹了一口气，"芸宁，你这一着棋走得实在太险了，你就不怕在庙中你没有顺利制服石川甚太而被他反杀？或者是你的假死药有误，让你再也醒不过来？"

"只要能够杀死石川那个狗贼，我就算冒再大的风险也不怕。不过我也不是一个有勇无谋的莽夫，我做这一切都是经过深思熟虑的。"张芸宁笑着解释道，"首先，我准备了一根涂有麻醉药的木刺，等石川甚太和我进入关帝庙后，就出其不意刺中他，他还没有明白是怎么回事就被麻翻在地。然后就如段师傅所说，我用一根线割破石川甚太的脖子杀死了他，造成是被利器割喉的假象。不过，我用的不是丝线，而是吉他的琴弦，这是一种叫尼龙的材质，在外国也是刚刚兴起。它的结实程度毫不逊色金属丝线，但是却很容易燃烧，用它来杀人实在再好不过了。事后，我把这根尼龙线和木刺一起在香炉里烧毁，这样任谁也找不到杀死石川甚太的凶器，就只能怀疑到关帝那把沾有血迹的青龙偃月刀上。至于那个假死药，我不知道你还记不记得我们当初在图书馆时曾经一起看过的一本小说。"

在一旁静静聆听张芸宁说明的赵玉新没有料到她会突然发问，所以一时没有反应过来："什么小说？"

"是一本爱情小说，我那时总是捧着看，你很好奇，所以也借去看了。"

听到这，赵玉新忍不住脱口而出："《罗密欧与朱丽叶》！"

## 【二十四】

"什么藕什么猪?"段小五望着两个人,一头雾水。

"那是一本外国的爱情小说,罗密欧与朱丽叶是两个人名,他们因为爱情得不到认可,所以相约私奔。朱丽叶服下了一种假死药,伪装成殉情的样子,然后托人告诉罗密欧,让他守在自己的尸体旁等着自己苏醒,这样两个人就可以远走高飞了。然而,传话的过程出现了意外,罗密欧并没有得到朱丽叶假死的信息,他真的以为朱丽叶为了他殉情而死,所以也在朱丽叶的尸体旁自尽,苏醒过来的朱丽叶发现罗密欧真的为自己殉情,最后也选择了自杀……"虽然已经过去了十几年,但是赵玉新对这本书的内容记忆犹新,除了因为这是他看过的唯一的爱情小说外,更主要的原因是这本书见证了他和张芸宁在一起的快乐时光。

"没错。小说里神父给朱丽叶的假死药是真的,而且药效不是四十二小时,而是八小时。我在英国读书时无意中发现了它,我直觉感到这次回国应该会用得上它,所以一直把它带在身上。"

"还真是一个凄美的爱情故事,而张小姐你为了报仇不惜以身犯险更是值得钦佩。你一个女孩子,孤零零地躺在乱葬岗那么久,醒来你就不后怕?"段小五听到这,忍不住感慨道。

"我在英国主修考古学,经常和死人还有尸体打交道,所以没什么害怕的。"张芸宁笑着回答，然后好像突然想起了什么，"对了，刚刚段师傅的推理还遗漏了一个环节。如果这起案件只有我一个嫌疑人，那么日军对于我的尸体应该还是不会随便处置的，所以，我为此还准备了一个替死鬼。"

"替死鬼？"这个新信息大大出乎赵玉新和段小五的意料。

"我知道每次陪在石川老贼身边的都是两个卫兵，而发生命案后，他们肯定会留下一个人，然后另一个回总部报告。而这个留下来看守现场的人就是替死鬼。"

"什么意思？"赵玉新忽然感觉智商欠费，脑子有点不够用。

"你们觉得一个神像杀人和一个自己人杀人，哪个会更容易让人相信？"

"肯定是后者啊。"赵玉新脱口而出。

"没错。所以当日军的调查官发现案发现场是一个外人无法进出的密室，而唯一的当事人也就是我已经死亡的情况下，肯定会怀疑真凶就是留下来看守现场的那个人。他应该会觉得当时的我并没有死，而我就是杀死石川甚太然后制造各种血迹的真凶，我在做完这一切后就躺在地上装死。而那个守在现场的士兵则是幕后主使，他用花言巧语欺骗了我，让我替他演了这场好戏，等到另一个士兵回总部报告的时候，他掐死了装死的我灭口。这样，现场就成了一个完美的密室。"

"那个替死鬼怎么样了？我在军校的这几天，没有听到什么抓住内部凶手的消息啊。"段小五听到这不解地问。

"因为他已经不在这个世界上了。"

"你杀了他?"赵玉新惊呼道。

"我没有杀他,或者说我没有亲手杀死他。我只不过是用我知道是谁杀死了石川甚太这个借口约他出来,急于找出凶手为自己洗刷嫌疑的他丝毫没有怀疑就答应了。当晚,我装作不经意的样子告诉几个义愤填膺的市民,说看到了一个落单的日本军人……"

"借刀杀人……"赵玉新听到这忍不住脱口而出,接着连忙捂住了嘴。

"我也知道这么做有些残忍,但是为了能够让整个案件朝着我预想的方向发展,也只好牺牲这个年轻的日本士兵了。"张芸宁有些伤感地说。

"你不要自责,这个日本士兵就算没有死在这里,回到他们本土也难逃军事法庭的裁决,所以你这么做并没有错。"赵玉新连忙安慰张芸宁说。

"就是,借刀杀死一个小鬼子有什么可自责的,这些人的手上都沾满了我们中国人的血,杀多少都不嫌多。"段小五的话更是话糙理不糙。

"张小姐,你也别自责了,我再告诉你一个秘密吧。"

听到段小五这突兀的话,不只张芸宁,就连赵玉新都被吸引得瞪大了眼睛。

"我刚刚只不过是说出了你杀死石川甚太的经过,但其实这个谜团并不是我破解的。"

"那是谁?"听到这,赵玉新和张芸宁更加一头雾水。

"是川口校长!"

## 【二十五】

"川口校长?!"听到段小五的话,赵玉新和张芸宁更惊诧了。这个川口校长就是水底沉尸案的死者。

"你是说,是他解开了我杀死石川甚太的计谋?"张芸宁难以置信地问道。

"没错。所以我才杀了他!"

这时,赵玉新和张芸宁终于明白了这一层的逻辑关系。

"因为他破解了我的计谋,你害怕他向军部告发我,为了保护我,你才杀死了他?"

"没错。那一晚,我照例去给川口校长送夜宵。每次去他房间的时候,我都会在门外观察一会儿,因为经常可以听到一些有用的情报。这一次也是,我发现他在房间里喃喃自语,说什么终于解开了。我很好奇,于是走进去,他看到我后依然很兴奋,问我知道那起'神像杀人事件'吗。我说知道。他告诉我说他已经知道凶手是谁了,接着就把他的推理从头到尾告诉了我,也就是我刚才讲述的那些话。关于夜莺的身份,他也猜到了是你伪装的。因为他和石川甚太相交多年,知道石川甚太害死你父亲的事情。你回国开设私人博物馆的事情被报道后,他立刻从报纸的照片上认出了你。你回国不久,石川甚太就被人杀死,你的嫌疑自然最大。他在给我讲述完案发经过后,兴奋得要立刻给军部打电话申请逮捕你。我虽然不认识你,但只要你的目的是杀鬼子,那么就是我的同伴,无论如何我也不能让自己的同伴遇到危险,所以我出手杀死了川口。"

听到这,张芸宁激动地说:"为了一个素不相识的人,你居然冒着暴露身份的危险替她杀人,你才是真正的义士!"

"我其实也没你说的那么伟大啦……"听张芸宁这么说,段小五不好意思地挠了挠头,"现在小鬼子要撤退的消息已经传得满城风雨,他们投降了,我的身份自然也就不需要再伪装了。因此我才冒险打破了对孙总门长的承诺,我心想他应该会理解我吧。不过,毕竟现在奉天城还在日军的势力之下,所以我也不敢彻底暴露身份,因此才绞尽脑汁想出了这个水底陈尸的办法。我心想能够骗过鬼子几天就好,但是却没想到一下子就被你们识破了。幸亏日军里的聪明人只有川口一个,不然我的小命可能就真的不保了。"

"虽然现在日本人还没有解开水底沉尸的谜团,但你这几天也要万分小心,越是到了最关键的时刻,越不能放松大意。"

这次段小五是借着采购的幌子出来的,不能耽搁太久。在赵玉新千叮咛万嘱咐后,段小五才依依不舍地和张芸宁、赵玉新惜别。然后就如来时一样,再次神龙见首不见尾地瞬间从屋子里消失了。

顷刻间,室内只剩下赵玉新和张芸宁两个人。如今张芸宁大仇得报,而一直困扰着他们的谜团也被解开了,他们感到一阵轻松。

赵玉新眼睛一眨不眨地直盯着张芸宁,生怕一闭上眼,她就会再次消失。而张芸宁也一改往常的羞涩,大胆地回应着赵玉新的凝望……

回忆起几天前和张芸宁重逢后的一幕幕,赵玉新的脸上泛起了笑意。他这次要去找的帮手就是张芸宁,因为她出生在奉天,而且是考古学教授,对于奉天故宫内的国宝应该有一定的研究。此刻,如果说有谁能够在短时间内找出遗失的三件国宝的信息,那么一定非她莫属。

想到这,赵玉新忍不住加快了脚步,却不知道等待着他的是一场更加猛烈的血雨腥风……

## 3

写到这一幕的时候,这篇小说已经到了尾声,然而何栎却一直对这种叙事结构耿耿于怀——在回忆里插入回忆,实在不算是一种高明的写法,但是如果不这么写,他又想不出更好的串联起剩下三个人物的方法,所以只好硬着头皮写了下来。

和上一篇小说一样,这篇小说围绕着两起不可思议的案件,把三位当事人联系到了一起,而且还让上一篇中的主角之一翻译陈瑜友情客串了一下,使得整个故事背景和人设更加丰满。从这一点来说,何栎对这篇小说还是比较满意的。

至于小说中的两个诡计,虽然解答并不惊艳,但是却很符合小说的背景年代设定,充分贯彻了何栎心目中"诡计为情节服务"的理念。

然而,虽然此刻在旧照片中的六个人已经悉数登场,每个人也都拥有了属于自己的故事,但是接下来等待着何栎的却是一道无法回避的难题。

不在国宝名单中的三件国宝到底是什么?之前两篇小说的创作,毕竟还有一张照片可以拿来当线索,从而引出六位护宝者的故事。而关于这三件国宝,真的是一点点情报都没有,网上也查不到任何线索。所以接下来的故事该何去何从，这个护宝故事的大结局到底如何，何栎此刻心中也是毫无头绪。

转眼间，这篇小说在超好看平台上发布已经有一段时间了。虽然编辑告诉何栎，读者们很期待接下来的故事，但是何栎却不知道下一篇小说该从何写起。之前在古籍爱好者群里下载的资料他都已经看完了，没有任何新的发现。

就在何栎因为不知道该如何下笔而烦闷不已的时候，他的手机忽然响了。

手机的铃声吓了何栎一跳，在这个社交软件盛行的年代，人与人之间的交流对电话的依赖越来越低。电话完全成了一个平台，而不是媒介。所以，何栎的电话铃声也很久没有响起过了。

"您好！"对方是个陌生的号码。难道是推销？何栎一边胡乱猜测一边接通了电话。

"请问是何栎先生吗？"对方的声音听起来很苍老。

"是我。您是？"

"你好，我是你的忠实读者。我对你写的护宝系列小说非常着迷，但是却迟迟不见下一篇更新。我心想是不是你在创作中遇到了什么难题，所以我才厚着脸皮从编辑部要来了你的电话。因为关于这个故事，我了解一些别人不知道的内情，不知道你有没有兴趣听听？"

"有，有，非常有兴趣！"

何栎兴奋的声音回荡在室内。

不知道这一次，等待着他的会是怎样的故事……

# 第四部 历史与真相

## 【一】

总门长新逝、三件国宝离奇失踪、城内的日军虎视眈眈……接踵而至的烦心事让赵玉新忧心忡忡，但想起和张芸宁的种种往事，让他的脸上总算泛起了一丝笑意。

不知不觉已经来到了张芸宁经营的这家小小博物馆的大门前，赵玉新推开门，风铃一如既往地清幽响起，但是却没有熟悉的张芸宁的声音迎来。

难道她不在店里？赵玉新心想。不过他立刻转念想到，如果人不在店里，应该会把门锁上才对。然而，店既然开着，人为什么不来迎接客人？难道是出了什么事情，莫非石川甚太的事情被日军发现了？赵玉新带着种种疑问，慌忙踏入店内。

转过展柜，赵玉新立刻释怀，张芸宁正好端端地坐在桌子前。

"喂，来客人了怎么不招呼？"

赵玉新刚刚调侃一句，立刻被张芸宁的手指抵住了嘴唇，赵玉新脸一红，不知如何是好。然而，张芸宁却扭过头对着桌子上的收音机，没有觉察到这尴尬的气氛。

赵玉新见状,连忙也凑了过去。收音机里断断续续的播音传到了他的耳朵里。

"据本台……最近消息,日本天……宣……无条件……投……"

收音机里反反复复播报的都是这一句话,虽然时断时续,听不完整,但赵玉新还是立刻明白了这条广播所代表的含义。

"终于等到这一天了!"赵玉新兴奋地挥了挥拳头。

"不过,接收效果这么不好,看来日军还是实施了信号屏蔽。我想他们是不想让奉天城内的老百姓这么快得知这件事,他们应该是打算利用这个时间差来密谋些什么事情。"还是张芸宁心思缜密,从一段不完整的播音中都能推理出如此多的情报。

"我想,我知道他们在谋划什么……"因为事态紧急,赵玉新并没有像往常一样卖关子,而是一口气把之前发生的事情和盘托出。

"我就知道日本人没这么容易接受失败,果然还在负隅顽抗。你们之前给日军饯行搞文艺会演的事情闹得满城风雨,奉天城内的老百姓骂声一片。我就知道你们肯定有苦衷,但是没想到你们付出的代价这么大。"张芸宁虽然没有见过总门长孙正,但是曾经听赵玉新提到过无数次,知道这是一位不惜背负骂名来维护奉天城内百姓安危的正义之士,本来还想找个机会认识一下这位忠义长者,没想到却永远没有了机会。

"所以，你这次来找我，是为了那三件不知所终的国宝?"感慨之余，张芸宁也明白了赵玉新的来意。

"是的，昨晚日军运送的国宝已经被我们截获，并且藏匿到了城外的安全之处，鬼子想要找回基本无望。所以，剩下的这三件国宝就是他们唯一的救命稻草，如果他们能先于我们找到这三件国宝，并且安全护送回国，应该可以减轻一些丢失国宝的罪责。"赵玉新表明利害，"而且，这次一旦被他们先找到这三件国宝，势必会严加守护，我们恐怕再没有机会去夺回它们。因此，这次我们一定要先于它们找到这三件国宝。"

"你怎么确定日军也不知道这三件国宝的去向?"张芸宁有些不解。

"因为我们之前盗取的运宝计划书里，根本没有提及此事，所以我想这三件国宝应该是东野桂介这个老狐狸害怕国宝被劫而给自己留的后手。负责运送这批国宝的奉天临时指挥官西泽明彦应该并不知道这件事。如今，国宝被我们劫走，西泽必定会向已经返回本土的东野汇报，东野肯定会告知西泽他藏匿起三件国宝作为保险这件事，以及这三件国宝的藏匿地点。我来之前，我们潜伏在日军总部的线人送来情报，说东野桂介之前乘坐的遣返船因为原子弹的缘故而改道，此刻还没有抵达日本本土，而遣返船为了防止美军轰炸，采用了静默状态航行，即便是西泽也没法联系到东野。我们正好可以利用这个时间来追寻这三件国宝。不过，不知道东野桂介何时会抵达日本,因此我们必须尽快找到这三件国宝。"

"可是你们现在不但不知道这三件国宝的去向,甚至连这三件国宝的名字都不知道。"张芸宁再次道破赵玉新的困境。

"没错,虽然我们已经锁定了几处有可能藏匿国宝的地方,但是因为不知道这三件国宝到底是什么,所以根本没法派人去搜寻。如果我们贸然行事,到时非但找不到国宝,还可能会打草惊蛇。所以我们现在只能求助于你,希望能够凭借你的专业知识,帮我们弄清这三件国宝到底是什么,这样我们才能有的放矢地去寻找。"

## ✤ 1 ✤

因为一直不知道最后三件国宝的名字,何栎也无法凭空杜撰,因此这个系列故事卡了很久。

然而,就在今天,天降惊喜。一个老人找到了何栎,他声称自己是这个护宝系列小说的忠实读者,但是却迟迟不见作者更新。他心里猜想可能是作者手头的资料不足,所以无法进行后续创作。而他恰巧知道一些关于当年四大门护宝的内情,所以才辗转从编辑那里打听到何栎的地址贸然登门,然后向何栎讲述了他所知道的这段历史背后的故事。

老人的乡音很重,何栎生怕听漏了什么,所以找来了录音笔,一边录音一边倾听老人的讲述。老人所了解的故事,其实也是一些琐碎的片段,只不过这些片段里碰巧有那三件国宝的线索,这可以说是何栎最大的收获。

此外,关于这三件国宝,老人还讲述了一个更加匪夷所思的谜团,何栎听完后非常兴奋,他觉得这个谜团正好可以作为这个系列小说的最终谜团。他这个想法也得到了老人的同意,而老人唯一的要求就是请何栎一定帮他解开这个困扰了他几十年的谜团。

送走老人之后,何栎陷入了沉思。老人讲述的故事不知道是真是假,但是叙述中这三件国宝倒是符合这个故事的历史背景,知道了这三件国宝的名字,他就可以进入这个系列最后一篇小说的创作了。

在停笔的这段时间里,何栎已经构思好了寻找国宝部分的大致情节。本来他想问一问老人是不是知道更为详细的内情,但是老人表示对这部分毫不知情,所以何栎只好延续自己之前的构想,打算把这三件国宝嵌入到之前构思的情节之中。

如此一来,这个系列最终篇前面三分之二的情节已经基本形成,只需要找个时间敲出来就好。然而,接下来的三分之一却是一个比之前三件国宝的名字之谜更加棘手的难题。

老人给出的谜团虽然可以作为最终谜团,但是老人却没有给出答案。相反，老人还希望何栎能够帮助他解开这个困扰了他几十年的谜团。所以，此刻何栎要化身为侦探，先解开老人故事中的这个谜团。因为只有如此，他才能够完成这篇小说的最终部分。

在之前的三个故事里，何栎都是先想好了诡计，然后再倒推回去设置谜面，最后再把谜团融入故事中。如今，故事和谜团都有了，但是真相却毫无头绪。

在这篇小说里，何栎既是作者，也是读者，更是侦探，他需要借助自己的笔，将自己化身侦探来解开这个谜团。这种创作经历在之前是从未体验过的，对他来说，真的是一个巨大的挑战。

就这样，何栎又纠结了好几天，依旧想不出什么解决谜团的思路。与此同时，编辑又转来了几封读者的催稿信，无奈之下，何栎只好决定一边创作一边再慢慢寻找答案。

也许，把自己代入进故事里，身处在那个动荡的时代，面临四伏的危机，才能够更好地审视这个谜团。想到这，何栎忽然来了动力，他点开已经建好了很久的文档，飞快地在键盘上敲击起来……

## 【二】

"之前截获的那批国宝的名单你带来了吗？"因为形势紧迫，张芸宁毫不迟疑地进入了属于自己的角色。

"带来了。"赵玉新做事缜密，把运宝计划书和路线图等需要参考的资料都一并带了过来，他将它们一股脑铺在桌子上，让张芸宁审视。

张芸宁表情凝重地把每份资料都看上了几遍，然后一声不吭转身走进了博物馆后面的卧室。赵玉新正不明所以之时，她又手捧着一摞书籍返回到前面。

张芸宁一边对照着桌子上的国宝名录，一边在书籍里翻找，忙活了足足有半个时辰，然后才满头大汗地抬起头。赵玉新见状，立刻递过一块手帕。

张芸宁接过手帕擦了擦汗，但是并没有还给赵玉新，而是顺手揣进了自己的口袋里。赵玉新见状，有些欣喜，如果不是现在紧迫的形势，他真的想冲过去给张芸宁一个拥抱。

"我手头的资料不全，这份国宝名录里很多国宝的资料我都没有，所以我现在无法判断那失踪的三件国宝到底是什么。"

听到张芸宁的话，赵玉新有些泄气，他本来以为凭借张芸宁的能力，可以不费吹灰之力地找出那三件失踪的国宝。

"不过，我想有一个地方，应该有更全的资料。"张芸宁说这句话的时候，表情有点凝重。

赵玉新没有察觉到张芸宁的表情，焦急地追问道："哪里？"

"一个我最不愿意去的地方。"张芸宁咬着嘴唇回答。

"你不愿意去，我可以去。"赵玉新说着拍了拍胸口。

"我不愿意去是一方面，更主要的是那个地方你和我恐怕都进不去。"

"到底是哪里？你可要急死我了。"赵玉新忍不住催促道。

"石川甚太的办公室！"

听到张芸宁说出的答案，赵玉新愣在了当场，很快他就明白了张芸宁的意思，问道："你的意思是，他的研究资料里会有这些国宝的名录？"

"没错。他是历史和文物的专家，日军之前盗掘的古墓都是在他的严格筛选下才确定的。当然，后来他也被我们的文保义士们耍得团团转。但是不管怎么样，他都是一个一流的文物专家。东野桂介在劫掠完故宫的国宝后，肯定会请他来鉴定，确认哪些国宝具备运回日本本土的价值。所以，我想在石川甚太的办公室内，应该可以找到故宫里所有国宝的资料。"

"可是，石川甚太的办公室位于日军总部，此刻日军总部戒备森严，我们根本进不去啊。"赵玉新现在终于明白了张芸宁的担忧。

"没错。那里我们是无论如何也进不去的。"张芸宁回答。

"要不，我们去找陈瑜吧。他是日军的翻译，进入那里应该不会被人怀疑。"赵玉新突发灵感。

"这个方法我也想到了。但是这一次的行动实在太危险了，一旦被人发现，不但陈瑜的生命有危险，可能连四大门也会受到连累。"

赵玉新明白张芸宁的担忧,但是事到如今,也只有这一个方法了。他没有时间犹豫,他深知哪怕多耽误一秒钟,都可能会被日军抢先一步找到国宝。

想到这,赵玉新拉着张芸宁就往大门走去:"我这就带你回总门长的家里和其他三位门长一起商议一下,制订一个让陈瑜去盗取资料的对策。"

"其实不用那么麻烦,你们去不了的地方,我可以来去自如……"

听到这个不知从哪里飘来的声音,张芸宁和赵玉新立刻面露欣喜。他们异口同声地冲着空荡荡的大厅喊道:"段师傅!"

## 【三】

虽然日军屏蔽了广播信号,但日本天皇宣布投降的消息还是不胫而走,瞬间传遍了中国大地,奉天城内自然也不例外。

此刻的街头,满是奔走相告欢庆胜利的人群,日军也不敢再公然镇压,只好龟缩在自己的领地内,防止被压抑已久的民众袭击。

也正是因为如此,此刻聚集在总部里的日军要比平日多上几倍,这对段小五来说是个坏消息,也是个好消息。

坏消息自然是驻守的士兵多了,他潜入的难度也就成倍数增加。好消息是因为聚集在这里的日军分属不同的部门,他们平时没什么交集,所以彼此都不太熟悉,甚至可以说完全陌生。这对段小五来说是个可乘之机。

起初,段小五打算换上军服伪装成日军,但是他半吊子的日语很容易露馅儿,所以最终他还是决定坚持本色,依旧扮演一位厨师。

因为日军总部里很多军官都钟爱中国文化,对中国的美食更是趋之若鹜,所以在总部里特设了中餐食堂。为了让食物更加地道,在厨房工作的厨师都是中国人。因为此刻时局动荡,厨房的流动性很大,加上段小五有在日军军校担任大厨的经历,让他很有信心能够扮演好这个角色。

与此同时,赵玉新和张芸宁已经返回孙府。

向三位门长简单介绍过张芸宁的身份后,赵玉新就把当前的情况讲述了一遍。三位门长也对段小五的身份略有知晓,所以都同意这个潜入计划。

因为时间紧迫,所以在段小五潜入的同时,赵玉新这边也开始制订寻宝计划。按照最坏的打算,三件国宝可能分散在三处,所以他们至少要派出三组寻宝的人马。

因为事关重大,所以这件事只有三位门长以及少数精锐门人知道。考虑到行事人太多容易被人关注,所以大家一致决定每个寻宝队只派遣两个人。

赵玉新是这次寻宝的主导者,所以首当其冲成为寻宝一队的队长,而他选定的搭档是张芸宁,他这样做并非存有私心,而是觉得这次寻宝需要用到张芸宁的专业知识。

至于寻宝二队的人选,因为大家都奋勇争先,现场一度还发生了争执,最后三位门长决定让白泽和徐秋岩担任,他们是年轻一辈门人里的精英,而且都身怀绝技。

就在剩下的人为能够加入寻宝三队再次起了纷争时,大门忽然被人从外面推开。这突如其来的状况把现场的人都吓了一跳。

嘈杂的室内一下子安静下来,大家都把视线转向会客厅的门口。发现推门而入的竟然是孙洪宇。

因为孙洪宇性格耿直、脾气暴躁,孙正担心他会因此坏事,所以并没有将四大门一直在暗中抗日的事情告诉他,也正是因为如此导致孙洪宇一直对孙正不满,父子之间的关系一度非常紧张。孙正去世后,三位门长觉得不应该再瞒着孙洪宇,所以把孙正的死因以及四大门暗中抗日的事情都如实告诉了孙洪宇。孙洪宇这才知道一直错怪了父亲,然而现在他即便想要向父亲道歉也再没有机会。

因为孙洪宇不是四大门的门人,所以这次的会议并没有叫上他。孙洪宇在大厅里发现其余三位门长和一众精英都不见了踪影,他感到蹊跷,所以四处搜寻。这里毕竟是他的家,所以他很快就找到了会客厅这里。他在门外听见里面人声嘈杂，所以没有贸然进去，而是一直躲在门外偷听。

如今，他已经明白了里面的人在商议些什么，这才推门而入。

"各位叔叔和前辈，不好意思我在外面偷听到了你们的计划。我虽然不是四大门的门人，但我父亲是为了保护国宝而死，直到他去世，我一直都在误解他。所以，这次希望大家能给我一次向父亲赎罪的机会，让我也加入寻宝队。"

众人听完孙洪宇的话，全都沉默不语，他们心里明白，于情于理，他们都不应该拒绝孙洪宇的请求。

"既然你心意已决，那我们也当然要成全你，你就加入寻宝三队吧。"最后，还是周信良代表众人做出了决定，"不过……"

到底该让谁和孙洪宇组队，成了一个难题。因为孙洪宇不是四大门的门人，大家对他既熟悉又陌生。如果贸然找一个与他不相熟的人合作，恐怕执行起任务会有诸多不便。所以，周信良才有些犹豫。

这时，一个清幽的声音忽然从大厅的角落里传来："如果孙公子参加的话，那么不妨就让我和他搭档吧。"

## 【四】

听到这突如其来的声音，大家都把头转向声音传来的方向。

发现在角落的阴影中，一位妩媚的美女正倚在墙边。

"灵芝小姐？"

"她怎么在这里？"

原来这位妩媚的美女不是别人，正是同泽俱乐部的花魁灵芝小姐。在场的很多人都认识她，但是却不明白她为什么会出现在这里。

"我和孙公子算是有过几面之缘，而且还共同经历过一些事情。我想在场的人应该没有人比我更了解他了，所以我觉得由我和他搭档组成寻宝三队，他应该是不会拒绝的。"灵芝笑着从阴影中走出来，身上散发的妩媚气场瞬间填满整个大厅，在场的男士都忍不住心中为之一动。

灵芝表面上是奉天城内尽人皆知的同泽俱乐部花魁，暗地里的身份则是玄门的精英，不过这个身份只有四位门长和赵玉新等少数精英知道。除了这两个身份之外，灵芝还有第三个身份，那就是地下组织驻奉天的联络人，城内四大门和城外地下组织之间的消息，大多是通过她在同泽俱乐部传递的。

本来灵芝是例行公事来参加这次精英作战会议，她并没有打算参与行动。但是此刻看到孙洪宇忽然出现并且提出要加入寻宝队，她深知在场没有人比自己更了解孙洪宇。之前在执行暗杀王小六的计划时，因为需要孙洪宇帮自己制造不在场证明，所以她曾经专程找来了孙洪宇的资料，下了很大的功夫去研究这个最熟悉的陌生人。

通过书面资料以及案发当天的接触,加上之前孙洪宇在同泽俱乐部内的种种言行,灵芝已经对孙洪宇再了解不过,深知他疾恶如仇,但是为人冲动。如果他和一个不熟悉的人一起行动,很可能会出现很多无法预测的危险,她这才改变了先前不参与行动的想法,提出和孙洪宇组队。

孙洪宇看到忽然现身的灵芝,心里顿时掀起了阵阵波澜。说实话,他还是很期待能够和灵芝一起行动的。经过前一晚的事情,他感觉自己有点喜欢上这个和印象中截然不同的双面女伶。然而,他又有点担心,一个女性和自己一起行动,是不是会有危险。

"怎么?孙公子这么快就把我忘了?"灵芝看到孙洪宇的表情,微笑着走过来,伸出手示好。

孙洪宇见状,立刻下意识地伸手去和灵芝握手,然而下一秒他却整个人好像喝醉了酒一样,忽然感觉天旋地转。等他清醒过来,发现人已经躺在了地上,而握着灵芝的手却一直没松开。

"怎么样?孙公子觉得我有没有资格和你搭档?"

这时,孙洪宇才明白自己刚刚的内心想法早已经被对方洞悉,看来对方无论是智力还是武力都在自己之上。这已经是一天之内第二次被女人摔翻在地,他感觉有些下不来台,坐在地上不知所措。

"既然灵芝毛遂自荐,那就让她和洪宇组成寻宝三队吧。"最后，又是周信良老先生出言缓和了这尴尬的场面，"大家接下来就按照计划去准备吧，等到段先生回来，我们就立刻行动。"

听到代理总门长发话，大家三三两两退出了大厅，顷刻间偌大的会议厅里只剩下了坐在地上的孙洪宇和站在他身边的灵芝。

## 【五】

就在四大门正忙碌地进行着寻宝准备工作的同时，段小五正置身在一个完全陌生的环境里。

这次的潜入可以说非常顺利，虽然日军总部戒备森严，但是段小五深知越是严密的地方，越有灯下黑的漏洞。

根据在军校里掌厨多年的经验，他知道这个漏洞就是厨房。越是大地方的厨房，就越需要大量的食材，虽然一般这样的厨房都配有冷库，不过里面储备的也都是一些肉类的食材，至于时令蔬菜，至少需要两三天采购一回。

厨房采购蔬菜，肯定不会从大门出入，一般走的都是后门。军校是如此，日军总部自然也不例外。

段小五穿上了熟悉的厨师服，然后挑了两篮子青菜，接着就转到了日军总部的后门。他挺胸抬头，没有理会站在门口的守卫，径直走向大门。

把守后门的士兵是轮值，很多人一个月才排一次班，所以对厨房里的厨师并不熟悉,他们只认衣服不认人。现在时局紧张,士兵们都人心惶惶,根本无心进行严格的排查。再加上他们认为不会有人傻到大白天孤身一人闯进满是士兵的军营里。所以,当段小五毫无顾忌地走进后门时,他们都没有特别注意。

段小五大摇大摆地刚走进后门,忽然一声"等等"从身后响起,任凭段小五经过那么多大风大浪,也着实被吓了一跳。

"怎么了?"段小五假装不耐烦地转过头,发现刚才守在门口的一个日本兵正向自己跑来。

段小五见状,放下了肩上的挑子,站在原地没有动,手却已经悄悄摸向了怀里的菜刀。

只见那个日本兵三步并作两步跑过来,然后弯腰从地上的篮子里抽出一根黄瓜,在袖子上随意擦了擦,然后大大地咬了一口,接着就转身跑回了自己的岗位。段小五见状,一直提着的心才终于落了下来。

虽然段小五是第一次来到这里,但是之前赵玉新曾经向他大致描述了一下日军总部的内部布局,再加上他多年来的潜伏经验,所以迅速地找到了厨房的方位,然后挑着菜篮子朝厨房走去。

因为中餐厨房是专门给军官做饭的,所以并不大。此刻已经过了饭点,厨房里空无一人,厨师和帮厨不知道躲到哪里偷懒去了。

本来段小五想好了一大堆欺骗同行的借口,此刻看来都用不上了,这也给他省去了很多麻烦。他立刻开始盗取资料的准备工作,首先,他点燃了炉灶,然后在上面支起了一口铁锅……

十分钟后,段小五熟练地炒好了两盘菜,他找来一个托盘,把两盘菜放在上面,又从锅里盛了一碗米饭,然后就走出厨房,朝着办公楼走去。

因为上一次盗取运宝计划书和路线图的时候,赵玉新已经把日军总部的布局记得滚瓜烂熟,所以他知道石川甚太的办公室在日军总部二号办公楼的三层。

日军总部一共有两个办公楼,它们紧挨着,但是却分属不同的机构,出入口也是独立的。一号办公楼是军方办公楼,东野桂介和西泽明彦以及其他日军高级军官的办公室都在这里。而二号办公楼则是非军方办公楼,日本各机构驻军部的工作人员都在这里办公。

段小五端着托盘一路大摇大摆地走进二号办公楼,虽然路上遇到了好几组巡逻兵,但是大家都没有在意他。

二号办公楼里原本进驻了诸如日本商人总会、日本船舶总会以及各种各样的机构,但是因为大家都提前知道了天皇即将宣布投降的消息,所以很多人都乘坐早先的客轮或军方遣返船返回日本本土。所以此刻整栋大楼里空荡荡的,只剩下几个部门还有人办公。

段小五进入二号办公楼后,径直上了三楼,他先打量了一下走廊,发现只有几个办公室没有锁门。所以他预想好借口,假意是给某个无人的办公室送餐,这样被人发现后才不会暴露。

就这样,段小五一边观察着走廊的环境,一边来到了位于走廊尽头的石川甚太办公室门口。

## 【六】

"那个灵芝小姐挺漂亮啊。"

孙府是个大宅院,房屋很多。此刻,赵玉新就和张芸宁待在其中一间客房里,为即将到来的寻宝行动进行前期准备。

"是吗?没太注意。"赵玉新一边把一张地图铺在桌子上,一边回答。

"没太在意?那刚才你看她出现时怎么愣神了?"张芸宁不依不饶。

"不瞒你说,我之前压根儿就没发现她在会客厅里。她出现时,我确实吃了一惊。我看了看大家的反应,也都和我一样,说明他们之前也没有注意到她。按理说,这样明艳照人的一个美女,这么多人没理由没人留意到她,但是她居然真的就藏身在众人之中,没被人觉察。还有,刚刚她掀翻孙公子的那一下,明显是深得太极真传。看来,除了段师傅之外,这种神龙见首不见尾的高人实在是太多了。"

听赵玉新一本正经地说出他的想法,本来想借机调侃一下他的张芸宁反而觉得不好意思了,所以她连忙岔开话题:"对了,这是什么地图。"

"奉天城地图。"赵玉新说到这,又补充了一句,"四大门的内部资料。"

"不就是个地图吗,怎么还成了内部资料?"张芸宁有些不解。

"这可不是市面上随处可以买到的那种地图,这是我们四大门专门绘制的奉天秘图。相比起普通的地图,这上面详细绘制了奉天城内的各种秘密通道以及我们的秘密据点。这些图本来是门长才能看的,因为这次我们寻宝事关重大,所以临走时周门长才特意给了我一份,他让我先熟悉一下地图,等到段师傅找到国宝的线索后,我们就可以立即行动。"

望着赵玉新认真讲解的样子,张芸宁发觉这些年他真的成熟了许多,不再是当年那个懵懂的少年。想到这,她的脸不由得红了。

"怎么?孙公子,地上凉快吗,还不起来?"

会客厅里,灵芝恢复了昔日左右逢源风趣幽默的花魁模样,笑望着坐在地上的孙洪宇。孙洪宇这才发觉自己失态,连忙从地上爬了起来。

"你这手真厉害,我自愧不如。"孙洪宇掸了掸身上的灰尘说。

"我这不是怕你觉得我是个女流之辈,不肯和我搭档,情急之下出手重了些嘛。想必孙公子也是大意了,才让我得了手,还望孙公子不要见怪。"灵芝的话滴水不漏,给了孙洪宇一个台阶。

"既然灵芝小姐如此好身手,这次的寻宝行动一定会事半功倍。"孙洪宇这次是发自内心称赞对方。

"我们接下来该干什么?"灵芝转移话题问道。

"我也不清楚,听周老师的意思是先等那位段先生盗取资料回来,我们再按图索骥。"

"那这段时间,我们就一直干等着?"灵芝继续问。

"其实,我还有一个问题想要问你。"孙洪宇直视灵芝的双眼,换成一般的女性,看到异性如此盯着自己,肯定会羞涩地避开目光。灵芝毕竟不同于一般女子,她毫不避讳地和孙洪宇对视,最后还是孙洪宇不好意地别开了头:"起初,我以为昨天的经历是一场意外,你我不过是碰巧卷入那起案件之中。但是今天我才知道原来四大门一直在暗中抗日,而你还是四大门的精英。碰巧,昨晚的死者是一位日本军官。所以,我想他的死是不是真的和你有关,而我只不过是被你用来制造不在场证明的一颗棋子……"

"孙公子你果然敏锐。没错,昨晚的两起谋杀案都是我干的,也确实利用了你,在这里我向你道歉。"灵芝说到这,犹豫了一下,不知道该不该把事件的经过告诉孙洪宇。经过短暂的思索后,她心想既然这次要和孙洪宇通力合作寻回国宝,那么就应该对他坦诚相待，所以她开口继续说道："不过，这两起案件只有贵府厨子的案子是奉了门长之命清理门户。其实您父亲早就发现了王小六是日军安插的密探，平日里他故意让王小六偷听到一些无关痛痒的情报去向日军报告，这样才不会被日军起疑。如今日军投降在即，他觉得没有必要再留着王小六去迷惑日军，所以才决定出手清理门户。如果在贵府下手或者让他意外死亡，难免会被日军起疑，所以才让我策划在俱乐部里动手，并且制造成一起悬案。日军可能还来不及破案就已经投降了，这样才不会连累四大门。至于另一起案件，则是我一位朋友的委托，她让我帮她杀死一个曾经在少年时欺负过她的坏人。虽然我和她认识没几天，但是却一见如故，所以我决定要帮她这个忙。"

"既然是帮国家和朋友杀人，拿我当棋子我也毫无怨言。"孙洪宇听完灵芝的回答，非但不生气，反而冲着灵芝竖起了拇指，"现在想起来，我之前做事实在太冲动了，也难怪父亲担心我藏不住秘密，才一直把抗日的事瞒着我。像你这样成熟冷静的人才能办大事。不过，那两个人到底是怎么死的，我现在还是想不明白，你能告诉我吗？"

灵芝听到这，看了眼墙上的挂钟，心想不知道段先生什么时候才能把他们需要的资料偷回来，反正都要等，不如把这两起案件的真相先告诉孙洪宇，免得他一直挂在心上，可能反而会在日后的行动中误事。想到这，她这才轻咳一声，缓缓开口道出两起谜案的真相……

## 【七】

虽然石川甚太已经死了一段时间,但他的办公室却没有上锁,可能是因为军方无暇顾及这里吧。这正好给段小五省下了撬门的时间。

段小五轻手轻脚地走进办公室,把托盘放在门口的柜子上,然后直奔石川甚太的办公桌。

石川甚太的办公室并不大,只有一张办公桌,后面有一个书柜,门口还有一个放置杂物的柜子,所以搜寻起来并不费劲。

段小五先把办公桌上面摆放的东西看了一遍,没有要找的东西,然后又把办公桌的抽屉都拉开,里面放的都是一些办公用品和私人物品。

看来只能是在书柜里了,段小五想到这,立刻开始搜查书柜。书柜里都是一摞摞用文件夹装着的档案,他快速地扫视了一遍文件夹上的目录,都是关于一些古墓的资料。

"看来这孙子真没少帮日本鬼子挖我们老祖宗的古墓。"段小五忍不住在心里骂了一句脏话。

石川甚太毕竟是个学者,资料的摆放很规整,所以尽管文件夹数量繁多,但段小五还是凭借着目录索引很快就排除了一大半。

剩下的资料都是没有目录的，段小五只能挨个打开看看。不过他的运气不错，当他翻开第三个满是灰尘的文件夹时，一张照片立刻跳入了他的眼帘。

这是一张故宫的照片，看到这张照片，段小五眼前一亮。他飞快地翻了下后面的资料，果然都是一张张附有照片的故宫藏品资料，其中有很多华丽的物件，一看就知道是国宝。

段小五知道凭借自己的水平，肯定找不出失踪的那三件国宝，所以毫不迟疑地把文件夹塞进衣服里。他先把文件夹放在腹部的位置，然后勒紧了裤带，仗着身上肥大的厨师服，隆起的腹部看起来一点儿也不显眼。

藏好文件夹，段小五不敢怠慢，立刻拿起托盘走出办公室。然而，就在他即将穿过走廊来到楼梯口的时候，眼前一间办公室的门忽然打开，从里面走出了一个身穿军服的日本军官，差点儿和他撞了一个满怀。

"八格……"对方张嘴刚想骂人，但是看到眼前站着的是一名厨师，他马上愣住了。他看了看段小五走过来的方向，满脸狐疑地问："那边的办公室都没人办公了，你是来给谁送餐？"

"我是给……"本来段小五以为即便遇到别的办公室的工作人员，他随便搪塞几句就能混过去。但是没想到碰到的却是一个看样子对这里的办公人员都很了解的日本军官，而且对方一副老谋深算的样子，他凭直觉感到不能胡乱回答，不然很可能会暴露自己的身份。

段小五一边拖延时间，一边观察着走廊，发现除了他和这名日本军官之外再无他人，所以他用一只手托着托盘，另一只手悄悄摸向怀里的菜刀。如果搪塞不过去，就只能在这里杀人灭口了。他在心里暗想道。

"我说老段，你怎么才过来，我都要饿死了……"

就在危机一触即发之时，忽然从日本军官的身后传来了一个声音。日本军官和段小五一起循声望去，发现一个梳着分头戴眼镜的精瘦男子正站在不远处一间办公室的门口。

"哎呀，这不是南崎长官吗？"精瘦男子看到日本军官，立刻低头鞠了一躬。

"哦，是陈桑。"这个名叫南崎的军官也回礼道。

和南崎打过招呼，陈瑜再次板着脸冲着段小五吼道："我都告诉你了，我的办公室在这边，你怎么总是搞反呢。"

"实在不好意思，炒菜油烟子熏得我脑瓜子疼，所以搞错了。"段小五见状，知道对方在帮自己打圆场，立刻假装抱歉道。

"今天要翻译的文件有点儿多，所以忘了吃饭，我刚才给厨房打电话让他们给我送点儿过来。结果等了好半天也没送过来，我这才出门查看。没想到这个笨厨子找错了地方冲撞到您，实在抱歉。"陈瑜冲着南崎点头哈腰地道歉。

"陈桑，你真是这些工作人员的楷模啊，如果大家都像你一样就好了。"南崎和陈瑜客套了几句，然后又瞪了段小五一眼便走下楼梯。

望着南崎消失在楼梯转角的背影，陈瑜和段小五这才同时长吁了一口气。

## 【八】

"虽然我不认识您，但还是感谢您的出手相助。"解除危险后，段小五冲着眼前的陈瑜感谢道。

"不客气，虽然我们素昧平生，但既然目的是一致的，那么就是同伴。"陈瑜笑着说，"对了，还好你机警，立刻就明白了我是来帮您的。"

"你刚才直接开口称呼我老段，说明你肯定是和小赵……就是赵玉新是一伙的了。"

"是的，我和他同属四大门。本来今天我并不当班，但是刚才门长紧急联络到我，说你要来这里盗取资料，让我全力配合你，所以我才急忙赶过来。真是千钧一发……"说到这，陈瑜又重重地长吁一口气。他已经潜伏在日本军部多年，有一套自己的行为标准，心思缜密的他从来不会让自己置身险境。他这么做并不是怕死，而是他深知自己身份的重要性，所以从来不会冒无谓的险。然而，今天的事态实在太过紧急，他这才破例冒险出手帮助段小五。

"对了,段先生,您找到赵玉新他们需要的资料了吗?"寒暄过后,陈瑜才想起这个问题。

"不辱使命!"段小五说着,拍了拍肚子。

"那好,您先原路返回,赶紧把资料交给门长他们。我随后与你会合。"陈瑜说完,就和段小五一先一后走下了楼梯。离开办公楼后,段小五捧着托盘朝着厨房走去,而陈瑜则直奔大门口。

就在段小五马上转到后院之际,一个日本女军官迎面走来。他们对视了一眼,段小五连忙鞠躬向对方致意,对方见状也点头回礼,接着两个人擦肩而过。

段小五来到中餐厨房的门口,忽然发现托盘里的食物还完好如初,他为自己的疏忽惊出一身冷汗,于是连忙把盘子里的食物都倒进了厨房门外的泔水桶里。

回到厨房,里面依然空无一人。段小五挑起来时的菜篮子,朝着后门走去。

"又出去啊?"看到段小五挑着空篮子走出后门,守在门口的日本士兵用半生不熟的中文问道。

"是,这几天总部来的人比较多,食材不太够,所以我还得出去采购一批。"这是段小五事先编好的理由,他也不知道对方是否能听懂,接着大摇大摆地消失在了后巷。

北村薰子经历了昨晚的两起命案，回到宿舍后几乎整晚没睡，她一直在思考这两起案件。

不知不觉时间已经临近中午，北村薰子去后院的食堂简单吃了一口饭，然后就打算去向西泽明彦报告关于同泽俱乐部发生的两起命案的最新进展。

说实话，案件根本没什么进展，这两起案件都成了悬案。看来自己虽然看了很多推理小说，但毕竟是为了投西泽长官所好，并没有真正从里面学到什么推理知识，所以这次自己恐怕要让西泽长官失望了。

北村薰子一边思考着一会儿该如何面对西泽明彦，一边走向办公楼。这时，一个中国厨子和她擦肩而过。对方鞠躬和自己打招呼，虽然她并不认识对方，但还是出于礼貌点头回礼。

然而，就在北村薰子即将走进办公楼之时，她忽然回想起一个细节：刚才与自己擦肩而过的那个厨子手上的托盘上的菜肴是完好的。

这个发现让北村薰子感觉有些纳闷。按理说，厨子来前面，要么是送完餐空手返回，要么是来取餐具。但是对方为什么托着的菜肴是完全没有动过的？北村薰子虽然不怎么喜欢吃中餐，但不管是西泽明彦还是东野桂介都非常喜欢中餐，所以她有时也会投其所好去中餐食堂装装样子。她自诩记性不差，见过一面的人都会记得，但刚刚那个厨子她却从来没有见过。

虽然厨房的人流动性很大，可能会有新来的厨子自己不认识，但是这两种状况加在一起，还是让北村薰子起了疑心。想到这，她立刻转身朝着厨房的方向跑去。

来到厨房门口，北村薰子下意识看了一眼泔水桶，发现之前看到的完好的饭菜都被倒进了里面，这更加让她起疑。她连忙冲进厨房，发现里面空无一人。北村薰子立刻感到不妙，她连忙跑向后门。

守在后门的两个士兵正在聊天，发现北村薰子急匆匆地跑来，他们都领教过这个女魔头的厉害，连忙立正站好。

"刚才有一个厨子模样的人离开吗？"

"有，有……有一个，他刚刚出去买菜了。"面对北村薰子咄咄逼人的追问，两个人吓得结结巴巴。

听到这，北村薰子立刻头也不回地朝着两个士兵手指的方向追了出去……

## 【九】

半小时后，陈瑜出现在孙府门口的巷子里。

他望了一眼正在忙碌着搭灵棚的仆人，思考了一下，然后走向后巷。虽然日本已经宣布投降，但距离签署投降书还有些日子，这段时间是黎明前最后的黑暗，所以他不想冒险暴露自己的身份。

虽然孙府后门也有人守卫，但都是四大门的精英，他们对陈瑜的身份或多或少都有所知晓，所以当他们看到陈瑜后，立刻把他迎进门。

"你先去会客厅，我这就去通知门长他们。"守卫把陈瑜引到会客厅门口后，就连忙去通知其他人。

陈瑜来到会客厅，里面只有两个人——孙洪宇和灵芝。三个人对视了一下，都露出了笑容。前一晚他们还身处两个敌对的阵营，此刻却变成了一起行动的同志，实在是太戏剧化了。

"段先生还没回来？"陈瑜没有看到段小五，担心地问。

"他没有和你在一起吗？"孙洪宇听到这，也感觉不好，连忙追问道。

"我们不敢在一起行事，所以很早就分开了。以段先生的身手，应该比我回来得要早才对。"陈瑜说到这，越来越担心了。

"陈瑜你回来了。"这时，赵玉新和张芸宁从大门外走了进来。

"嗯。"

"段师傅呢？"

听到张芸宁的问话，陈瑜不知该如何回答。

就在这时，几位门长和四大门的精英也陆续走进会客厅，大家看到只有陈瑜一个人回来，也都不禁担忧起来。

"大家都在等我吗？哈哈，看来我还真挺重要的。"

就在大家为段小五迟迟没有出现而慌神的时候，段小五哈哈大笑着从外面走了进来。

"段先生,您可回来了!"大家连忙凑了过去。

"回来的路上遇到了一些小麻烦,不过已经被我解决了。"段小五笑着回答。

"段师傅,资料呢。"因为时间紧迫,赵玉新来不及和段小五寒暄,立刻开口询问。

"在这里……"段小五说完,就好像变魔术一样从怀里掏出了一个厚厚的文件夹。

张芸宁见状,一把接过文件夹,然后在旁边的桌子上摊开。大家见状也都连忙围到桌子边。

"大家散一散,别围得水泄不通,给人家小姑娘留点空间。这资料你们看也看不明白。"虽然段小五和会客厅里的大部分人都是第一次见面,但是自来熟的性格让他把自己俨然当成了这里的主人。

"段先生说得是,你们都散一散。"周信良见状,也发话道。大家这才不情愿地分别回到了各自的位置。

"怎么样?有眉目吗?"赵玉新因为和张芸宁相熟,所以并没有离开,他急切地问道。

"别说话。"张芸宁头也不回地比了一个闭嘴的手势,赵玉新见状只好尴尬地闭上了嘴。

顷刻间,偌大的会客厅里陷入了一片寂静。十几个人或坐或站焦急等待着，谁也不敢发出任何声响。

不知不觉半个时辰过去，张芸宁终于把文件夹里的资料翻到了最后一页，她又把四大门盗取的国宝名单翻看了几遍，最后终于长吁一口气，然后合上了所有资料。

"怎么样？有眉目吗？"赵玉新见状，再次小心翼翼地问道。

"段师傅带回来的这份资料非常翔实，通过这些资料和国宝名单的比对，我已经基本确定了那三件国宝的名字！"

听到张芸宁的话，会客厅里一直大气不敢出的众人立刻发出了一片欢呼声。

# 【十】

因为张芸宁已经确定了最后三件国宝的名称，所以大家终于可以按照之前的计划去寻宝了。

在段小五回来之前，赵玉新他们就已经确定了各自要去搜寻的地点，而这些地点不多不少，正好有三个。

第一个地点是奉天城内的一处民宅，从外面看，那里其貌不扬。四大门的密探花费了很大的力气才打探到，这里是东野桂介的秘密宅邸。

这个宅邸的主人，是奉天城内一位曲艺名伶。热衷中国文化的东野桂介第一眼见到她就爱上了她，而对方也对这个儒雅而且深谙中国文化的日本军官一见倾心。但是因为东野桂介的特殊身份，所以他们并没有对外公开这份恋情，只是一直在暗中往来。而这个宅邸就是东野桂介和她私会的地方。

赵玉新是奉天城内曲艺界的青年才俊，和那位名伶有过几面之缘，所以由他出面去那里搜寻国宝最合适不过。另外，因为对方是女性，张芸宁同去正好可以免去许多麻烦。

第二个地点是同泽俱乐部后院的包房，也就是王小六陈尸现场的隔壁。那里曾经被东野桂介长期包租，用来会见私客。虽然那里现在是公共场地，但东野桂介这个老狐狸深谙灯下黑的道理，知道越是危险的地方就越安全，所以不排除他会把国宝藏在那里。

既然地点是同泽俱乐部，那灵芝和孙洪宇的组合自然就是这次搜寻任务的最佳人选。

第三个地点是这次寻宝难度最大的地方——日军总部内东野桂介的办公室。东野桂介是个工作狂，在日军总部内并没有宿舍，平时工作之余，就在办公室内的沙发上休息。所以这也是在日军总部内他最有可能藏匿国宝的地点。

按照之前的计划，这个地点应该是由徐秋岩和白泽组成的寻宝二队去搜寻。然而尽管他们二人都身手非凡，但想要去守军众多的日军总部去寻宝，却几乎是不可能完成的任务。

就在大家为这件事情犯难的时候，段小五忽然开口道："实在不行，我就再跑一趟吧。毕竟那里我最熟，而且我这个身份也更不容易暴露。"

徐秋岩和白泽虽然很不情愿放弃这次难得的立功机会，但是他们也不得不承认段小五确实是这次寻宝的最佳人选。

"既然大家都没有异议，那么这第三个地方就只能再次有劳段先生了。"最后，还是周信良一锤定音。

"既然段先生参加，那就只能继续由我担任他的搭档了。"陈瑜说这话之前，思考了很久，他深知这次行动的危险系数要比之前盗取资料难上许多。但他不能眼睁睁看着段小五这么一个外人为他们冒险，所以才下定决心说出这番话。

就这样，三件国宝、三处险地、三组人马。搜寻最后三件国宝的终极行动由此展开……

# 【十一】

虽然需要去搜寻的场所有三处，但那是最坏的估量，也就是三件宝物被东野桂介分别藏在不同的地方。当然也可能三件国宝都藏在同一个地方。

临行前，三组人马聚在一起开了一个碰头会。张芸宁把已经确认的三件国宝的名称告诉给大家，并且根据资料详细描绘了三件国宝的特征。当其他几个人得知这三件国宝的名称时，都很兴奋，大家都没想到居然会是这样的三件东西。

因为事关机密，关于这三件国宝的名字，除了三位门长之外，只有这三组寻宝队的六人知道。四大门的其他门人都没有被告知国宝的详情，这么做是为了最大限度避免泄密。

在大家都把国宝的特征熟记于心后，三组人马终于开始了行动。这时，墙上的挂钟敲响了三下，此时，正好是下午三点整。

"段先生，你刚才怎么回来晚了？"前往日军总部的路上，陈瑜还在为刚才的事情耿耿于怀。

"不瞒你说，离开之时我犯了一个小错误，差点儿被人识破，所以耽搁了一会儿。"段小五如实回答。

"什么错误？"陈瑜打破砂锅问到底。

"我忘记把做好的饭菜倒掉，结果回厨房的路上被一个女军官察觉，她特意跑出来追我，幸亏我发现得及时，甩开了她。"

虽然段小五的回答轻描淡写，却让陈瑜惊出一身冷汗。他知道段小五口中的那个女军官是谁，也深知她的本事。她不但观察力敏锐，武力在日军总部更是一流水准，被她盯上的人就好像被蛇盯上的老鼠，几乎没有人能够逃走。

"既然你的身份已经暴露，为什么还要冒险回去呢。"陈瑜与其说是责怪，不如说是替段小五担忧。

"放心，我已经想好了解决的办法。"段小五胸有成竹地回答。

"什么办法？"陈瑜怕段小五诓他，不放心地追问。

"只需要如此这般……"段小五把嘴附在陈瑜的耳边,声音越来越小。

"你和东野桂介那个相好的很熟吗?"和赵玉新并肩行走的张芸宁不动声色地问。

"不算熟,有过几面之缘吧。"赵玉新如实回答。

"这个缘字用得好啊,看来你很欣赏对方吧。"张芸宁这句话脱口而出后,她对自己的语气感到有些害怕。按道理,以前的自己绝对不会用这样阴阳怪气的口吻说话,为什么今天已经连续两次这样了?难道只因为对方是赵玉新,自己才如此在意他身边的女性?

"我确实挺仰慕她的。"

"我就猜到了,人家既然是名伶,肯定才貌双全。"虽然张芸宁极力克制自己的情绪,但听到赵玉新的回答时还是有些生气。

"确实,她真的是一位才貌双全、德艺双馨的……"说到这,赵玉新顿了顿,然后抿着嘴偷偷瞥了张芸宁一眼,才继续说道,"……老前辈。"

"老前辈?"听到这,张芸宁愣了。

"是啊,你知道东野桂介多大年纪吗?今年已经五十多了,而这位老前辈也年近五十,据说因为一直遇不到志同道合的人,所以终身未嫁。我想,她是真的被东野桂介吸引,所以才会和他相恋的,而不是因为东野桂介的显赫身份。"

听到赵玉新的回答,张芸宁抬起头,发现赵玉新居然在望着自己偷笑,她这才知道原来被他捉弄了,嗔怪地捶了他的后背几下。

"灵芝小姐,想不到你的功夫这么好,是在哪学过吗?"路上,一直想和灵芝搭话的孙洪宇,随便找了个借口。

"干我们这一行的,经常会碰到很多宵小和醉鬼,不得不学几招防身,不然免不了挨欺负。"灵芝的回答虽然轻描淡写,但其实她父亲是著名的太极宗师,她从小就耳濡目染学会了不少招式。加入地下组织后,也正是因为她能够独当一面,组织才把这么危险的潜伏任务交给她。

"说来惭愧,我自幼也和周老先生学过一阵子功夫,虽然他不是武术名家,但毕竟有武生的底子,功夫毫不逊于那些开武馆的师父。没想到,在你手底下居然都过不了一回合,实在是学艺不精。"孙洪宇虽然不过是想找个借口和灵芝搭话,但是没想到话题却朝着尬聊的方向发展下去。

"我想你也是一时轻敌,所以才被我偷袭得手。孙公子不要太在意。"灵芝笑着替孙洪宇缓解尴尬,"对了,以后你叫我灵芝就好。"

父亲刚刚去世,而且父亲生前自己还一直误解他,孙洪宇的心里非常难受，但是接下来要面临的艰巨任务让他暂时放下了悲伤的情绪："好好，那你以后也不要叫我孙公子了，叫我洪宇就好。对了，灵芝，关于国宝的藏匿地点，你有什么眉目吗？"

"虽然同泽俱乐部是我的地盘，但那三间包房我却很少去，所以此刻还没有任何头绪。只能到现场再说了。"灵芝说完，加快了脚下的步伐。

## 【十二】

看到远处走来的北村薰子，看守后门的两个士兵"啪"地立正行了一个军礼。北村薰子没有理会他们，径直走进后门。她还在为跟丢那个厨子的事感到懊恼。

两个士兵老远就看到北村薰子的脸色不对，吓得大气都不敢出。看到她无视他们直接走进后门，他们都松了一口气。

然而，北村薰子走进门没几步，就猛地转过身来。吓得刚刚才放松下来的两个士兵差点儿尿了裤子。

"你们两个……"

"长官，请问有什么事？"看到北村薰子有事吩咐，两个士兵连忙跑了过去。

"之前你们说的那个厨子，如果回来的话，马上来告诉我。"虽然北村薰子知道，对方已经不太可能会回来了，但她还是不想放弃任何机会。

"明白!"两个士兵立正行礼道。

来到日军总部附近,段小五照计划和陈瑜兵分两路,陈瑜还是从正门进入,段小五则依旧挑着菜篮子走向后门。

来到后门,段小五还是像上次一样,没有理会守门的士兵径直走进院里。两个士兵也没有对他加以阻拦。段小五走进门后不久,两个士兵对视了一眼,然后心照不宣地伸出了各自的右手开始猜拳。三局两胜之后,输了的一方哭丧着脸走进后门,一溜小跑去向北村薰子汇报。

此时,北村薰子刚刚向西泽明彦汇报完同泽俱乐部两起案件的调查进展,但是西泽明彦却告诉她不用再劳神去调查这两起案件了,现在要全力寻找失踪的三件国宝。

今天上午来到日军总部时,北村薰子就已经得知了昨夜运宝队全军覆没,中国国宝被人劫走的事情,但是并不知道还有三件国宝不在这次的运送名单中。听完西泽明彦的命令,她立刻明白了这三件国宝的重要性。

就在不久前,西泽明彦刚刚给日本本土拨打了电话,但是得到的消息是东野桂介乘坐的遣返船还没有抵达。所以他现在也无从得知最后三件国宝的名字以及藏匿地点。西泽明彦现在唯一能做的只有守在电话旁,等待东野桂介的回电。

北村薰子接到了西泽明彦的命令，留在办公室内待命，一旦西泽明彦和东野桂介取得联系，她就要立刻出动去取回这三件事先被东野桂介藏匿起来的国宝。

就在北村薰子百无聊赖待在办公室，正打算找本杂志打发时间的时候，办公室的门响了，在得到自己回应后，推门而入的是一个士兵。

北村薰子一眼就认出了对方是把守后门的士兵，看到他的出现，北村薰子兴奋万分，她没想到老天真的给了她这个微小的机会。

"是不是那个厨子回来了？"看到士兵上气不接下气的样子，北村薰子抢先问道。

"嗯嗯。"那个士兵刚点了点头，北村薰子就丢下他径直冲出办公室。

来到中餐厨房门口，北村薰子下意识地摸了摸腰间的军刀，她不敢掉以轻心。就在她屏住呼吸想要冲进厨房的时候，忽听从里面传来了对话声。

"老段，你怎么了，一脸不高兴的样子？"

"别提了。上午陈瑜让我给他送饭，我不小心找错办公室耽误了几分钟，就被他臭骂了一顿。他还说自己已经饿过劲儿了，又让我把饭菜原样端了回来。"

"你是说那个翻译陈瑜？他平日里仗着长官们信任他，整天狐假虎威，我也没少被他骂。"

"是啊，最可气的是我这不刚买菜回来，他就叫人来通知我，让我再给他做双份的饭菜，说他要请南崎长官一起吃，这真是要把我累死啊。"

"没办法，谁让你的手艺好啊，长官们都喜欢你做的饭菜，我们就是想帮忙也实在帮不上啊。"

"算了，不说了，我先去门口喘口气，然后还得给他们炒菜。"

北村薰子听到这，正想要转身离开，段小五已经推开厨房的大门走了出来，她只好站在原地。

段小五抬头看见眼前的北村薰子，吃了一惊。就在他诧异之时，北村薰子开口了。

"南崎长官让我来问问，饭菜做好了没。"

"哎哟，我的长官啊，哪有这么快啊！我这才买菜回来，怎么也得让我喘口气啊。"

"那好，你尽快！"北村薰子说完这句话就转身离开了。

原来那些饭菜是因为这个原因才被原样端回来的。而那个厨子因为气恼陈瑜，所以才把饭菜都倒进了泔水桶。可能是因为最近遇到的案件太多，所以才让自己如此多疑吧。回办公室的路上，北村薰子边走边想。

望着北村薰子远去的背影，段小五心想总算是勉强蒙混过关了。幸亏自己的估计是正确的，对方多疑而且小心，所以才会躲在门外偷听。如果对方刚才直接闯入厨房，就会看到自己正在用两个人的声音来唱双簧。想到这，段小五也忍不住倒吸了一口冷气……

## 【十三】

"小赵，我知道你们的来意。"看着眼前的赵玉新和另一位素未谋面的知性美女，这位被赵玉新尊称为老前辈的曲艺名伶芸熙微笑着说。

"老前辈果然开明，本来这一路上我想了很多规劝您的理由，现在看来都用不上了。"赵玉新闻听，也直言不讳地说出了心里话。

"我也是个中国人，我也知道日本人在我们的土地上烧杀抢掠干了很多坏事。所以，我才没有对外公开和东野君的恋情。没想到还是瞒不住你们。"芸熙说到这，叹了口气，"我也不是不爱国，非得找一个日本人为伴。但是我活了大半辈子，第一次遇到一个如此懂我的男人，所以难免……"

"老前辈，我们明白您的苦衷，我们也并没有想责怪您的意思。毕竟感情和国仇是两码事。"听到这，张芸宁连忙开口安慰芸熙。

"你这个孩子真是善解人意。看你的气质,应该不是我们这个行当里的人吧。"

"她是我小时候的一个玩伴,现在是留洋回来的教授。"张芸宁可以说是赵玉新的骄傲,所以他抢着回答道。

"真羡慕你们,能够在这么年轻的时候遇到真爱。"

"老前辈,您误会了,我们不是那种关系。"听到这,张芸宁连忙辩解道。

"呵呵,不要害羞。我这么一把年纪,什么没见过。你们不用瞒我。"芸熙笑着打断了张芸宁,"对了,你们这么急着来找我,应该是为了这个吧。"

芸熙说完,转身从柜子里取出一个长条状的包裹。

赵玉新见状,立刻接过包裹,小心翼翼打开后,里面是一个卷着的画轴。看到这,他和张芸宁对视了一眼,果然没错,这正是他们要寻找的宝物之一……

马上就要来到同泽俱乐部的大门口,灵芝忽然一把挎住孙洪宇的手臂。孙洪宇愣了一下,随即明白了这是必要的伪装,毕竟现在奉天城内还是日军说了算,所以还不宜暴露他们的身份。

就这样,两个人伪装成舞女和熟客的样子,调笑着走进了同泽俱乐部的大门。俱乐部内灯火辉煌、人声鼎沸,依旧和从前一样。在这里,不管是中国人还是外国人,都短暂地忘却了自己的烦恼，全身心投入到麻醉自己的狂欢之中。

灵芝带着孙洪宇直接穿过舞池来到后院，之前把守着这里的日本士兵已经撤走，但毕竟刚刚发生过命案，客人们都忌讳这里，所以这里意外地清净。

在经过王小六曾经陈尸的包房门口时，两个人都情不自禁向里面张望了一下，大门居然是敞开的。两个人向包房内望去，发现地面上有清洗过的痕迹，还撒上了一些白色的粉末，应该是用来消毒和遮盖尸臭的。

两个人快步经过这间包房，来到了最里面的包房，也是此行的目的地。两个人一把推开包房的门，然后匆忙地钻入包房，接着反锁上房门。在外人看来，就好像是一对欲火难耐的情侣一样。

进入包房，两个人立即开始分头寻找起来，灵芝负责外面的客厅，孙洪宇负责里面的卧室和厕所。

虽然这里是同泽俱乐部最高档的包房，但毕竟是公共场所，所以并没有太多的摆设。两个人很快就找遍了整间包房，孙洪宇甚至连抽水马桶的水箱里都查过了，但是一无所获。

"难道东野那个老狐狸没有把宝物藏在这里？"

"这也难怪，毕竟这里是公共场所，人来人往，实在不是一个藏东西的好地方。"

好不容易争取到的机会，却一无所获，两个人有点失落。就在他们想要离开包房之时，孙洪宇忽然瞥到了一盆摆在窗边的盆景，他的眼睛一亮。

这是一个一米多高的迎客松盆景，然而吸引孙洪宇的却是松树下面的花盆。他好像想起了什么，一言不发地走了过去，然后从口袋里掏出一把匕首开始挖了起来……

之前段小五用来蒙骗北村薰子的话有一半是真的，陈瑜是真的让他做双份的美食给南崎长官品尝。因为只有用这个借口，才可以让他们两个人名正言顺地进入办公楼而不被人怀疑。

南崎和东野同属日军高级军官，所以办公室在同一层。而陈瑜的计划就是让段小五带着美食进入办公楼，然后自己伪装成为上午的事来向南崎赔罪，在办公室里用美食拖延住他。他知道南崎贪吃好酒，遇到美味佳肴绝对会来者不拒。而段小五正好可以利用这个时间，去东野桂介的办公室里寻宝。

一切都如同计划的一样顺利，南崎成功被段小五精心烹饪的美味佳肴吸引，和假装前来赔礼的陈瑜在办公室里推杯换盏起来。而段小五则借口先回厨房离开南崎的办公室，然后直奔东野桂介的办公室。

虽然东野桂介办公室的大门是反锁的，但对于段小五来说这都是小儿科，他三下五除二就打开门锁闪入其中。

东野桂介毕竟是日军驻奉天的最高长官，他的办公室不会有人贸然闯进来，所以段小五可以专心地在里面寻找。

段小五已经知晓了三件国宝的名称和样子，可以按图索骥。办公室内的陈设一目了然，有两件国宝的大小规格，办公室内根本没有可以藏匿的地方，所以段小五很快就排除了它们，专心寻找起最后那件最小也是最容易藏匿的国宝。

来之前，华思壁曾经单独找过他们三组人，用多年总结出的经验告诉他们最可能藏匿三件国宝的地方和方式。因为有两件国宝的规格不太容易藏匿，所以他着重针对这三处场所的陈设逐一分析了这件最小的国宝可能被藏匿的地方。

事实证明，华思壁确实不愧为老江湖，段小五按照华思壁交代的地点搜寻，只搜索到第二处就发现了这件最为难寻的国宝……

## 【十四】

赵玉新没想到这么容易就能寻回第一件国宝。他用因为兴奋而微微颤抖的手缓缓把画轴展开。

这是一幅画工精致的山水画，赵玉新虽然不懂字画，但是也能从画上感受到一种超然的气息。

"没错吧！"赵玉新兴奋地转过头去，却发现张芸宁眉头紧锁，他连忙问道，"怎么了？"

"不是这幅画。"

听到张芸宁的回答，赵玉新几乎不敢相信自己的耳朵："你确定吗？"

"我之前不是和你们说过了，我们这次要寻找的国宝之一名叫《虢国夫人游春图》，是以人物为主的国画，而这幅却是山水画。"

听到这，赵玉新才想起临行时张芸宁确实向他们几个人简单地介绍了这幅画的内容，刚才自己因为太兴奋，所以忘了这码事。

"怎么？不是这幅画吗？"看到两个人的反应，芸熙连忙凑过来问道。

"芸前辈，好像不是这幅画。您再想想，东野桂介还给过您其他的东西吗？"张芸宁轻声细语地问道。

"对对，您想想还有没有别的东西。例如其他的字画，或者这么大和这么大的盒子……"赵玉新也一边用手比画一边接着说。

"没有了。我不是因为物质才和东野君在一起的，他也生怕送我贵重物品会让我轻视他，所以几乎没送过我什么礼物。这幅画是他临行前交给我的，说日后会派人来取。"芸熙说到这，表情有些落寞，看起来她真的很想念东野桂介。

"会不会是您忘了？您介意我们到处找找吗……"

赵玉新的问题没等芸熙回答，就被张芸宁抢先阻止："芸前辈是个明事理的人，不会骗我们，她既然说了没有别的东西，我们也就没有必要再找下去了。"

"也是，不好意思芸前辈，是我刚才太着急了，实在不好意思，我真的没有不相信你。"听到张芸宁的话，赵玉新才意识到自己的失态，连忙道歉。

"没关系的。也许东野君趁我不注意的时候偷偷藏了什么东西也说不定。所以你们不妨四处找找。"芸熙非常通情达理，丝毫没有责怪这两个晚辈的意思，相反还帮他们出主意。

"不用了。以东野桂介的性格，他如果在您这放了什么东西，肯定会告诉您的。看来，我们要找的东西真的不在这里。不好意思打扰了，芸前辈。"张芸宁说完，拉着赵玉新就要离开。

"芸宁，这幅画怎么办？"赵玉新跟着张芸宁走到门口，发觉手里还拿着那幅山水画。

"这既然是东野桂介送给芸前辈的东西，你就还给她吧……"

张芸宁这句话刚刚说了一半，无意中扫到画轴上的视线忽然变得凌厉起来，她硬生生把后面的话咽了回去，然后一把抢过赵玉新手中的画轴。

赵玉新看着张芸宁的举动，目瞪口呆地站在原地不知所措。张芸宁没有理会他，而是把手中画轴竖了起来，然后用力把上面一端的堵头拔了下来，接着露出了胜利的笑容。

"没想到画居然藏在画轴里，东野桂介真是个老狐狸……"赵玉新的话刚说了半句，想到芸熙前辈还在旁边，为了顾及对方的感受，他连忙闭上了嘴。

"这一手确实很高明。一般人看到画不是自己要找的那幅，就不会再把注意力放在画上，我也是无意中发现这个画轴要比普通的画轴粗一些，所以想会不会里面有什么玄机，没想到真的被我猜中了。"

"看来，他还是把这件重要的东西交给了我保管……"望着张芸宁手中的国宝名画《虢国夫人游春图》，芸熙不知道是高兴还是伤心地喃喃自语起来。

## 【十五】

孙府的议事厅，三组凯旋的寻宝队员分别讲述了各自寻宝的过程。

"幸亏芸宁姑娘跟去了，不然肯定不会如此顺利地找到这件国宝。"

听完赵玉新的讲述，大家纷纷对张芸宁竖起了大拇指。

"洪宇这边也是，你是怎么想到国宝会被埋在花盆中的？"华思壁没想到孙洪宇这么一个鲁莽之人，居然粗中有细，发现了灵芝都没有察觉的线索。

"这个嘛，我就是凭直觉感到那里有些不对劲，所以就去挖了挖，没想到真的在里面。"其实，孙洪宇小时候，父亲不让他看的禁书，他就是用塑料袋包好埋在花盆里的，但是当着这么多人的面，他总不能自曝其短，所以找个借口搪塞过去。

"这么说来，只有我这边的寻宝过程平淡无奇，我就是按照华老先生的嘱咐，随便翻了几下就找到了这件国宝。"段小五见其他两组的寻宝过程都一波三折，自己这边却波澜不惊，有点失落。

"段先生这是哪里话，您去的地方可是日军总部啊，能够只身闯入那里去寻宝，本身就已经无比惊险了。"周信良见状，连忙开导段小五。

"我这不算什么，全靠陈瑜兄弟帮我打掩护，我才能这么顺利地找到国宝。"

"不不，您不但只身寻宝成功，而且还设计骗过了心思缜密的北村薰子，这才是真正的智勇双全。"陈瑜这番话不仅仅是恭维，更多是发自肺腑。

"哈哈，你不说我还不知道我这么厉害。"听到这，段小五得意地挠了挠头。

"好了，既然三件国宝都已经寻回，我们接下来就该考虑如何把它们送出奉天城。"

听到周信良的话，大家都感到有点儿诧异。

"日本鬼子马上就要撤离了，我们为什么还要费尽心机把国宝运出城，就藏在这里不好吗？"段小五心直口快，代表大家道出了心中的疑问。

"你们有所不知，因为日本天皇已经宣布投降，国民党听到这个消息后，立刻派遣了大批军队围在城外准备接管奉天。昨晚国宝被劫，但还有三件国宝留在奉天城内的消息，城外的军队应该马上就会通过潜伏在日军中的内线知道。日本一旦撤军，那么国民党的军队就会成为奉天城的掌权者，到时他们肯定会大肆搜寻这三件国宝来讨好他们的上级。所以，我们必须尽快运送这三件国宝出城。"

听完周信良的解释，大家这才明白这件事的利害关系。

"门长，既然如此，事不宜迟，我们趁着城外的国民党还不知道这三件国宝的事情，赶紧运送它们出城吧。"赵玉新急切地说。

就在此时，一个门人从外面匆匆跑进来，他在周信良的耳边说了几句。周信良听后，脸色一变。

"刚刚探子打听到了消息，日军忽然向各个城门增派了士兵，凡是出城的人必须经过严格检查才可以通行。"

听完周信良的话，众人脸色陡变。

"没想到日军这么快就发现国宝已经不见了。他们也知道我们肯定会想尽办法把这三件国宝运出城，所以才会派重兵把守城门。"

"这可怎么办？"

一时间，议事厅内一片哗然。

"大家不要急，兵来将挡、水来土掩，我们既然能够找到这三件国宝，一样可以把它们顺利地运出城去。"赵玉新抬手示意大家少安毋躁，然后转身冲着三位门长说，"天亮之前，我一定会想出安全运送三件国宝出城的方法!"

## 【十六】

八月十六日。清晨。

孙府笼罩在一片素缟之中。

今天是孙正出殡的日子。生活在奉天城内的普通百姓,即便不是四大门的门人,也都认识这位位居四大门总门长的威严长者。所以,当孙正因病去世的消息传开后,奉天城内的百姓都感到震惊。

孙正虽然是奉天城内黑白两道都十分敬仰的人物,但为人谦和,生活简朴。所以,他的葬礼也按照他生前的习惯,一切从简。

孙正下葬的地点位于奉天城外二十里的落阳坡,送葬队伍的人数不是很多,只有十几个人。一行人尽量避开繁华的路段,蜿蜒穿梭在奉天城内的小巷中。

大概早上八点,送葬的队伍来到了奉天城门口。远远就看到一群日本士兵围在那里,正对出城的行人进行严格的盘查。

赵玉新是此次送葬队伍的领头人,所以他连忙跑了过去。

"你们好,我们是出殡的队伍,能不能行个方便。"赵玉新说着,塞给带头的日本士兵几块银圆。

"哎呀,这不是赵先生吗?前几天您的魔术可真是精彩。"带头的日本兵显然看过前几天的文艺会演,对赵玉新记忆犹新。

"过奖,过奖。"

"出殡的这位是您什么人?"

"是我的一个长辈,所以,还请行个方便。"赵玉新客客气气地说。

"这个实在不好意思,我们长官有令,凡是出城的人都必须严格搜查,不光要搜查物品,还得搜身,没看我们还特意调来了几个女士兵吗,就是为了方便给女行人搜身。"

赵玉新听到这,抬头望去,果然发现了几位日本女兵正在对出城的女行人搜身。在她们身后,站着一个身穿军服的挺拔女子,腰间佩着军刀,飒气十足。

"出殡的队伍也得搜查?你们不怕晦气吗?"

听赵玉新这么说,带头的日本兵也叹了一口气:"没办法,上面特别交代了,就算是棺材,我们也要检查。"

听到这,赵玉新忍不住倒吸了一口冷气。

八月十五日。傍晚。

等在电话旁的西泽明彦坐立难安,他知道劫走中国国宝那些人的本事,多耽搁一分钟,对方抢先找到国宝的机会就会增加许多。

当墙上的挂钟敲响七下的时候,电话终于响了。西泽明彦

"腾"地从椅子上弹起,飞快地拿起电话。

"我是东野桂介,听说你找我找得很急。"

之前打电话到鹿儿岛的日军基地,对方告知遣返船还没有抵达,所以西泽明彦再三嘱托对方,东野桂介上岸后,一定要让他第一时间给自己打电话。

"是,是,属下有一件事要向您禀告……"

西泽明彦正在思考接下来的措辞,对方抢先开口了:"国宝丢了,是不是?"

"属下无能!"西泽明彦冲着电话的另一端行了一个军礼。

"这事也不能怪你,那些中国人实在太聪明了。对了,你也发现这次运送的国宝少了三件吧?"

"是的,是的,属下发现了。所以我才急忙来找您,希望您告诉我剩余三件国宝的去向,我立刻派人去取来。"

"你听好了,这三件国宝是……"

"明白,明白,我这就派人去取。稍后再和您联系……"听东野桂介道出最后三件国宝的下落,西泽明彦立刻挂断了电话,然后冲出了办公室。

西泽明彦的办公室和东野桂介的办公室相距不远,他几步就跑到了东野桂介办公室的门口。他轻轻转动门把手,门应声而开。

"怎么没有上锁?"西泽明彦脑中闪过一丝不祥的预感。

进入办公室,果然如西泽明彦预感的一样,办公室内已经被翻得乱七八糟，他顾不得这些，直奔刚才东野桂介提到的藏宝地点，然而那里空空如也……

"居然又晚了一步。"西泽明彦懊恼地返回办公室，在经过南崎办公室的时候，他顺便把南崎也叫了过来。

"长官，有什么事？"看着西泽明彦气急败坏的样子，南崎不知道自己犯了什么错。

"你现在马上带人去一趟同泽俱乐部，去后院最里面的包房，那里面有一个盆景，在花盆里藏了一样东西，你务必将它完好地带回来。记住，多带点儿人！"

虽然南崎心中充满了疑问，但是他不敢提问，只好遵命离开了办公室。

看着南崎走出办公室，西泽马上又拿起了电话。

电话很快接通了，一个女声从听筒里传来："您好，我是北村薰子。"

"我是西泽明彦。我现在有一件事要你立刻去办。不，你不用过来，我在电话里告诉你……"西泽明彦没有让北村薰子插嘴，一口气把要吩咐的事情讲完，然后"啪"的一声挂断了电话。

其实，西泽明彦也不敢保证他的手下能够顺利把剩余的两件国宝取回，毕竟离自己最近按理说也是最安全的那件国宝已经不翼而飞。不过，他心里还是存有一丝侥幸，因为这三件国宝的藏匿地点只有东野桂介一个人知道，他觉得对方就算有天大的本事，也不可能把三件国宝的藏匿处都找出来吧。

然而，最终西泽明彦还是希望落空了。一小时后南崎和北村分别回来禀报，在他告知的地方，并没有找到任何东西。

屋漏偏逢连夜雨，就在西泽明彦气愤懊恼的时候，传令兵又带来了一个新消息——国民党的军队已经驻扎到了奉天城外。

西泽明彦知道这些军队是等待他们签署完投降书就即刻接管奉天的，暂时还不会进城，但兵临城下的滋味还是让他感觉非常难受。

忽然，西泽明彦灵光一闪，他忽然想到这些军队的到来，未必是一件坏事。他知道之前劫走国宝和刚刚抢先取走最后三件国宝的人肯定不是国民党军方的，所以他现在要面对的对手一定是地下组织。如果军队知道有三件国宝留在奉天城内，进城后肯定会派人挨家挨户搜查，所以地下组织一定迫切想要把国宝运出城去。自己只要严守住城门，就一定可以截获这三件国宝。

想到这，西泽明彦立刻叫来南崎和北村。他命令南崎带兵封锁其他城门，这几天严禁通行。然后让北村薰子带重兵把守在唯一可以出城的奉天南城门，并且向她和盘托出三件国宝的名字和特征，让她务必截获这堪称救命稻草的最后三件国宝。

## 【十七】

临行之时，西泽明彦特意告诉北村薰子，通过中国国宝被劫现场的勘查结果，得知对方至少有一个人受了重伤，如今又传来四大门总门长孙正暴毙的消息，他已经可以断定劫走国宝的就是四大门。而他们之前的文艺会演，不过是为了盗取运宝计划书和路线图的一个幌子。因为国宝是在奉天城外被劫走的，肯定被他们直接藏到了城外的隐秘之地，现在已经无法找回。所以他们只能寄希望在这最后的三件国宝身上。四大门很可能会借着孙正出殡的机会趁机把这三件国宝运出城，所以让北村薰子要特别注意这一点。

如今，果真如西泽明彦预测的一样，孙正出殡的队伍来到了城门口，北村薰子自然不敢放松警惕。她远远看到赵玉新在和带队的小队长说话，立刻跑了过来。

"赵先生，您好。"

看到北村薰子，赵玉新在心中暗叫不妙，不过他毕竟身经百战，面不改色地赔笑回礼道："是北村长官啊，您好。"

"你们这是？"北村薰子明知故问。

"唉，家门不幸，我们的门长因病去世，今天是出殡的日子。我们要送他老人家的遗体去南面的墓地下葬。但是……"赵玉新说到这，假装为难地看了一眼正在搜查行人的士兵，"现在排队出城的人这么多，不知道能不能行个方便。"

"赵先生不用客气。你们四大门一直是我们军方最好的合作伙伴，所以你们肯定可以走特殊通道。"说到这，北村薰子话锋一转，"不过，搜查是在所难免的。"

"既然如此，那就谢谢北村长官了。"赵玉新明白日军这次搜查的目标其实就是他们，知道再纠缠下去也不会有任何进展，所以只好假装道谢，然后挥手示意出殡的队伍过来。

城门中间放着隔离栅栏，右边是普通行人的出城通道，而左边就是刚才北村薰子说的特殊通道。相比右边，左边的守军更多。

四大门出殡的队伍一共有十二个人，还有两辆马车。一辆马车载的是孙正的棺椁，另一辆马车载的则是下葬时需要用到的物品。

运送物品的马车走在前面，所以自然是首先被搜查的对象。这些物品除了祭祀用的元宝蜡烛烧纸供品等等，还有一盆巨大的盆景。

看到这堆祭品的时候，北村薰子露出了微妙的笑容。

"看来西泽长官还是高估了四大门的这些人。"北村薰子一边在心里暗自嘀咕，一边带人来到了马车的旁边，然后命人搬下盆景。

看到北村薰子命令士兵去挖花盆，四大门的人都惊得脸色苍白。当日军从花盆中挖出一个黄布包裹后，众人脸色开始变得铁青，每个人都握紧了拳头，危机一触即发。赵玉新察觉到了众人情绪，连忙在背后摆摆手，示意大家少安毋躁。

北村薰子看到士兵从花盆里取出的东西，欣喜万分。她抢步过去接过包裹，然后转身进入了城门旁的岗亭。

进入岗亭，北村薰子四下打量了一下，确定安全后，才小心翼翼地打开包裹，里面是一个黄色带有蟠龙图案的盒子，她轻轻打开盒子，只瞧了一眼就迅速合上。没错，是西泽长官提到的那件国宝。

北村薰子确认第一件国宝已经成功截获后，立刻走出岗亭。走之前还不忘把那个包裹锁进岗亭内的铁柜子里。

"看来不是西泽长官高估了他们，而是对方小瞧了我们，居然原封不动地按照东野长官的方法藏匿这批国宝。看来他们赌的就是我们还没有与东野长官取得联系。既然如此，接下来该搜查的就是……"北村薰子想到这，直奔马车上的一样供品而去。

## 【十八】

北村薰子眼前的供品是一盘馒头，这是中国北方祭祖时最常见的供品。她这次没有命令手下搜查，而是亲自去检查，因为这件国宝非常易碎。

北村薰子取过一个馒头，然后轻轻掰开。赵玉新见状，立刻走过去："长官，这是我们下葬用的供品，您这么做不太好吧。"

他们果然着急了，看来我的搜查方向没错。想到这，北村薰子没有理会赵玉新的抗议，而是拿起第二个馒头。赵玉新见状，只好无可奈何地站在一旁。

当北村薰子拿到第四个馒头的时候，她终于有了收获。当她掰开这个馒头的时候，里面露出了一个用丝绸包着的圆形物体。

有了收获的北村薰子再次返回岗亭，然后轻轻打开手中的丝绸。没错，是第二件国宝。她在确定之后，正想把这件国宝也锁进柜子，忽然想到以前自己只是听说过这种东西，还没亲眼见过。

想到这，北村薰子立刻把手中的国宝塞进了怀中，然后眼睛顺着领口向里面望去。几秒钟后，她心满意足地取出了国宝。

难怪大家都想当皇帝，原来可以拥有这么多神奇的宝贝。北村薰子一边想着一边把第二件国宝也锁进柜子里。

轻而易举就查获了两件国宝，让北村薰子信心大增，她心想这次总算不辱西泽长官之命，可以圆满完成任务了。然而，很快她就发现自己过于乐观了。因为她迟迟没有发现第三件国宝对应的藏匿地点。

"这些人果然有些手段，没有完全照搬东野长官的办法。不过既然他们能够想出新的藏匿地点，没理由我想不出来。毕竟我也曾经看过那么多本推理杂志。"想到这，北村薰子手托着下巴开始打量起两辆马车来。

很快,北村薰子的视线锁定在第二辆马车上的棺材上。

"长官,这个真不能检查。"赵玉新见状,再次站出来阻拦,然而和之前一样,还是没有任何效果。

当日本士兵把孙正的棺材盖撬开的时候,四大门门人的愤怒到达了顶点。北村薰子见状,也握紧了腰上的军刀。这时,孙洪宇走了出来,示意大家不要冲动。众人见孙公子出面,也只好强压住怒气,任凭日军继续妄为。

看到棺盖被打开,北村薰子虽然感觉晦气,但还是硬着头皮朝棺材里望去。身穿寿衣的孙正安详地躺在里面,就好像睡着了一样。在他尸体的四周以及头下,放着一些冰块。看到这,她有些诧异,但是很快明白了此时正值炎夏,这些冰块应该是用来防止尸体腐烂的。

棺材里除了孙正的尸体,再无他物。北村薰子有些失落,看来自己猜错了。就在此时,一直紧绷的气氛终于爆发了,而引爆危机的居然是一条狗。

日本士兵撬开了孙正的棺材,四大门的人在孙洪宇的安抚下没有爆发,但是一只一直跟随着出殡队伍的黄色土狗居然冲着日本士兵狂吠起来。这突如其来的状况把在场的人都吓了一跳,尤其是那几个刚刚撬开棺材盖的日本兵,他们还以为是棺材里面诈尸了。

当日本士兵看清朝着他们狂吠的是一只土狗时，这才从狼狈中恢复过来。他们生气地举起步枪，打算用枪托去砸狗，然而狗毫不畏惧，继续望着他们狂吠。

"实在不好意思，这是我们门长的爱犬，它看到你们撬开棺材，以为要对它的主人不利，所以才对你们吼叫的。"赵玉新见状，立刻挡在狗的前面。

"忠犬护主，其心可嘉。"北村薰子见状，示意手下不要难为这只狗，然后讨好地扔过去一支当作供品的鸡腿。然而那只狗却视若不见，理都不理，继续朝着他们狂吠。

北村薰子见状，有些尴尬，她连忙转移视线，猛地发现了一个之前没有留意到的地方……

## 【十九】

载着孙正棺椁的马车比拉着供品的马车要大一号，就连车轮也要大上一圈。北村薰子发现这辆马车的车轴都比前面那辆马车粗上一圈，而这个直径正好可以……

想到这，北村薰子连忙蹲在地上，仔细观察起车轴来，同时还用余光瞥向赵玉新，当她看到赵玉新表情越来越凝重的时候，知道自己猜对了。

北村薰子反复观察着车轴，终于开始动手。她让士兵递来一把小刀，然后轻轻撬动车轴的堵头。很快，车轴前端的盖子被撬开，露出了空洞的轴心。她闭上一只眼睛向车轴里瞄了瞄，然后伸出两支修长的手指在里面拨弄了几下，很快就从里面夹出了一个画轴。

成了！北村薰子在心中兴奋地叫道。不过为了保险起见，她还是回到岗亭中轻轻把画轴展开。没错，和西泽长官描述的一样，是一幅贵妇人骑马游春的国画。

三件国宝终于齐了！北村薰子再也无法抑制自己的兴奋。这时，手下的小队长从外面敲响了岗亭的铁门。在得到她的回应后，小队长推门进来。

"长官，赵先生问他们是不是可以走了。"

北村薰子隔着岗亭敞开的铁门，看到外面表情复杂的赵玉新，看来对方也没想到自己这么快就搜出了三件国宝，尤其是他们精心隐藏的第三件国宝。此刻他们的心情应该很不好受吧。

想到这，北村薰子挥了挥手，示意让士兵放行。

四大门的出殡队伍缓缓从城门口通过。走了不到一公里，就碰到了另一支队伍——守在城外的军队。

早在送殡队伍到达之前，国民党的密探就已经告知了围守在城外的守军将领，这是奉天城内声名显赫的四大门总门长的出殡队伍。因为知道日军投降，自己的军队接管奉天后，很多事情还要依仗四大门，所以守军将领并没有为难他们，直接让他们通过。

与此同时，北村薰子已经把搜寻到的三件国宝都锁在铁柜子里，并且在外面贴上封条，准备亲自押运回总部。

这时，忽然一辆军车由远驶近，汽车还没停稳，西泽明彦就从上面跳了下来。

"送葬的队伍呢？"看城门口只有排队等待出门的行人，西泽明彦着急地问道。

"已经出城了。"北村薰子回答。

"你怎么放他们出城了？"西泽明彦听到这，有些生气。

"放心，三件国宝已经找到了。"

"这么快你就搜到了三件国宝？"西泽明彦是在出殡队伍刚抵达城门口时接到通知的，马上飞速赶来。他没想到只用了十几分钟，北村薰子就搜寻到了三件国宝。

"他们并没有您想象的那么聪明，有两件国宝根本就没有更改藏匿方式，和之前你告诉我的东野长官设计的藏匿方式一样。只有最后一幅国画，费了些力气，不过最后还是被我识破了他们的诡计。"北村薰子邀功道。

"怎么可能，以他们的狡猾程度，怎么会不更改藏匿方式？"

听到西泽明彦的训斥，北村薰子也发觉刚刚自己的搜寻确实太容易了，可能是当局者迷，自己被胜利冲昏了头脑，所以才没有注意到这点。

"可能，他们就是在赌我们还没有和东野长官联络上，所以才没有更换藏匿方法。"北村薰子替自己开解道。

"国宝都在这里?"西泽明彦看了一眼面前的铁柜子。

"是的,属下这就打开……"

北村薰子刚刚撕下封条、打开铁柜子的锁头,西泽明彦立刻把她一把推开,然后打开了铁柜子的门。

看着里面的三件国宝,西泽明彦先拿起了那幅国画。展开之后发现确实是《虢国夫人游春图》没错,不过真伪还得回去让专家鉴定。

接着,西泽明彦又拿起了那个小小的绸布包,从里面取出第二件国宝。这是一颗围棋子大小的夜明珠。西泽明彦把夜明珠放回柜子,然后把柜门关好,只留下一条缝隙,眯着眼睛朝里面观看,夜明珠果然散发出微微的光芒。西泽看到这,总算松了口气。

最后一件国宝最为珍贵,乃是清朝的玉玺。西泽明彦层层打开外面的布包和里面的盒子,取出玉玺。他的手指刚刚接触到玉玺,一股冰冷的触感传来,他感觉这触感不对,于是连忙把玉玺举到眼前。

"这玉玺你没有仔细检查?"

望着西泽明彦几乎要把自己吃掉的表情,北村薰子紧张得语不成句:"因……因为这个、这个玉玺……太珍贵了,属下害怕弄坏……所以……不敢、不敢直接碰触,只是……打开盒子……看了看……"

"你看看这是什么!"

看到西泽明彦把玉玺径直丢向自己,北村薰子慌忙接住,这时她也感觉到手感不对,比想象中要轻多了,手感也更柔软。

北村薰子把玉玺放到眼前,这时一股熟悉的味道传进了她的鼻孔。这是……这是儿时妈妈煮菜时经常闻到的——北村薰子努力在脑海里回忆——大萝卜的味道!

## 【二十】

因为在城门口,车水马龙,人畜混行,空气中充斥着各种味道。所以当时北村薰子并没有察觉到玉玺上散发出的淡淡味道。这一切,都在四大门的预料之中。

虽然前两件国宝还无法鉴别真伪,但第三件国宝已经可以确定是假的。由此反推,前两件国宝是赝品的概率也很大。

"属下无能,我这就出城去把他们追回来!"羞愧难当的北村薰子主动请缨。

"追,怎么追?外面都是国民党的士兵,你能带兵突出重围?"

"属下,属下……"北村薰子犹豫了一下,最后还是斩钉截铁地开口道,"属下换上便装,一个人去追他们!"

"他们那么多人,你一个人能行吗?"西泽明彦觉得大势已去,不想北村薰子白白出去送死。

"属下一个人足够了,如果追不回国宝,必当以死谢罪。"

见北村薰子如此坚持,西泽明彦也不好再多说什么。他命令手下拿起剩余的两件国宝,坐车回总部去找人鉴定。

北村薰子望着绝尘而去的汽车,转身命令手下的女兵赶紧去找几套中国老百姓的衣服,并且嘱咐不要惹人注意。

十分钟后,女兵回来了,手上还拿着几件老百姓的破旧衣服。

"属下是从后巷的晾衣绳上偷来的,没人注意到。"

听完女兵的汇报,北村薰子从中挑选了一套尺寸适合自己的衣服,然后回到岗亭内换上。当她再次走出来时,已经变了一副模样。害怕自己不像,北村薰子又在地上抓了把土抹在身上和脸上。刹那间,她成了一个逃难的村姑。

因为这身衣服无法携带军刀,所以北村薰子找来两把匕首藏在怀里,然后就混在行人中出了城门。

出城没多久,北村薰子就遇到了守在城外的军队,她拉过一个大头兵,用地道的中文问:"请问刚才有一个出殡的队伍经过吗?我是他们家的亲戚。"

这个士兵应该很久没有和女性说过话了,所以有些害羞,他激动地朝着南边指了指。北村薰子见状,立刻道谢然后顺着对方所指的方向追了下去。

由奉天南城门出城后,东西两边都是通往邻近城镇的官道,正南则是通往乱葬岗的土路,即便是白天也人烟稀少。不过北村薰子艺高人胆大，毫无畏惧地追了过去……

跑了大概有十几分钟，眼前出现一片密林。北村薰子下意识地停住脚步，如果对方要伏击追兵，这里就是最佳地点。不过，对方也在匆忙逃亡之中，会有人愿意留下了断后吗？

就在北村薰子犹豫之际，忽然从一棵大树后走出一个人。

"本来我想留在林子里伏击追兵，但既然是你一个女娃娃孤身前来，我再躲在暗处就有点儿不够光明磊落了。"

听到这个声音，北村薰子立刻认出了眼前这个人。他就是曾经和自己打过两个照面的厨子。不过此时他身上并没有穿厨子的衣服，而是一身利落的紧身衣，背后还背着一口大刀。

北村薰子见状，也掏出了藏在怀中的匕首。

奉天城南十里。

乱葬岗前。

恶战一触即发。


✣ 2 ✣


此时，夺宝系列的最后一篇已经进入尾声。

前面长达二十章何栎几乎一气呵成，主要是因为情节环环相扣，不知不觉就写了这么多。

小说进行到现在，最后三件国宝终于呈现在读者面前。分别是"玉玺""虢国夫人游春图"和"夜明珠"。

虽然在前面的剧情里，北村薰子搜查到了这三件国宝。但因为玉玺是大萝卜刻成的，所以聪明的读者也应该可以猜到剩余的两件国宝也都是赝品。

和这个系列的前三篇相比，何栎正在创作的最后一篇小说里没有出现任何案件和诡计，与其说是推理小说，倒不如说是一部悬念重重的惊险小说。

何栎在创作期间，也曾想过这个问题，一直在犹豫要不要在其中加入一两个本格诡计，以免推理爱好者不买账。然而经过再三思考，最后还是决定维持现有的节奏，他不想为了刻意和推理挂钩而打断小说紧凑的情节。

不过，如果硬要和推理扯上关系，这篇小说里还是有几个谜团和斗智元素的。

首先是东野桂介藏匿三件国宝的方式。第一件国宝《虢国夫人游春图》是利用心理盲点，藏在另一幅画的画轴之中。第二件国宝"玉玺"则是大胆地藏在了人来人往的公共场所——奉天俱乐部包房的花盆之中。至于第三件国宝"夜明珠"，虽然在小说中没有明确写出藏匿方法和地点，但是根据后来北村薰子的搜查，聪明的读者应该都会想到是藏在东野桂介办公室内的糕点之中。虽然东野桂介已经离开奉天，但身为最高指挥官的他的办公室还是不会有人敢擅自进入。就算有人想进去寻宝，也不会想到那么珍贵的国宝会藏在一盘已经长毛的糕点之中。然而，东野桂介低估了玄门门长华思壁的本事。华思壁纵横江湖几十年，早就总结了一套寻宝和藏宝的规律，而藏匿珠宝的办法之一就是馒头之类不起眼的面点之中。

本来，何栎害怕读者想不通这个逻辑，想把这部分推理写到小说之中，但后来觉得还是应该相信读者的推理能力，很多东西不用写得太直白，聪明的读者肯定会厘清其中的逻辑。

然而，这个系列毕竟还是推理小说，完全没有推理谜团还是不妥的。所以何栎才在最后设下了一个挑战读者。其实，这也是当初那个给他提供情报的老人向他设下的挑战。

何栎按照自己的推理解开了这三个谜团，虽然他不敢保证这就是历史的真相，但最起码是他能想到的最优解。所以，他才把它们写出来作为挑战读者的标准答案。

挑战读者：

小说进行到这里，线索已经完全给出。作者在这里斗胆发起挑战，请读者朋友回答以下问题：

小说中的三件国宝《虢国夫人游春图》、玉玺和夜明珠，是用什么方法瞒过日军运出奉天的？

再次审视了一遍这个"挑战读者",何栎伸了一个懒腰,接着继续埋头在键盘上敲起这个系列的最终结局。

## 【二十一】(解答篇)

这三件国宝有两件其实一直藏在两辆马车之上,准确地说,都藏在后面载着孙正棺椁的马车上。

因为载着供品的马车走在前面,按照思维惯例,日军肯定会先搜查前面的马车,尤其是看到前面马车上有一个和同泽俱乐部包房里一模一样的盆景时。

盆景里埋着的国宝"玉玺"是段小五花了一晚上用大萝卜雕出来的。这是他在军校潜伏的几年和一个同行大师傅学会的手艺,没想到这次居然派上了如此重要的用场。

本来赵玉新想要找人用玉雕刻一个假的玉玺,但是因为时间紧张,一晚上根本来不及,所以才退而求其次选择了大萝卜。当然,赵玉新也估算到搜查国宝的日本士兵不敢亲手碰触国宝,他们打开盒子看到是玉玺后,应该就会信以为真,而不会仔细鉴别。

另外,段小五也凭借自己多年的烹饪经验,用土方法最大限度去除了大萝卜的味道,不放在鼻子下面是察觉不到异样的。在城门口那种车水马龙满是异味的地方,他相信日军更是闻不出大萝卜的气味。

那个夜明珠赝品，就是普通的玻璃珠子在外面涂上了一层荧光剂。荧光剂是赵玉新表演魔术时经常使用的化学试剂，很容易取得。

至于那幅《虢国夫人游春图》，其实是周信良连夜临摹的赝品。周信良不但戏唱得好，水墨丹青更是一绝。即便是书画专家也得靠专业工具才能鉴别出他临摹作品的真伪，瞒过区区几个日本人自然不在话下。

真正的三件国宝，其实都在孙正的棺材里。

《虢国夫人游春图》被拆下卷轴，展开后贴在棺材盖上，然后又在上面贴上一层薄薄的木板，制造出一个夹层。

玉玺则冻在棺材里的冰块中。因为冰块放在孙正尸体的头下，出于对死者的忌讳，没人会去仔细搜查。

至于夜明珠，谁也不会想到它其实藏在那只土狗的右眼里。这只名叫旺财的老狗确实是孙正养了多年的宠物，因为年事已高几年前就瞎了一只眼，赵玉新想到正好可以把夜明珠藏在它的眼眶中。这也是北村薰子把鸡腿丢向它，它视而不见的原因，因为鸡腿丢在了它的右边，它根本看不见。

这三件国宝的藏匿手法其实都算不上完美，但因为前面的盆景充当了迷惑日军的诱饵，让他们首先从里面找出了假玉玺，他们之后自然就会顺着东野桂介的藏匿思路去馒头里寻找第二件国宝。

已经找到了两件国宝的日军，接下来就把全部的注意力都放在寻找第三件国宝上，也就是《虢国夫人游春图》，而孙正的棺材里根本无法藏下此物。加之日本和中国习俗相近，都觉得触碰死者晦气。所以，赵玉新断定负责搜查的日军不会在棺材上过多留意，而是会去其他地方寻找第三件国宝。

第三件赝品的藏匿地点，其实也是受到了东野桂介的启发，只不过把粗大的画轴替换成了粗大的车轴。如果当时北村薰子没有因为旺财的狂吠而注意到藏画的车轴，他也会找个机会诱导她去查看那里。

此刻，出殡的队伍已经分兵两路。

赵玉新带领着段小五、陈瑜、灵芝和张芸宁去藏匿三件国宝。孙洪宇则带领四大门的其余门人去给孙正下葬。

赵玉新这边行到一半，段小五忽然大喊肚子疼，说要留下来上大号。赵玉新提议大家原地等他一会儿，但段小五声称有两个女娃娃在，自己解不出来，所以让赵玉新带着其他人先走。他说自己知道会合地点，方便完就会追上他们。

如今国宝早已经藏匿完毕，但却迟迟不见段小五的身影。

"段先生怎么还没赶上来？"

听到陈瑜的问话，赵玉新也不知如何回答。只好说："再等等吧。"

乱葬岗前。

战斗已经进入到白热化。

这一战，双方都各有优势和劣势。

段小五的优势是使用了自己最擅长的大刀，可以有效施展昔日大刀会会长亲传的大刀术。劣势是在军校潜伏几年，年纪又增长了许多，让他有些力不从心。而且因为疏于锻炼，体态也丰腴了许多，让他的步伐有些跟不上自己的想法。

北村薰子的优势是年轻，同时兼备了男性的修长体态和女性的灵活步伐，这是段小五之前没有遇到过的对手类型。劣势是，她用的并不是自己熟悉的日本战刀，而这正是最致命的！

之前的三十个回合，段小五一直处于劣势，本来以他的体力，时间拖得越久对他越不利。这时，经验成了至关重要的制胜因素。

段小五好几次都以为自己一定会被北村薰子刺中要害，但是每次都险险避过，这让他明白了对手不习惯使用匕首，平时使用的是更长的武器，所以才会下意识使出攻击距离更远的招式。

有了这个发现之后，段小五虽然已经气喘吁吁，深知持久战对自己非常不利，但他还是选择故意拖延节奏。他在等一个机会，一个一击必杀的机会。而这个机会，就是要利用对手武器不得心应手这个弊端。

两人战到五十多个回合。机会来了！

在接连几次诱惑性站位后，段小五身后留下了一个很大的空当,而这个空当则是用长刀的高手绝对不会忽视的。

果然,北村薰子在发现段小五的破绽之后,下意识地进行攻击,但是她却忘记了自己手中使用的并不是长刀。

如果换成平时,北村薰子使用的是长刀,那么此刻段小五已经被她从身后斩成两截。所以,北村薰子这次势在必得的攻击并没有留下可以转换防御的后手。

北村薰子的匕首砍中段小五的脊背时,段小五没有立即毙命,尚有余力反击。只见他反手一刀,大刀直接劈中北村薰子的胸膛。

这一刻,时间仿佛停滞了一般。直到段小五和北村薰子各自伤口中的鲜血喷出,时间才开始继续流动。

两股喷射的血液宛如在风中飞舞的玫瑰花簇,彼此交织缠绕,宛如一幅用色大胆的抽象派名画……

不知不觉,时间已经到了中午,早就过了约定的时间。

"我想,段先生应该不会来了。"赵玉新站起身,"我们不等了。"

"不会来了?那他去哪了?"陈瑜不解地问。

"我们这次运送国宝出城的后续计划就是各自浪迹天涯,以免回到城内被日军或者接管的敌人抓住,严刑逼问出国宝的下落。段先生本来就是神龙见首不见尾的高人,此刻我想他应该是抛下我们独自神游去了吧。"赵玉新回答。

"原来如此。"陈瑜知道这个解释不太合理,段小五如果要走,也一定会和他们告别。但是此刻他只能强迫自己去相信赵玉新的话,因为他实在不愿意朝坏的方面去想,便问:"你们要去哪?"

"我打算和芸宁去南方,在那边我有一些朋友。如果能够继续表演魔术,我就还当个魔术师。如果世道不太平,我就和她找个地方隐居……"

"喂喂,你凭什么帮我安排后路?再说了,我为什么要和你去隐居?"张芸宁听到这,连忙打断了赵玉新的话。

"那、那你安排,我都听你的。"

"谁要帮你安排。"

看着两个人打情骂俏的样子,陈瑜笑着把头转向另一侧:"灵芝小姐,你呢?"

"洪宇之前和我说好了,让我介绍他加入组织,他要继承孙门长的遗志。"

听到灵芝对孙洪宇的称谓,陈瑜明白他们两个人的关系已经更近了一步。看来只有自己还是孤家寡人一个。不知为什么,此刻他忽然想起了宫野村子。不知道她有没有收到自己那封连夜写给她的信……

"陈先生,您要去哪?"

听到灵芝的问话,陈瑜才从恍惚中回过神来:"我嘛,我想去上海。听说那里的侦探杂志很多,我想去那边当个侦探小说家,不知道能不能行。"

一阵微风吹过,感觉天气不那么热了,夏天终于要过去了。

(完)

## ✦ 3 ✦

喂喂喂,大家不要走开啊。前面的"完"是指第四部小说结束,并不是整本书完结。

细心的读者应该早已经发现,小说到了这里,还有一些情节没有后续展开。没错,就是那个给何栎提供了情报的老人,他对这个解答是否满意呢?我们这就把镜头转到何栎的旧书店中。

炎夏已经进入到尾巴,天气凉爽了很多。在何栎的旧书店里,他和那位老者坐在柜台的两端。本来何栎想约老人去家里,但是老人似乎对这间旧书店更有兴趣,所以才提议两个人在这里见面。

夺宝系列最后一篇小说已经发给了编辑,不过刊登出来还需要几天时间。何栎怕老人等不及,所以将其打印出来让老人先睹为快。

看着老人放下手中的打印纸,何栎知道他已经看完,连忙问出自己最关心的问题："怎么样，老先生，这个解答你觉得如何？"

"很精彩。我没想到你居然给出了两种解答。其实文中东野桂介藏匿国宝的手法，就可以当成是运送国宝出城的第一种解答。而赵玉新使用的运送真正国宝出城的手法，则是这个谜团的第二种解答。这两种解答不分优劣，只分前后，如果把位置对调一下，效果也是相同的。"

其实何栎自己都没有想到这一点，所以在听到老人的话之后，他反而觉得不好意思起来："老先生，您太过奖了。这么说，这个解答您还满意？"

"你不要谦虚。当初我们的约定就是我给你提供线索，你帮我解开真相。如今你一下子给了我两种解答，我还有什么不满意的。"

"我……"望着老人脸上和蔼的表情，何栎知道对方不是在奉承自己。所以，刚刚到了嘴边的问题，他有些不好意思问了。

看到何栎欲言又止的样子，老人猜到了他的心思："你是不是有什么问题想问我？"

何栎听到这，犹豫了一下，然后决定实话实说："既然您看出来了，我就冒昧问一句。您是不是日本人？"

"不愧是推理小说作家，果然让你猜出来了。"老人笑着说。

"过奖了。其实您给我打电话的时候，我就觉得你带有一些口音，不过一时却想不起来是哪里的口音。直到我完成了这篇小说，我忽然想到了一种可能。其实那是外国人学习汉语后，特有的口音……"何栎说到这，直视着对方的眼睛，"所以我才冒昧想问您是不是日本人，而且姓西泽？"

"你猜对了，不过也没对。"

"什么意思？"何栎没有想到老人的回答这么有哲学味道，有点蒙。

"按照你和巴蜀护宝生的小说里的说法，我确实应该姓西泽。这一点你猜对了，我就是你们小说中那位西泽明彦的儿子。不过，《夺宝》那篇小说里的人物用的都是化名，西泽明彦其实叫西尾明彦。所以，我姓西尾……而且我和你一样，也是一名推理小说作家。"

"西尾，西尾……"何栎看着眼前的老者，"您莫非就是西尾新太郎！我……我没想到您的中文这么好。"

"因为父亲的关系，我从小就对侦探小说产生了兴趣。父亲归国后，经常给我讲述那些在中国时的事情，还有他遇到的那些案子。渐渐地，我产生了把它们写出来的想法，结果写着写着就把自己写成了一名推理小说作家。至于中文，我已经学了几十年，恐怕比你的年龄还大，不过没想到还是一下就被你听出是外国人。"

"哎呀……"此刻，何栎顿时感觉羞愧难当，"您是创作了上百本推理小说的著名作家。怎么会被这些简单的谜团难住呢。所以，您之前问我的问题，其实是在考验我？"

"是考验，也不是考验。"老人的回答依旧充满了哲学的味道。

"那到底是不是呢？"何栎又蒙了。

"关于最后三件中国国宝，我的确有我自己的想法，而且也变换了一种形式写成了推理小说。这一次我是来中国旅游，无意中看到你写的那篇小说，忽然想到你这个异国同行会不会有什么新奇的思路，给出不同的解答，所以才冒昧来打扰你。结果不出所料，你真的给出了和我的推理截然不同的答案，不得不说这是我此行最大的收获。"

何栎望着老人苍老的面容，他起初以为对方不过只有六七十岁，没想到却已经接近九十岁的高龄。到了他这个年龄，已经不会再受什么世俗传统的束缚，所以对自己的赞誉一定是发自内心的，而不是出于客套。

能够得到老前辈的肯定，何栎感觉非常高兴。在这之前，他一直在犹豫自己到底适不适合推理小说作家这个职业。而就在刚才，他已经决定要为中国的推理小说事业奉献终身。

兴奋之余，何栎忽然想到了一件事："对了，老先生，我还有个问题。"

"请讲……"

"您刚才说，您把这些国宝的谜团也写成了小说，我能不能问一下这些小说的名字。我虽然也看过您的一些作品，但毕竟您出版过的推理小说实在太多了,我碰巧都没有看到。"

"我猜就是这个问题。"老人笑着回答,"这几本书的名字是……"

(完)

# 附录

因为这本书中运用了正叙、倒叙、插叙以及作中作等多种叙事方式，可能有些读者会感觉时间线混乱，分不清其中事件的先后顺序。笔者也是为了防止出现时间线混乱导致的重大漏洞，所以在创作之余简单列出一个书中事件的发生时间，希望可以让各位读者有一个更清晰的阅读体验。

另外，因为笔者能力有限，创作中难免会有所疏漏。如果哪位读者发现了书中逻辑和常识上的错误，希望可以给予指出。在这里先表示感谢！

## 附录·时间线

8月2日　东野桂介离开奉天。

8月4日　石川甚太被杀。（深夜）

8月5日　军校校长被杀。（深夜）

8月6日　赵玉新、张芸宁和段小五相遇。（上午）

　　　　广岛原子弹事件。

8月7日　赵玉新、张芸宁和陈瑜相遇。（上午）

8月9日　长崎原子弹事件。

8月10日　四大门知悉日军运宝计划，商议夺宝。（深夜）

8月11日　筹备文艺会演。

8月13日　文艺会演开幕，白泽盗取运宝计划书和路线图。（夜晚）

8月14日　国宝夺还战，孙正牺牲。（夜晚）

　　　　　孙洪宇在同泽俱乐部遇到两起案件。（夜晚）

　　　　　陈瑜和宫野村子讨论案情。（深夜）

8月15日　日本天皇宣布投降。（清晨）

　　　　　赵玉新找张芸宁帮忙寻宝，段小五加入。（上午）

　　　　　段小五潜入日军总部盗取资料。（上午）

　　　　　三组人马寻宝成功。（下午）

8月16日　宫野村子离开中国，收到陈瑜的信。

　　　　　孙正出殡。段小五战死。

　　　　　国宝顺利运出奉天城。

## 附录·书中建筑（地点）原型

本书中出现的很多建筑（地点），都是在沈阳市（奉天）真实存在的。不过因为情节需要，在用途和形态方面进行了艺术加工。这些真实的历史建筑（地点）算是一个小小的彩蛋，同时也是为宣传沈阳这座历史古城略尽绵薄之力。看完本书的读者朋友，如果你有机会亲临沈阳这座古城，不妨到下面这些地方逐一打卡，体验下沉浸式阅读的乐趣。

## 四大门召开秘密会议的场所

中共满洲省委旧址纪念馆，位于辽宁省沈阳市和平区皇寺路福安巷3号，占地2500平方米，展览面积740平方米。中共满洲省委是中国共产党1927年10月至1936年1月在东北地区的最高领导机构。

这里也曾经是刘少奇于1929年7月到1930年3月期间在奉天任满洲省委书记时的秘密住所。

## 日军驻奉天总部

东三省总督府，地处沈阳故宫和张氏帅府之间。当年在偌大的盛京城，它是仅次于沈阳故宫的名震东三省的建筑。这座建筑外部为青砖墙体，内部为人字架木结构，建筑用料选材考究，雕饰精良，为典型的欧式建筑。它是沈阳最具历史意义的建筑物之一。从清朝末年的官员到后来的东三省几任总督，再到奉系军阀张氏父子，都曾在这里办理过公务。

## 奉天火车站

沈阳站，旧称奉天站、奉天驿、沈阳南站。始建于1899年，俄国人称为"茅古甸"。1904年，日俄战争爆发，奉天站被日本占领并改名为奉天驿，并于1910年搬迁扩建，是当时中国东北地区最为重要的客运中转车站。1945年日军投降后，奉天驿被更名为"沈阳南站"。1950年5月1日，沈阳南站更名为"沈阳站"。抗美援朝战争爆发后，沈阳站成为向前线运输物资的集散地。之后，为改善旅客候车条件，满足旅行需求，沈阳站进行了多次改扩建，但样式、比例、色彩等方面仍然延续原有建筑的风格。

## 苏家屯火车站

1903年沙俄修筑的中东铁路南满支线通车之后，在苏家屯和沙河（今林盛堡）建立火车站，命名苏家屯站。日本占领奉天后，以军事需要为由修筑了由安东（今丹东）到沈阳的安奉铁路。1907年，日本接管长春至大连的南满铁路及铁路沿线的附属地，正式成立南满洲铁道株式会社，并攫取苏家屯火车站附近的区域辟为"铁路附属地"。新中国成立后，随着城市的发展和变迁，由于原火车站站房破旧，遂拆除日俄时期修筑的火车站，在原车站旁新建站房。至今仍在使用中。

## 浑 河

浑河古称沈水，沈阳市因为地处沈水之阳（山南水北为阳）而得名。浑河又称小辽河，历史上曾经是辽河最大的支流，同时也是辽宁省水资源最丰富的内河。关于其名字由来的典故已在小说中说明，这里就不再赘述。随着城市的发展，浑河如今已经从沈阳的外河逐步变成穿城而过的内河，两岸风光旖旎，是市民休闲的好去处，成为沈阳新兴的旅游景点。

## 马耳山

沈阳马耳山，位于苏家屯区姚千街道，规划面积39.35平方公里，与本溪、辽阳毗邻，距沈阳市区28公里。马耳山因山有两峰，并排矗立，酷似马的两个耳朵，因此得名。马耳山为千山余脉，主峰海拔330.8米，是沈阳南部最高峰。山上有自然形成的石人石马、朝阳洞、背阴洞，还有石棚、石棺及老虎洞，以及历史形成的烽火台遗址，南山脚下有一药王庙遗址。马耳山以其清秀的自然风貌和典型的北方田园风光释放出无穷的魅力，每年都有无数游客到此登山郊游。

## 同泽俱乐部

同泽俱乐部位于沈阳市和平区七纬路14号，建于1929年，是用于东北军政高级领导餐饮、娱乐的一处豪华场所。九一八事变后，同泽俱乐部改名为"沈阳电影院"，我国第一部有声电影《歌女红牡丹》就在此首次放映，当时的盛况空前。1948年沈阳解放后，同泽俱乐部由东北总工会接管；1950年，国家投资对剧场进行大规模的维修改造，取名为"劳动宫"；1953年移交沈阳市文化局管理，1954年改名为"红领巾电影院"；之后改名为"艺术宫"，1966年改名为"延安电影院"，1975年又恢复为"艺术宫"。同泽俱乐部还曾一度被改造为游戏厅和酒店。后经沈阳市相关主管单位批准，恢复"同泽俱乐部"原名，以还原这栋历史建筑的本来面貌。

## 关帝庙

这座关帝庙坐落于张氏帅府院内，因为情节需要，笔者将其搬迁到了帅府之外的街道上。在张氏帅府东北角，坐落着青砖围墙围定的三间房，里面供奉着关羽，这就是关帝庙。张大帅为了表示对关公的崇拜与虔诚，便在自己官邸和私宅里建造了这座关帝庙。关帝庙正殿为单间青砖瓦房，两侧为单间耳房，均为硬山式建筑，且连成一体。关帝庙建于1918年，与四合院、小青楼为同期建筑。

## 东北大学

东北大学始建于1923年4月。1928年8月至1937年1月，张学良将军任校长。东北大学师生曾是一二·九运动的主力和先锋。经过一百多年的风霜雨雪，东北大学如今已经成为教育部直属的重点大学，全国首批博士、硕士学位授予单位，国家"双一流"建设高校，国家"211工程"和"985工程"重点建设高校。

## 日军军校

东北陆军讲武堂。清末至九一八事变前东北的综合军事学校。1906年，盛京将军赵尔巽创办奉天讲武堂。1907年5月，徐世昌任东三省总督时，改名为东三省讲武堂。以接收巡防营选送的学员为主。1919年2月张作霖任东三省巡阅使，重新设讲武堂，定名为东三省陆军讲武堂。1927年3月，张作霖在北京设讲武堂分校。9月，改称东北陆军讲武堂。1928年秋，张学良将其改名为东北讲武堂，并将东北各种军事教育机关归并于讲武堂。东北讲武堂从1906年创办到1931年九一八事变，历时25年，培养近万名初级军官，对东北军的形成和发展起了重要作用。它与云南陆军讲武堂、保定陆军军官学校和后来的黄埔军校，并称为旧中国四大军事学校。